Para:

De:

Tu buen(a) hijo(a) de p...

ISMAEL CALA

Un buen hijo de p...

Ismael Cala es presentador y productor de radio y televisión, comunicador, autor inspirador, conferencista y columnista. Está a cargo desde hace casi cuatro años de *Cala*, el programa de entrevistas de CNN en Español, un espacio íntimo que recorre los personajes más poderosos y relevantes de la escena internacional, desde políticos, escritores, filósofos, artistas y celebridades, hasta científicos y estrellas del deporte.

Cala cuenta con más de 25 años de experiencia en medios de Cuba, Canadá, Estados Unidos y México. Su primer libro, *El Poder de Escuchar*, se convirtió rápidamente en un bestseller en Estados Unidos y América Latina, y obtuvo el primer lugar en la categoría Libro Más Inspirador en The International Latino Book Awards 2014.

Cala fue declarado Personalidad Iberoamericana de 2013 por la Organización de Periodistas Iberoamericanos y en 2014 recibió el premio de Liderazgo John Maxwell en la categoría de Medios de Comunicación.

Nacido en Santiago de Cuba, se graduó con honores en la Universidad de Oriente (Historia del Arte) y en la Escuela de Comunicación de la Universidad de York en Toronto.

Un buen hijo de p...

ISMAEL CALA

Un buen hijo de p...

Una fábula

VINTAGE ESPAÑOL
Una división de Random House LLC
Nueva York

ABSOLUTA DEDICATORIA

*(con contrato de exclusividad y cláusula
de confidencialidad incluidas):*

A mi progenitora, quien nunca se ha dado por aludida por el irreverente título *"Un buen hijo de p..."*. A la mujer que camina con la frente en alto mientras su hijo vocifera al mundo ser un buen hijo de p...

A ti dedico este libro, mi adorada madre Tania, guerrera de Dios, generosa, decidida, ingeniosa, líder; alguien que a sus 58 años salió de nuestra isla de Cuba natal para aventurarse a cambiar paradigmas ya sedimentados por casi seis décadas de vida.

A ti, mamá, mi solemne y profunda admiración por elevar tu alma y abrir tu mente al crecimiento humano, al desarrollo espiritual que ocurre a cualquier edad o época de nuestras vidas. Sin duda, el mérito aumenta mientras más resistencia al cambio hemos añejado con el paso del tiempo.

A ti, mamá, porque, a pesar de tus dos accidentes de tránsito tan mediáticos, mientras aprendías a conducir a los 59 años, nunca te dejaste paralizar por el miedo o por el recuerdo del trauma. Pensar, mamá, que en el primer accidente te montaste sobre la acera e hiciste con tu pequeño auto una entrada triunfal en una peluquería dominicana de Hialeah, Miami, como si llegaras de manera VIP a un secado *express*. Sin víctimas fatales, sólo cristales rotos y una palma decorativa dañada, que le pagamos a la ciudad. En el segundo accidente, mamá, giraste a la izquierda sin medir bien que, de frente, venía a toda velocidad una señora, mayor que tú y con menos reflejos... Y una vez más saliste ilesa, gracias a Dios, no sólo físicamente, sino del segundo trauma que a otros, mucho más jóvenes, les hubiera impedido volver a tomar el timón.

A ti, mamá, por ir más allá del paradigma de la belleza física y lo exterior, al enamorarte de mi padre, tu pretendiente, a quien le faltaba el brazo izquierdo. A ti mamá, por no escuchar a quienes te decían con despiadada crueldad: ¿Cómo te casarás con el manco, si eres la más linda de todo el pueblo?

A ti, mamá, que con dignidad y valentía asumiste seguir adelante luchando por nosotros, hijos de un mal divorcio. A ti mamá, por ser capaz de perdonar a mi padre y entender que su vida fue secuestrada por las voces que escuchaba en su mente, algo que no sabías en su momento y que se diagnosticó tardíamente como esquizofrenia.

A ti, mamá, porque como todas las madres, nunca dejaste de proteger a tus hijos, de amarnos como somos. Sé que en ese empeño has llegado a poner a un lado tu propia vida personal.

A ti, mamá, por entender y cambiar el paradigma del hijo que nunca crece y sigue ante los ojos de la madre como un bebé indefenso. Gracias por permitirme crecer, volar y soñar, sin que eso sea una amenaza para nuestra estrecha relación de amistad, cariño y admiración mutua.

Gracias, entrañable madre bendita Tania, por dejarme ser, vivir y amar teniéndote siempre cerca, en mi alma y en mi vida. Con orgullo te digo que soy, a mucha honra, un "buen hijo de p...". Y tú tienes mucho que ver con ese logro.

A ti, mamá, para que sin tapujos compartas este libro con tus compañeros de fe en la iglesia cristiana a la que asistes en Miami. Dios es amor, Dios te protege, Dios te mima.

Este libro también va dedicado, en mi nombre y el de mis lectores, a todas las madres del mundo. Son ellas la razón por la que hoy hacemos este homenaje. Desde el inicio estamos rompiendo el estigma peyorativo de una frase, que puede convertirse en un elogio más que en una ofensa si así lo decidimos. Ése es el propósito, ésa es la misión: romper paradigmas para transformar y elevar nuestra vida.

ESPECIAL DEDICATORIA A MIS *COACHES* Y MENTORES DE VIDA

A Oprah Winfrey por servir de ejemplo en la búsqueda de mi propósito frente a los medios de comunicación. Maestra de comunicadores y modelo de vida para millones. A Oprah, a quien descubrí en un televisor roto recogido de la basura en mi cuarto alquilado en Toronto, recién llegado de Cuba. Así la veía, en blanco y verde todas las tardes, y aprendía inglés al mismo tiempo que descubría su arrolladora personalidad mediática y su fascinante historia de vida.

A Anthony Robbins, quien desde 2003 forma parte de mi nueva historia de vida, del cambio de mis valores y misión de vida a través de su programa de *coaching* "Get the Edge", el primero que compré por TV luego de ver el infomercial tres veces. La mejor de las inversiones que había hecho hasta ese momento en mi vida. Tony, eres el mejor en lo que haces y somos millones quienes hemos sido impactados por tu mensaje, tu energía y tu empatía sin límites. *I live like you, full of passion*.

A Deepak Chopra, por enseñarme el valor de la espiritualidad de manera sencilla y profunda. Gracias, Deepak, por enseñarme a cultivar el alma y el espíritu y crear abundancia desde adentro para lograr materializarla en mi vida. Gracias, Deepak, por tu generosidad infinita. Feliz de haberte conocido.

A John Maxwell, maestro del liderazgo y conferencista estrella. A John se lo dedico por su legado en mi vida, que me permitió derribar el mito del liderazgo en manos de una elite o club VIP que muchos consideran inaccesible. A John, por ser ejemplo de entrega y del poder de DAR a través de EQUIP, su movimiento global. A John y su equipo, por entregarme el primer premio de liderazgo en la categoría de medios de comunicación. Estaré siempre agradecido.

NOTA DEL AUTOR

¡No, de ninguna manera! Dejemos claro desde la primera línea que no nací del vientre de una prostituta. Nada de qué avergonzarme si ese hubiese sido el caso. Tampoco la juzgaría demasiado. Ya tienes una idea de cuánto admiro a mi madre. Ahora vayamos a lo primordial: expresar gratitud. Lo primero que debo agradecerte como lector y cómplice en esta aventura que compartiremos es que hayas tomado este libro en tus manos. Lo segundo es que quizás no hayas forrado su cubierta por miedo al qué dirán. Esta obra pretende que el lector llegue a la conclusión, como siempre se ha dicho, de que no debemos juzgar a un libro por su portada; aunque la realidad es que muchas veces compramos libros justamente por su cubierta. Lo sabemos y tenemos en cuenta con la presentación de éste, mi segundo intento como autor.

Ante el éxito de tantas almas conectadas a mi primera obra, *El poder de escuchar*, ahora vamos un poco más allá, con la confianza de que llegará a todo tipo de lector. Pero, sobre todo, de que entusiasmará a los jóvenes, quienes son el centro de nuestro mensaje, y que transformará mentes y conciencias hasta convertirnos todos en unos buenos hijos de p...

Tengo que reconocer que la mayoría de las ideas de los libros ya escritos o por venir llegan del análisis de una situación que a lo mejor no es del todo positiva, y que se usa para pasar de la frustración a la inspiración. Así, algunas noches al terminar el programa CALA, después de abordar algún tema político y leer entre los insultos enviados la muy ofensiva frase "eres un hijo de p...", comencé a revertir su significado hasta que no fue más una ofensa, sino una cualidad personal de la que ahora me siento orgulloso.

Tomó tiempo; no fue fácil. Varias noches, al terminar el programa y confirmar que, en política como en otros temas álgidos, estamos demasiado divididos, la frase me hundía. Me llenaba de impotencia porque, sin duda, la frase "hijo de p..." involucra a nuestra madre, figura sagrada de nuestra vida. Dios quiso que se juntaran mis tres "pes" de éxito y crecimiento constante con la frase peyorativa "hijo de p...". Así surgió una metamorfosis creativa que transformó una memoria de sombras en una visualización positiva hacia la luz, el amor y la bondad. Hoy, cuando digo "un buen hijo de p...", son muchas las personas que ya asocian esa frase a un nuevo paradigma mental.

Mi objetivo al recorrer estas páginas, llenas de buena y nutritiva conversación entre los dos personajes protagónicos, es narrar mi experiencia de transformación de paradigmas. Estos personajes hacen un viaje íntimo por el ADN espiritual humano y por esas dimensiones entre lo real y lo ficticio, en lo que yo denomino mi primera fábula inspiracional. No la llamaría novela, aunque tiene mucho de ficción. Prefiero la palabra fábula, porque sí pretendo conseguir una moraleja al final: al romper paradigmas, transformamos y elevamos nuestra vida. Incluso puedo afirmar algo más profundo. Este libro pretende llevar al lector a dar un giro —positivo— a aspectos de su historia pasada, su vida presente y su entorno inmediato, que hasta hoy habían sido catalogados como "negativos" o "invariables" en contenido y significado. Tal como dice uno de mis autores favoritos, Robin Sharma, en su magistral *The Leader Who Had No Title*, las víctimas recitan problemas, los líderes presentan soluciones.

Inicialmente, este libro iba a ser una narración en primera persona, como mi obra anterior; pero algo me instó a salir de la zona de seguridad que me daba el escribir como "Ismael". Debía aventurarme, dar riendas sueltas a la imaginación que siempre he cultivado y tanto me ha servido para escapar de la realidad cuando ha sido necesario.

Así es que decidí retarme nuevamente en mi aspiración a contar historias, con las vivencias personales, libros consultados, viajes realizados para avalar mi investigación humanista y de liderazgo universal. Y un buen día, sin dar muchas razones, informé a mi equipo que este libro tenía trama, un poquitín de drama, mucho de fe y un buen final. Es una historia que mezcla realidad y ficción, como las telenovelas o series de televisión que tan populares son en todas partes del mundo.

La moraleja es simple: sembremos, cultivemos y reprogramemos continuamente en nuestra mente el poder de producir cambios tan simples como dar nuevos significados a hechos o palabras usadas anteriormente con prejuicio o connotación negativa. Este libro te invita al cambio, a muchos cambios, que tienen su centro, causas y soluciones dentro de nosotros mismos. Este libro te hará examinar tus creencias. A confrontar tus paradigmas más sedimentados, como los que permiten entender nuestros hábitos, nuestras convicciones y nuestra historia. Hay mucha gente que no sabe quién es y, peor aún, nunca se lo ha preguntado.

Este relato es pura ficción. Sin embargo, está basado en sucesos reales. Además contiene hechos de mi propia vida, y otros que he descubierto en el estudio investigativo, que ejemplifican el comportamiento humano y la ciencia del desarrollo personal.

No me culpen si he sembrado en esta fábula sueños y mensajes que quiero atraer a mi propia vida porque aún no están en ella. O si he condimentado la experiencia de vida de mis personajes con aprendizajes de terceros o de autores que he leído. Hay mucho de Ismael en esta historia; hay muchas partes con las me siento identificado. Los diálogos son resultado de mi imaginación, aunque reitero que varias anécdotas, viajes y enseñanzas han sido inspirados en la vida real. De seguro, durante este viaje muy personal se preguntarán: ¿Qué es real, qué es ficticio? Lo esencial es que ambas dimensiones convergen para lograr una experiencia única en cada lector.

Este segundo libro ha sido más traumático que mi ópera prima *El poder de escuchar*, publicado en 2013. Continuar en el camino de comunicar sentimientos, emociones y dosis de sabiduría universal, a través de la palabra, siempre encuentra resistencia en mí. Una vez más tuve que superar la pregunta: ¿Qué de nuevo y útil brindarás ahora? Como ya sabemos, esas voces que nos hablan para detenernos y sabotearnos son una fuerza del ego que intenta separarnos del camino de la evolución y alejarnos del espíritu de ayudar, conectar y contribuir con nuestro crecimiento y con el del prójimo.

Casi todos los seres humanos podríamos escribir un libro. La mayoría que lo consigue hace la diferencia porque se impuso a esa resistencia. El compromiso, justamente, es uno de los temas de la fábula, sea en el amor, en lo profesional o en lo espiritual. El compromiso es una decisión que conduce hacia la excelencia y el crecimiento permanente. No es enemigo del cambio. De hecho, hay que tomarse todos los días una dosis de compromiso y otra de cambio. Y a ambas hay que añadirles constancia, como un cóctel de vida hacia la excelencia. Esa es otra fórmula para asimilar las promesas con las que comparto el manuscrito con mi editor, Jaime de Pablos, de Vintage, Random House, uno de los primeros en leerme. Así quiero que nuestra relación marche durante las páginas de este libro. Tomando nuestra dosis diaria de triple C: compromiso, constancia y cambio.

Hablemos un poco más del título de esta obra. Hay muchas personas que no logran relacionar esta frase negativa —y no acorde con un libro de inspiración o transformación personal— con una fábula positiva. Hablemos claro. Muchos se acercarán a este libro intrigados por el título, y la irreverencia me seduce... El título es irreverente, como gran parte de la generación de adolescentes a los que dedico esta obra. La frase sirve como símbolo de todo lo que, en nuestras vidas, tiene un significado dado por otros. Nosotros lo *"compramos"* así y nunca lo reprogramamos hacia lo positivo.

Las palabras son símbolos con mucha fuerza. Cuando las juntamos en una sopa de letras y sonidos, y quedan inmortalizadas por un convenio colectivo, nos persiguen por siempre con un significado común. Sin embargo, los seres humanos tenemos la capacidad de crear nuevas realidades y también nuevas palabras para describir esas nuevas realidades. Pensemos nada más en el término "tuitear", un verbo que vio la luz hace muy poco tiempo. Hay otras palabras que, para la generación de Twitter, en la actualidad son un dinosaurio. El abuelo o bisabuelo de Twitter se llamó telegrama. Ya muchos ni nos acordamos de aquel breve mensaje que recibíamos por correo postal. Las realidades cambian, pero el cambio más importante está en nuestra mente.

Si leíste mi primer libro, ya sabrás que el tema del crecimiento personal, el desarrollo humano y la visión positiva han sido una elección de vida para mí. Han sido parte de mi sanación y ruptura con una cadena hereditaria de desequilibrios mentales y suicidios.

Todos los seres humanos buscamos la felicidad, sentirnos valorados, útiles e importantes para los demás. Ese estado de felicidad depende, en parte, de cómo está configurado nuestro cerebro desde el punto de vista bioquímico. Pero también depende, aún más, del disco rígido cerebral, el *hard drive* programado con los archivos y metaprogramas que nos han ido sembrando desde el nacimiento.

En lo personal, creo firmemente en nuestra capacidad de cambiar y crecer. No somos seres estáticos y nunca, por mucha edad que hayamos acumulado, debemos sentir que el proceso de crecer y desarrollarnos terminó. Creo que llegamos al mundo físico para aprender algo nuevo cada día, o para tratar de mejorar algo que ya sabemos o dominamos. La situación más complicada es cuando nunca nos cuestionamos, porque creemos en lo que creemos, hacemos lo que hacemos y tememos a lo que nos paraliza. Hay quienes dicen: "Soy así, no puedo cambiar". Si crees eso, este libro será un hueso duro de roer en tu conciencia. Su premisa es que sólo el cambio y el autoexamen permanente nos llevan a la excelencia.

Mi historia de vida podría ser contada con tonos oscuros, música depresiva, un violín de fondo y de seguro con muchas lágrimas en los espectadores. Al final, a muchos seres humanos, la compasión por otros le da significado a una vida sin propósitos ni misión personal definida. Pero he escogido cambiar la banda sonora de mi historia personal; contarla desde la inspiración del gladiador de la mente, que conquista día a día sus grandes molinos de viento, sus temores disfrazados de fantasmas.

A lo largo de 45 años me he convertido en aprendiz de Dios, para interpretar la magia de enfocar la vida hacia lo positivo. Cuando comento que me defino como un gladiador de la mente, es porque en realidad siento que los seres humanos, incluso los soldados, libran su mayor batalla en la mente. Todo lo que nos pasa llega a la mente como una película vista, editada y dirigida por nuestra propia manera de ver la realidad. Cuando alguien me dice "la realidad no existe, vivimos en un sueño constante", entiendo lo que quiere expresar. A menos que no despertemos de ese letárgico sueño y reevaluemos nuestras creencias, valores y principios, nuestra vida no nos pertenecerá por completo. Tampoco nuestra identidad. Quizás no sea fácil entenderlo, pero créeme que sólo estudiando los paradigmas y buscando patrones de excelencia es que podremos escalar al próximo nivel de desarrollo humano. Y la buena noticia es que, siempre, por muy avanzado que estés en el camino del crecimiento personal, hay otro nivel superior al que ascender.

Esta mente, que hoy considero un jardín lleno de flores y árboles saludables, fue en su momento un desierto árido, con muy pocos oasis a los que yo llegaba arrastrado por la sed y la confusión. Esta mente ha tenido que reprogramar sus archivos, limpiarlos, mudarlos y reciclarlos para seguir creciendo hacia la excelencia y el bienestar pleno, para vivir en armonía.

"Un buen hijo de p..." apuesta a convertirte en algo mejor de lo que eres hoy. Sea cual sea tu historia personal, puedes romper con la condición de víctima y llevar tu vida a otro nivel. Al nivel de iluminación hacia el aprendizaje, el crecimiento, la excelencia. Este libro puede ahorrarte muchos tropiezos, caídas y desvíos. Creo que puede servirte como un atajo hacia la búsqueda de la inteligencia emocional. Si estás entre el grupo de mis lectores más jóvenes, quizás la rebeldía de tus años es válida, pero será más productiva mientras más escuches y logres discernir lo que escuchas. Te cuento más, no pierdas la paciencia.

Muchas personas se sorprendieron, y aún se sorprenden, al escuchar parte de mi difícil historia familiar. Suena duro cuando digo con convicción de gladiador que nací como resultado del aborto de un suicidio. Mi padre me regaló la vida cuando Dios no le permitió arrebatarse la suya. Algo de ello cuento en *El poder de escuchar*.

Tenía cuatro años cuando mi abuelo se ahorcó, quitándose la vida y privándome a mí y a mis dos hermanos de su presencia. Era el padre de mi padre. El Ismael por el que comenzó la cadena de herencias. Al menos hasta donde he podido rastrear en el pasado. Se llamaba Ismael pero le decían "Melo". En mi cabeza sólo queda de él un borroso recuerdo, que quizás es menos confiable que el retrato hablado de algún testigo furtivo que brinda su nerviosa declaración en la estación de policía. Hombre alto, ojos azules, calvo, con más de sesenta años. Era el capataz de una finca de frutales, que tras la confiscación del terreno por parte del gobierno de Fidel Castro en Cuba, perdió, según me contaron, su razón de vivir. Ahora sé que había una voz, o varias, en su cabeza que lo torturaban, lo limitaban, le impedían ver más allá de la realidad circundante. ¿Qué le dijo esa voz para obligarlo a quitarse la vida? ¿Por qué se suicidó si tenía el amor de sus hijos? Quizás nunca hubiese sabido qué le decía ese enjambre de voces si la historia de Melo no se hubiese replicado de manera trágica en la familia.

Mi tía, la hermana de mi padre, repitió la misma escena. Era una mujer muy particular. Fue soltera durante gran parte de su vida adulta, sin embargo vertía su amor en sus sobrinos. Visitaba la casa de mi padre y disfrutaba de su presencia, su conversación. Ante mí mostraba su ingenuidad, la fragilidad de su alma. Yo sabía que algo no le permitía ser plenamente feliz. Sufrí mucho más la partida de mi tía. De mis tres hermanos, yo fui el que mejor relación afectiva logró con ella.

Sentía que ya era demasiado fatalismo perder a mi abuelo, a mi tía y tener un padre que había intentado ahorcarse. Él estudiaba en la antigua Unión Soviética cuando sus compañeros de cuarto lo sorprendieron tratando de quitarse la vida con una sábana. Yo sabía que algo andaba mal, lo había vivido, pero aún no podía entender que era parte de una herencia genética fatídica, un dañino hechizo que nos había vencido durante varias generaciones.

Mi padre Ismael, al que nombraron cariñosamente Melito, fue un brillante ingeniero químico especializado en la industria azucarera en Cuba. Patentó, junto a un mexicano, una pieza que fue celebrada internacionalmente como un gran invento en el proceso de refinación del azúcar de caña. Entonces, Cuba era potencia en esa industria y mi papá, una autoridad en el tema. No fue un niño cualquiera. ¿Cómo podía serlo?

Un día, a los ocho años, en el patio de la casa familiar, se le fue la mano junto con las cañas que metía en la guarapera y se la trituró. Hubo que amputarle el brazo hasta el hombro para evitar una infección mayor. Mi padre perdió un brazo y Dios le quitó la posibilidad de usarlo para quitarse la vida. Así creció, estudió y se hizo un genio en lo que hacía. Sin ese brazo se enamoró y consiguió que una bella chica de su edad se fijara en él. Sin el brazo, mi madre lo conoció, se enamoró de él y contrajeron matrimonio para formar una familia y tener hijos.

No recuerdo en qué momento me dijeron que mi papá también había intentado suicidarse. Cosa nada fácil con una sola mano, pero lo intentó.

Hoy, la relación más importante de mi vida está dentro de mí. Es la relación con mi mente, que es sagrada. El secreto del equilibrio está en saber escuchar a la mente. A los 13 o 14 años, mi mente estaba llena de voces que llegaban y pululaban sin permiso. En las noches no lograba dormir con serenidad. Me asaltaban constantemente las pesadillas, voces que me negaban la oportunidad de encontrar paz interior. Varias noches desperté en medio de esas voces y de un círculo rojo infernal lleno de fuego, donde, como sin peso, flotaba tipo carrusel una manada de elefantes. Era un círculo que se vertía en una espiral con fuerza centrífuga y que hacía que yo no quisiera cerrar más los ojos.

Las voces fueron, durante varios meses, una angustia de la que no lograba salir. Era mi secreto, no lo compartía con nadie porque no quería que me acusaran de loco, ya sabiendo que teníamos esa tara familiar, de la que muchos hablaban en el pueblo. Mi madre decidió, a mi pedido, llevarme a un psiquiatra. Hice un tratamiento durante varios meses. Las voces cedían, pero no se iban. Las pastillas que me dieron eran un antídoto temporal que las adormecía.

En medio de tanta preocupación por buscar una verdadera voz que me representara, un día comencé a distanciarme de esas otras, a las que daba tanto valor e importancia. No sabía que estaba ejercitando el tercer oído, el del desapego emocional y de la perspectiva escéptica. Comencé a cuestionar mis propias voces. Entendí que, en realidad, eran mis miedos los que hablaban. La voz del temor me mantenía en silencio. Yo era un ser sin control para escuchar o discernir qué hacer con lo improductivo en mi mente.

Después de esta breve introducción, entenderás por qué todo libro que escribo tiene la misión de alertar sobre la importancia del cultivo diario de ese jardín que es nuestra mente: debemos regarlo, fertilizarlo, sembrar nuevas semillas, podar y hasta extirpar los arbustos o especies intrusivas que no se corresponden con nuestra idea de crecimiento o renovación.

Este libro aspira a ser un muestrario de frases positivas y poderosas. Sus ideas buscan reprogramar la mente, de forma subliminal, mientras le hacemos creer que leemos ficción.

Te invito a adentrarte en estas páginas sabiendo que te llevarás contigo al alma a dos seres que de inmediato se convertirán en tus nuevos mejores amigos. Nuestros protagonistas serán aprendices y maestros en el arte del crecimiento, al igual que tú y yo.

Aquí te dejo mis promesas y expectativas con respecto a esta obra:

Si he cumplido con mi promesa, me escribes, y si no, también. Me gustaría mucho escucharte, leerte y saber si te sumarás al movimiento para ser un buen hijo de p... Envíame tu testimonio a ismael@calapresenta.com.

Bienvenido al mundo mágico de la lectura con propósito, la lectura para el crecimiento y la búsqueda del desarrollo humano integral —en cuerpo, mente y alma— hacia el éxito, el bienestar y la excelencia. Ponte cómodo. Y antes de comenzar a leer, relájate, respira profundo. Hagamos juntos un simple, pero muy efectivo, ejercicio de relajación. Inhala por la nariz lentamente durante diez segundos. Luego retén el aire en tus pulmones durante otros diez segundos. Ahora exhala suavemente por la boca diez segundos más. Repítelo dos veces más sin apuro, con los ojos cerrados. Vamos, no importa que estés en el aeropuerto, a bordo de un avión, en el parque o en la oficina. Crea ese mágico fluir de vida, abundancia, amor y paz, para que los mensajes sembrados en cada página resuenen y encuentren lugar de archivo en tu memoria resolutiva de cada día.

A todos los hijos e hijas de p... que me leen, y a todos aquellos que de alguna manera, sin proponérselo, nos inspiran a seguir creciendo en busca de la excelencia, la bondad y el amor al prójimo. Somos todos "hijos de p... "; hijos del Padre, mi Dios, nuestro Dios.

"*No puede comprender la* pasión
quien no la experimenta".

—DANTE ALIGHIERI

"*Adopté el ritmo de la naturaleza;*
su secreto es la paciencia".

—RALPH WALDO EMERSON

"*La energía y* perseverancia
conquistan todas las cosas"

—BENJAMIN FRANKLIN

Un buen hijo de p...

I

"*Dormía... dormía y soñaba que la vida no era más que alegría. Me desperté y vi que la vida no era más que servir... y el servir era alegría*".

—RABINDRANATH TAGORE

La vida es como una gran película. A veces corre ante nuestros ojos como una superproducción de Hollywood, de la cual podemos ser protagonistas o insignificantes personajes secundarios. Todo depende de nosotros... En la vida es común que intercambiemos los papeles, a veces sin darnos cuenta. Un día estamos en el estrellato y otro nos convertimos en seres anodinos, estancados en la más opaca de las posiciones. La diferencia entre una y otra situación es significativa, el protagonista sabe lo que está ocurriendo porque cualquier giro dramático depende de él y todo acontece delante de sus narices; el personaje secundario, en ocasiones insignificante, no es más que un testigo, muchas veces mudo, de lo que hacen otros. Yo he perdido el papel protagonista que he jugado durante años en la vida de mi ex novia, Mary. Lo he perdido por miedo al

3

matrimonio. ¡Pánico, fobia, qué sé yo! La he dejado plantada después de ocho años de novios. Nos conocimos siendo un par de adolescentes, quizás en el momento más retorcido de mi vida... Ahora piensa lo peor de mí. Para ella, me he convertido en un simple extra. ¡Cuánto me arrepiento de haberlo fastidiado todo! Pero la vida transcurre sin edición, no como en las películas donde hay cortes y se puede eliminar lo que sobra. ¡Hasta los actores que forman parte de una historia a veces olvidan las escenas cortadas! Muchos quisiéramos que nuestra existencia tuviese la oportunidad de ser editada, pero no, no sucede como en el cine, en ella todo va en directo, sin ensayo previo. ¡Hay que ser muy profesional para triunfar! Y no sólo tenemos que luchar por protagonizar nuestra propia película, sino también por producirla y dirigirla con la gracia de Dios que todo lo puede. De no ser así, a otro se le ocurrirá colocarnos como personajes secundarios o extras, en un filme contado a su manera... Soy un incipiente realizador de cine. Hago películas independientes, indies, como las llaman, o sea de bajo presupuesto... Ahora sólo soy un asistente de dirección. Me llamo Chris C., y mis amigos me dicen Doble C., un sobrenombre que me parece muy artístico para cuando logre filmar mi ópera prima, mi primer largometraje de ficción... El filme en el que trabajo ahora, como asistente de dirección, aún no tiene título definido y, para fastidiarme, el equipo de producción maneja delante de mí el de "Un buen hijo de p...". ¡Claro, como un divertimento! Resulta que una buena parte del equipo oyó cuando Mary me llamó precisamente eso: "un buen hijo de p...". Sólo un par de horas después, ella terminó nuestra relación a través de un mensaje de texto. Creo que

Mary no piensa que soy en realidad "un buen hijo de p..." en el sentido literal de la frase. Ella lo hizo por despecho. ¡Imagínese, como ya le conté, tuvimos una relación de casi ocho años! Ella siempre soñó con verla cristalizada en matrimonio. Usted sabe cómo son las mujeres, pero yo lo fastidié todo por miedo al compromiso. Pensé que sólo tengo 24 años y estoy recién graduado. Mary ahora dice que no puede aguantar ni mi miedo ni mi indecisión, pero hace años que ella sabe que yo soy así. A veces soy depresivo, también es cierto. ¡Caramba, reconozco que tengo todos esos defectos, pero odio esa frase! Mi madre se la vociferaba a mi padre cuando estaba borracho y se volvía violento. Esa frase retumba en mi mente, me resulta imposible olvidar esas noches en que mamá y yo dormíamos escondidos debajo de la cama, refugiándonos de aquella tormenta. Aun así, con todo lo que nos hizo sufrir, papá tampoco era un "un hijo de p...". Era un enfermo, alguien secuestrado por voces extrañas... Hoy sólo me quedan sus recuerdos. Murió en un hospital tras ser atropellado en la calle por un auto. Mi madre falleció de pulmonía, así de pronto. Yo tenía sólo 16 años cuando quedé huérfano... Lo demás es demasiado largo para contarlo de un tirón. ¡Viví un infierno! Le confieso que me cuesta mucho trabajo crear una relación de verdadera confianza, no confío ni en mi sombra. Eso tampoco le gusta a Mary. Mis tíos me cuidaron un tiempo con la condición de quedarse con nuestra casa, por eso no me lanzaron a la calle... Quizás cometí errores, era muy joven, pero siempre actué teniendo en cuenta todo lo que me rodeaba. Hoy, sin embargo, he logrado superar algunos miedos, pero sigo preso de mi pasado. Ella era mi novia y mi mejor amiga. ¡Lo era todo para mí! No sé qué hacer para recuperarla. Esta no es la primera vez que peleamos ni la primera que se marcha, pero tengo la certeza de que ahora, si no lucho por ella, será la definitiva...

Arturo presiona el botón de pausa del reproductor desde donde se escuchaba el testimonio de Chris, grabado justo una semana antes. Es la segunda sesión de Arturo como *life coach* o guía de vida. Aunque es un hombre de la palabra y los medios, esta es una nueva y muy desafiante faceta de su carrera.

—Chris, esto es todo lo que grabamos en nuestra primera sesión. Te confieso que he escuchado tus palabras varias veces esta semana.

—¿Y usted cree que puede ayudarme?

—Recuerda que no soy un psicólogo profesional, gurú espiritual ni psiquiatra, pero, sin ánimo de presumir, tengo la virtud de saber escuchar y analizar con profundidad todo lo que me dicen. ¡Y me ha dado buenos resultados, te lo aseguro! Sabes que apenas comienzo en esto, y además, eres mi primer cliente y eso siempre puede hacer las cosas un poco más difíciles. Pero estoy convencido de que sí, puedo ayudarte, si es que no esperas cambios instantáneos y estás dispuesto a vivir el proceso.

La oficina consultoria se encuentra en el centro de Los Ángeles y ocupa parte de uno de los pisos intermedios de un enorme edificio forrado de ventanales oscuros por los cuatro puntos cardinales; sin embargo, desde su interior, se disfruta de la espléndida tarde que ya presagia, de un momento a otro, la caída del débil sol invernal en el horizonte californiano.

—Puedo ayudarte a reconquistar a Mary, pero, ante todo, debes cambiar tu manera de enfrentarte a la vida, Chris. Yo puedo ayudarte a que descubras todo aquello que tienes que cambiar, pero el encargado de pasar la página y ser un hombre nuevo eres tú. El cambio tiene que partir de ti. Tienes que estar dispuesto a cambiar y eliminar todas esas limitaciones que interfieren con tu vida y provocaron la ruptura con Mary.

Arturo es un hombre maduro, de unos cuarenta años, de estatura media, piel cobriza y pelo corto y rizado. Su pronunciación del español es perfecta y deja a las claras sus raíces hispanas. Chris es mucho más alto y muy musculoso, sin una gota de grasa en el cuerpo. Lleva el pelo largo y jeans, como sacado de los años sesenta. A tono con la agradable temperatura de la oficina, se despoja de su delgada chaqueta de cuero, poniendo al descubierto una camiseta ajustada de mangas cortas. En su brazo izquierdo despunta una musaraña indescifrable de colores a manera de tatuaje.

—No te puedo prometer ningún cambio si no nace de ti, te lo repito.

Arturo formula la frase con la misma convicción que un creyente pronuncia una sentencia bíblica. Chris lo observa aún desconfiado, con los ojos bien abiertos, como suele hacerlo.

Arturo advierte su aparente recelo.

—¿Está usted casado? —pregunta Chris.

—¿Casado? —repite Arturo.

—¡Sí, casado!

—No, no lo estoy. ¿Por qué me lo preguntas?

—Siempre me han dicho que los hombres casados tienen más experiencia en todo esto del amor. Mi único interés en visitarlo, se lo repito, radica en el plano amoroso, o sea, en mi deseo de reconquistar a Mary, mi ex novia.

—No estoy casado —explica Arturo—, pero puedo asegurarte que ya rondo los cuarenta y que he vivido situaciones tan dramáticas como las que me has contado.

—¿Alguna novia lo llamó "hijo de p..."?

—No —dice Arturo con una sonrisa—. Nunca me han llamado "hijo de p...". Cuando te digo que puedo ayudarte es porque me identifico con tu vida, o con lo que hasta ahora conozco de ella. Además, hay algo que debe quedarte claro: tú vienes a verme con el propósito de reconquistar a Mary, pero en realidad, para lograrlo, necesitarás encontrar dentro de ti respuestas para convertir los problemas en soluciones y oportunidades de crecimiento. Si sólo se tratara de reconquistar a Mary, te hubiera sugerido visitar a un consejero amoroso; hay muchos aquí en Los Ángeles.

—Perdóneme, doctor, pero yo no tengo tiempo para pasarme meses tratando de resolver todos mis problemas. Simplemente quiero que me ayude a reconquistar a Mary, lo más rápido posible, y a demostrarle que la quiero y que no soy ningún "hijo de p...". Me dice su tarifa, nos ponemos de acuerdo para el pago, yo hago lo que tenga que hacer y ya está.

Chris no deja de mover las piernas, a pesar de estar sentado en un cómodo e inmenso butacón de vinilo castaño claro, a la usanza de las oficinas modernas. Arturo permanece callado unos segundos, lo observa convencido, ahora más que nunca, de que tiene delante a un tipo de ser humano no apto para sermones, ni de un *life coach* ni de nadie. Una de esas almas carcomidas por la impaciencia que sólo entienden de resultados de hoy para mañana, incapaces de intuir que los grandes propósitos de la vida no se venden en la farmacia al doblar de la esquina. Chris demuestra ser un espécimen más de esa generación actual de jóvenes de entre 15 y 30 años a los que llaman *"millenials"* y que todo lo quieren al alcance de un clic en su Smartphone. Un ser humano doblegado por un pesimismo y desconfianza recurrentes, con tanto miedo a la vida que hasta le teme al amor.

Arturo decide romper el silencio, pero lo hace de forma suave, como es su costumbre.

—No me llames doctor, es un título que no tengo. Sólo llámame Arturo.

—De acuerdo, como usted diga, Arturo.

—Así es mejor. Al final somos seres humanos portadores de un nombre al que respondemos; además, entre tú y yo no pueden existir títulos ni etiquetas que nos distancien. Tenemos que trabajar muy unidos, sin el más mínimo rastro de desconfianza. Nuestra relación tiene que fluir como si nos conociéramos de toda la vida. Creo que es la mejor manera de poder ayudarte.

Arturo intenta ser persuasivo. Le suelta una sonrisa

amable, se levanta de la butaca, da unos pasos y se detiene frente a un pequeño microondas bien disimulado entre el moderno mobiliario. Chris lo sigue con la mirada, observa como introduce dos tazas con agua en el microondas y prepara dos bolsitas de té.

—¿Tomas té? Perdona, no te lo pregunté antes.

—Sí, lo prefiero con miel —comenta Chris.

—Igual que yo. Este que vamos a tomar hoy es de Brasil, un país que me fascina por su cultura y su gente. Es un té muy especial, ya verás.

———

Mientras calienta el agua, el recién estrenado *life coach* se dispone a crear las condiciones adecuadas para una charla difícil, pero que espera sea provechosa. Enciende una varilla de incienso de la que comienza a emanar un agradable olor a sándalo, su aroma favorito. Baja las luces y deja escapar de su iPad una melodía tenue pero agradable, como el mismo olor a sándalo que se esparce por cada rincón de la oficina. La llamada del microondas lo obliga a continuar la preparación del famoso té brasileño. Arturo le ofrece a Chris una taza de infusión humeante, sostiene la otra y vuelve a acomodarse en su butaca, al otro lado del escritorio.

El ambiente tranquilo, el aroma del incienso, la suave música y la infusión hacen que Chris comience a relajarse sin casi darse cuenta. Se siente cómodo, sin el "dichoso culillo" que tan amorosamente le reprochaba su abuela cubana cuando era un niño y no dejaba de saltar de un lugar a otro. Arturo advierte la nueva comodidad del joven; ahora sólo busca el momento justo para romper el silencio y comenzar su trabajo. Ve en Chris al mismo Arturo de catorce o quince años atrás, indeciso, intranquilo, a veces malcriado. Aquel Arturo que, inundado de sueños, se abrió paso en la vida gracias a la pasión que logró impregnarle a cada uno de sus anhelos.

—¿Meditas? —pregunta al joven.

—No tengo tiempo.

—¿Tampoco haces ejercicios de relajación?

—¿No es lo mismo?

—¡Para nada!

Entre sorbo y sorbo de té, Arturo trata de penetrar el grueso blindaje de Chris.

—Tenemos que hacer ejercicios de relajación y de meditación. Los dos juntos, si te entusiasma. Aquí en la oficina, en la costa, en un parque, donde prefieras. Te voy a recomendar un método fácil y muy completo.

—¿Cree que eso me ayudará a reconquistar a Mary?

—Por supuesto.

—¿Por qué se decidió a trabajar como *life coach*?

Arturo se sorprende ante la pregunta, pero mantiene el ritmo de la conversación.

—Prométeme que no te vas a reír si te lo cuento.

—De ninguna manera.

El joven fija aún más sus ojos en Arturo. Observa cómo se reacomoda en la butaca, como alistándose para develar un gran secreto.

—Una noche en la que dormía profundamente, sentí un susurro muy lejano, como venido de Dios. Te repito, estaba dormido y soñaba. El susurro era muy tenue, pero lo escuché perfectamente. Decía: "Dedícate y abre tu corazón al prójimo, escúchalo, abrázalo, socórrelo y tendrás la abundancia y la felicidad que deseas".

Lo dice en voz baja, pero con la convicción, la firmeza y la credibilidad que le han permitido abrirse paso y triunfar en el competitivo mundo de los medios de comunicación. La dicción de Arturo es perfecta a fuerza de años de duro entrenamiento; su lenguaje corporal es meticuloso, sucinto, estudiado. Ni un gesto de más ni uno de menos. Es un hombre que domina la semiótica, la neurolingüística, la psicología, y quien, como entrevistador, posee un alto dominio de sus emociones.

—Estoy convencido, Chris, de que una manera de dedicarme a los demás es ayudarlos a encontrar su verdadero propósito en la vida, reprogramar su mente, confrontar su pasado y crear un futuro prometedor... lo que también intentaré hacer contigo a partir de hoy.

—Entonces, ¿se decidió a trabajar como *life coach* porque lo soñó?

—Es cierto que decidí comenzar al despertar de ese sueño del que te hablé, pero lo llevo soñando despierto desde hace mucho tiempo. No me canso de leer una frase muy bella y profunda de Goethe, el gran escritor alemán. Grábatela bien: "Sea lo que sea que puedas o sueñes que puedas, comiénzalo".

Chris la repite en voz alta:

—"Sea lo que sea que puedas o sueñes que puedas, comiénzalo".

Aprovecha la repetición para extraer el mensaje encerrado en medio de esa madeja de palabras. Chris conoce bien a Goethe, sobre todo por su obra *Las desventuras del joven Werther* (en alemán, *Die Leiden des jungen Werthers*). Sin embargo, no requiere de sus conocimientos del escritor alemán para descifrar el mensaje. Con su sentido común le basta.

—Hagamos todo lo que sabemos que podemos hacer y hasta lo que soñamos que somos capaces de hacer —dice el joven.

—Así es. Que no desperdiciemos nuestro potencial, que huyamos del inmovilismo, que confiemos en nosotros mismos, en nuestro talento, y que dejemos a un lado el miedo. Hablo de buenas acciones, por supuesto: que amemos a los demás, que no nos dejemos arrastrar a la deriva por la indecisión y el pesimismo, que vivamos por nuestros sueños. Todo eso y mucho más encierra esa breve frase. Por esa razón, por el susurro en un sueño, es que estoy hoy aquí contigo, comenzando a hacer realidad mi anhelo, convencido de que puedo ayudar a los demás. Aunque, por supuesto, continúo con mi trabajo en los medios de comunicación. Ésa es mi principal fuente de conocimientos. Sé que puede parecer extraño, hasta risible para algunos, pero así es.

—No, no creo que sea risible, todo lo contrario, me parece muy interesante.

—Te lo cuento porque entre nosotros no pueden existir secretos. También tuvieron mucho que ver en esta decisión un *life coach* estadounidense, Anthony Robbins, y un gran maestro hindú, Swami Sivananda, de quienes he aprendido mucho de lo que compartiré contigo.

—¿Ha visitado la India?

—Una vez, pero le debo otra visita mucho más larga. Es un país cautivante.

A su visita a la India le debe la práctica de yoga, disciplina que ya forma parte de la rutina diaria de Arturo. En aquel país tuvo la oportunidad de profundizar en la vida de Swami Sivananda, el gran gurú hindú, yogui y maestro espiritual. Desde su primera conexión con el pensamiento de Sivananda, Arturo se identifica con su profundo lema de sólo seis palabras: "Sirve, ama, da, purifícate, medita, realízate". A él le debe su convicción de buen samaritano. Cada vez que pronuncia esas seis palabras, el espíritu de Arturo se regocija y su corazón palpita. Ellas son el motor que lo impulsa a no dudar ni un segundo en realizar tareas como la de ayudar a Chris, aunque por momentos tenga la sensación de estar enredado en medio de un rodillo de alambre.

—Chris, dime algo que no te pregunté el primer día. ¿Cómo diste conmigo? ¿Cómo supiste que yo comenzaba mi carrera como *life coach*?

—Gracias a Mary y a la casualidad.

Chris saborea el último sorbo de té, ya casi frío, coloca la taza en su platillo en el escritorio y se seca la boca con una servilleta blanca.

—Ahora es usted quien debe prometerme que no se reirá —dice y se reacomoda en la butaca.

—Te lo prometo.

—Por casualidad, porque me llegó su anuncio por Facebook sin buscarlo; ni sabía que usted existía... Bueno, como *life coach*, quiero decir. Sí lo conocía como presentador de televisión desde hace mucho tiempo, aunque la verdad es que no veo mucho la tele.

—Ah, ok. ¿Tú entraste a Facebook y mi anuncio te salió, así, sin buscarlo?

Arturo comienza a disfrutar de la conversación. Advierte que Chris se siente sorprendido, como un niño que es descubierto comiendo golosinas a escondidas.

—¡No, no, así, no! Es un poco enredado.

—¿Qué tiene de enredado?

—Porque yo abrí Facebook con otro propósito.... Entrar a la página de Mary.

Lo dice rápido, como se dicen las cosas cuando no queda más remedio.

—¿Entras a Facebook para espiar a Mary? —pregunta Arturo.

—¡No! ¿Cómo piensa eso?

—Si no es para espiarla... ¿por qué entras en su página?

—Para ver cómo está, si tiene algún problema. Muchas veces en Facebook la gente habla de sus dificultades, pone dichitos, alguna frasecita, y cuando usted lee todo eso se da cuenta de si están tristes o alegres, si se sienten abandonados...

—¿Tú quieres saber cómo se siente Mary, después de la ruptura, a través de Facebook?

—¡No tiene nada de malo! Además, es legal.

—¿La celas?

Chris no responde.

—Chris, ¿la celas? —repite Arturo.

—Mucho. ¡La celo mucho! Más de lo que usted se imagina, todo me recuerda a ella.

—¿Le has escrito algún mensaje? ¿Te ha respondido?

—A veces, cuando coincidimos en el *chat*, le hago alguna pregunta como quien no quiere las cosas.

—¿Y te responde?

—Sí, pero con la menor cantidad de palabras posibles. Sólo dice: "bien", "sin novedad", "todo normal", "perfecto", "maravilloso", "divino", "*nice*". ¡Qué mal me caen el "*nice*" y el divino ese!

—¿Y mi anuncio, cómo llegó hasta ti?

—Porque cuando salí de su página me quedé en la mía un rato. Yo sólo tengo seis o siete amigos, pero uno de ellos es seguidor suyo. Usted sí tiene muchos seguidores en Facebook, ¿verdad?

—Sí, tengo muchos, pero es lógico que sea así, teniendo en cuenta mi profesión. Cuando seas un consagrado director de cine, seguro tendrás más que yo.

———

Chris esboza una sonrisa triste, pero se siente tranquilo al salir a flote toda su vulnerabilidad. Ha estado a punto de llorar al hablar de su ex novia. Arturo se regocija porque el joven, una persona cerrada y desconfiada, ha comenzado a abrirle su corazón. La coraza con que resguarda sus sentimientos comienza a desmoronarse para dejar salir su alma verdadera, el alma de un ser humano desconfiado pero enamorado, con una vida y una carrera brillantes por delante, pero sin un ápice de la paciencia y la perseverancia imprescindibles para triunfar en esta vida moderna y vertiginosa.

Quizás otro *life coach*, piensa Arturo, le aconsejaría visitar un psicólogo, pero él, gracias a la intuición cultivada por años, a golpe de diálogos y confrontación de ideas, piensa que más que poner en orden su psiquis, Chris debe ordenar su vida, valorarla realmente, revalidar su optimismo y aprender a confiar en sí mismo. El joven, y esto lo sabe muy bien Arturo, necesita reprogramarse el significado que su vida le ha dado al compromiso.

—¿Crees que recuperar a Mary te devolverá la felicidad?

—¡Claro que sí!

—No comparto esa idea y ponme ahora mucha atención, porque esto es muy importante. Recuperar a Mary quizás te dé una felicidad temporal, no lo dudo. Digo temporal porque durará hasta que todos esos problemas de que me has hablado vuelvan a salir a flote y a hacer de las suyas. Tú mismo me has dicho que no es la primera vez que ella se aleja de ti.

—Así es, Arturo.

—Una relación de amor verdadero es mucho más que estar yéndose y viniendo. Únicamente podrás conquistar a Mary para siempre cuando te decidas a evolucionar, a ir más allá de tus limitaciones, de tu pasado; cuando te recuperes a ti mismo y rescates tu autoestima. Sólo esa victoria tuya, porque será tu victoria no la mía, te dará la posibilidad de encontrar la llave del corazón de Mary y traerla de vuelta, no por un tiempo, sino para toda la vida.

Chris guarda silencio. Otra vez fija su mirada en los ojos del *coach* en busca de una señal que le permita confiar por completo en aquel hombre con quien sólo ha conversado un par de horas y ya asegura poder ayudarlo.

—Puedes confiar en mí, Chris. Eres joven aún. Tu vida todavía es moldeable, quizás con los años todo será un poco más difícil. Los seres humanos creamos una enorme resistencia al cambio, a repensar nuestras historias, a darnos cuenta de que la vida no pasa contra nosotros sino a nuestro favor, a pesar de las más adversas situaciones.

—Ok. Si acepto, ¿cuánto costaría cada consulta?

—No hablemos de dinero ahora.

—Pero yo no puedo lanzarme a una aventura sin conocer su costo. Es como iniciar una filmación sin tener una idea del presupuesto.

—Te aseguro que el presupuesto de esta aventura, utilizando tus propias palabras, siempre estará a tu alcance. Confía en mí —asegura Arturo.

Nada menos confiable para Chris, que la palabra "confía".

—Comprendo que no te es fácil. Tú mismo reconoces que eres muy receloso, pero alguna vez en la vida tienes que confiar en alguien y yo te estoy dando esa oportunidad. ¡Te hará mucho bien! Por primera vez, recibe algo sin cuestionar cuánto debes dar a cambio. De eso no se trata el dar. Tampoco te ocupes tanto del cómo sino del "por qué" lo haces.

—Entonces, ¿qué me propone?

La pregunta satisface a Arturo. Parece que el joven comienza a conectar con él. Emite señales positivas y su cerrada personalidad empieza a abrirse. Sus prejuicios parecen palidecer y su desconfianza, una reacción natural ligada al miedo, también empieza a ceder. Pero el *coach* no cree oportuno responder aún a la pregunta; considera más provechoso continuar con su avalancha de argumentos.

—Todos los seres humanos tenemos el potencial de completarnos desde el interior. La felicidad no se completa con ninguna fuerza externa por mucho amor que des y recibas. ¿Sabes lo que significa eso?

Con un movimiento de cabeza y hombros, Chris expresa dudas.

—Quiere decir "autovalorarnos", detectar nuestros propios errores y tratar de encontrar la manera de eliminarlos. Cuando lo hacemos, nos convertimos en seres más confiados, más seguros de nosotros mismos y más atractivos para nuestros semejantes. ¿Has tratado de hacerlo? Quiero decir, ¿alguna vez te has puesto a recapitular sobre tu vida, a focalizar en cada uno de esos problemas que mencionas en la grabación y a analizar el rol negativo que juegan en ti?

—No, admito que nunca.

—¿Por qué no?

—No sé, será que me falta la concentración necesaria. Es mi historia, es mi vida, nada va a cambiar, ya es pasado.

—Sin embargo, conoces esos problemas, los tienes bien definidos pues me hablaste de ellos en la grabación.

Me hablaste de ellos casi con la emoción de tenerlos vivos en tiempo presente. Esos problemas, que yo prefiero llamar situaciones de vida, aún te definen, te mantienen preso de tu pasado, se reflejan en tus estados de ánimo y, por ende, en tus decisiones.

—Es cierto —reconoce Chris—. Tengo todos esos conflictos, pero no sé cómo eliminarlos.

—Aunque no lo creas, eso ya es un gran paso a la hora de comenzar un "proceso de sanación y recuperación espiritual" para eliminar lo que yo llamo "limitaciones personales". Recuerda que un problema sólo es un problema si así lo vemos en nuestra mente. Todo depende del significado que le demos. Y ya verás cómo nos encontraremos con esa palabra durante este proceso.

—¿Sanación y recuperación espiritual?

—¡Efectivamente! Imagínate que caminas por un oscuro túnel. Yo puedo ayudarte a iluminar ese túnel, pero quien tiene que estar preparado para salir de él eres tú. Por eso dije que será tu victoria, no la mía. Con mi ayuda, desde el exterior comenzarás a iluminar tu interior. Suena complicado, pero tú eres una persona inteligente y sé que me entiendes. Déjame hacerte otra pregunta: ¿Te consideras una persona abierta al cambio?

—¿Cambio? ¿A qué clase de cambio?

—A todos los cambios que sean necesarios para romper con tu historia y hacer de ella tu fortaleza en vez de tu debilidad —explica Arturo—. ¡Los seres humanos no somos siempre los mismos! Evolucionamos constantemente, métete eso en la cabeza. Nuestra mentalidad tiene que evolucionar, adaptarse a los retos que nos impone la vida. En el Medioevo se pensaba y se actuaba de manera muy diferente a como lo hacemos hoy. Otra pregunta: ¿Tú te adaptas a los medios y a las formas actuales de hacer cine, o sea, al lenguaje moderno y a las nuevas técnicas?

—Por supuesto que sí. Hay que estar al día.

—¿El desarrollo técnico y los conceptos actuales, posibilitan que tu cine sea un cine de hoy, verdad?

—¡Claro!

—Un cine de hoy en toda su dimensión, o sea en el lenguaje, en la manera de narrar una historia, en la forma de proyectar un mensaje.

—¡Claro que sí! El lenguaje cinematográfico de hoy es muy diferente al del cine mudo, por poner un ejemplo extremo.

—Entonces, Chris, para ser hoy un buen cineasta tienes que evolucionar, es decir, adaptarte a los patrones conceptuales y técnico-artísticos que exige el cine de hoy. ¿Es o no es así?

—Así es.

—¡Eso es cambio! Y tú formas parte de ese cambio, o sea, evolucionas en la misma medida que esos patrones evolucionan. Te adaptas al contexto, a las necesidades, a las nuevas ideas del cine que es tu pasión y tu trabajo. En este sentido, eres un ser que está dispuesto al cambio y participa del cambio.

"¡Caramba, parece que sí eres una persona abierta al cambio! Sin embargo te dejas dominar por grandes limitaciones internas, 'defectos' como tú les dices. En nuestra sesión anterior dijiste que eres receloso, poco positivo, introvertido, indeciso, no tienes una pizca de paciencia ni mucha perseverancia y no eres una persona demasiado sociable. Que eres así desde hace años y no has podido o querido cambiar. Tienes que aceptar la idea de que todo eso le ha chocado y molestado a Mary por mucho tiempo. ¿Has pensado que también podría comenzar a perjudicarte en tu vida profesional?

—No tiene por qué sucederme, a mí me gusta mucho el cine, adoro la creación cinematográfica, me entusiasma lo que hago.

—Esa no es una razón lógica. También te gusta mucho Mary, la adoras y te llena de alegría tenerla, pero ella te ha abandonado varias veces. Y ahora sientes que esta vez puede ser la definitiva. Tu forma de ser y de actuar ha llevado al límite a tu novia, quien ha sido capaz de sacrificar su amor por ti.

Chris agacha la cabeza. Es una verdad que duele. Todas sus limitaciones colocaron una carga explosiva dentro de su novia, una carga que reventó aquel día, en los estudios, y que provocó en Mary esa expresión despreciable de "un buen hijo de p...".

—Sí, tiene razón, pero entienda que para mí es difícil deshacerme de todo eso. Mi niñez, lo sucedido a mis padres, todo en la vida se me ha hecho difícil muchas veces. Mi personalidad es un reflejo de lo que me ha sucedido.

—Es triste, ¡pero no puedes vivir con esa carga toda la vida! Quien quiere volar alto tiene que dejar atrás todo lo que le impida alzar vuelo. De todo lo que te sucedió en el plano personal, en la adolescencia, hablaremos en otra sesión. Ahora quiero retomar el tema que me interesa hoy. Al igual que cambias y te pones al día con las técnicas actuales del cine, también tienes que darle un giro a tu manera de ver y enfrentar la vida. Tu espíritu tiene que estar a tono con los desafíos de esa vida y, en estos momentos, Mary, para ti, es un gran desafío. Depende de tu capacidad de evolucionar espiritualmente que venzas o fracases. Y, ten presente: ¡fracasar para ti es perder a Mary! Este es tu dilema. Muchas veces, el sólo hecho de pronunciar la palabra "cambio" nos asusta. Es más fácil cambiar la manera de hacer las cosas que cambiar la manera de pensar y procesar las cosas que nos suceden.

"Los seres humanos tendemos a acomodarnos. Eso nos inmoviliza en nuestro quehacer diario. Y el peor de los inmovilismos es el espiritual, justo el que te está afectando a ti. La reacción de tu novia es prueba de ello. Agradécele que haya provocado en ti la necesidad de cambio.

Para Arturo, Mary es sin duda el acertijo que mueve los ocultos resortes del joven y abre las puertas hacia lo más profundo de su ser. Ella es el símbolo y el arma fundamental para que Chris se proponga un profundo cambio en su vida, para que inicie un proceso de sanación espiritual y una evolución interna que ponga en orden su espíritu y su corazón.

—Mary es la que más necesita de ese cambio tuyo —continúa Arturo—. Ella te ama, pero no puede tener a su lado a una persona con miedo a la vida. Ese cambio que tú necesitas los beneficiará a los dos. Te sanarás y a la vez recuperarás lo que has perdido, el amor. La vida exige cambiar para ir a la par del mundo que nos rodea, pero, si el mundo no cambia, cambiemos nosotros. Me encanta una frase de Anthony Robbins que dice: "Nada ha cambiado, sólo yo he cambiado, por eso todo ha cambiado". Cuando se renueva el espíritu, todo se renueva alrededor nuestro, nos convertimos en mejores personas. ¿Has oído hablar de Juan Salvador Gaviota, el de la famosa fábula?

—Sí, la he leído —dice Chris.

—¿Puedes hablarme de ella?

—*Juan Salvador Gaviota* es una fábula escrita por Richard Bach que recrea la historia de una gaviota y sus deseos de ser diferente.

—Así es, pero prefiero que digas: "sus deseos de cambio". ¿Y por qué quiere cambiar?

—Si no recuerdo mal, porque deseaba volar más alto que las demás gaviotas y quería llegar más lejos; porque no se conformaba con la vida de sus congéneres, quienes sólo se ocupaban de hacer ruido y de comer.

Arturo retoma la historia de Juan Salvador Gaviota, aquella ave que siente la necesidad de cambiar, que se motiva por llegar cada día más alto, por conocer nuevas experiencias y lo hace superando todos los contratiempos.

—Los seres humanos, como le sucede a la gaviota —le explica Arturo a Chris—, a veces también tenemos que pagar precios muy elevados por el simple hecho de soñar con el cambio. Para alcanzar el éxito, es preciso estar dispuestos a hacerlo realidad. No hacerlo es no ver el futuro como un tiempo que también nos pertenece, pero que tenemos que conquistar desde el presente. Desde sus inicios, la sociedad humana ha estado siempre en constante evolución. Hoy más que nunca, el desarrollo a veces avasallador de la sociedad pone a prueba a cada instante nuestra capacidad de transformación y adaptación a los nuevos tiempos, pero también la de transformarnos espiritualmente para tratar de ser cada día mejores seres humanos. En la medida en que lo logremos, estaremos más preparados para alcanzar el éxito en todas las esferas de la vida, incluyendo el amor.

Chris lo escucha ensimismado por la pasión que emana de cada una de las palabras de Arturo. Ha leído la fábula un par de veces pero nunca llegó a sospechar la profundidad de su mensaje.

—Chris, tus límites de hoy fueron generados en el pasado. Se justifican, pero no tienen por qué perseguirte, por qué poner en peligro tu futuro. Pensar en el pasado muchas veces es una atracción fatal, hace brillar el halo de la melancolía. Nada malo existe en reflexionar sobre lo que nos sucedió, lo malo es quedarse enquistados dentro de ese pasado, porque así se pierde la perspectiva del futuro y se deja a la deriva nuestra evolución. Es como hipotecar nuestro futuro con un cheque en blanco que nos siguen escribiendo y firmando desde una cuenta sin fondos ya caducada. Tú ves el pasado como algo sin nada positivo que ofrecer. Cuando nos estancamos en experiencias pasadas, desperdiciamos la oportunidad de cambiar nuestro destino, que al final no son más que piedras que has dejado en tu camino al andar. Dios quiere que tú escribas tu historia. Dios quiere que uses tu historia para crecer.

Chris baja la cabeza como avergonzado. Arturo suaviza su fuerte tono de voz.

—Es cierto que muchas veces nuestro entorno familiar o social no propicia el cambio, como le sucede a Juan Salvador Gaviota. Pero para ti, el entorno no es hostil; la hostilidad la llevas dentro. Entonces debes hacerte preguntas que te obliguen a evolucionar, lograr superarte cada día. Vamos a trabajar para que así sea. Vamos a hacer preguntas que puedan dar un nuevo significado a tu vida, incluso a esa frase que Mary te lanzó. Vamos a buscar las respuestas para que seas "un buen hijo de p..." con las "pes" de pasión, paciencia y perseverancia.

Chris no pronuncia palabra. Arturo vuelve con su carga de argumentos.

—Escucha, tú reconoces que Mary se ha ido otras veces a causa de tu manera de ser. ¿No es así?

—Así es.

—Entonces, juntos vamos a eliminar esos conflictos internos y rescatar su amor, para que ella regrese, y para siempre. Pero tú debes estar dispuesto, como la gaviota, a ser valiente, decidido, a ser mejor cada día y a superar todo lo que te amarra desde tu interior.

—Es cierto que necesito un cambio. Eso es lo que vine a buscar, aunque quizás no me expresé bien, o, como dice usted, tuve miedo de pronunciar la palabra "cambio". Sin embargo, hay algo que me preocupa.

—¿Qué te preocupa? —pregunta Arturo.

—No... no quiero dejar de ser yo mismo. Mary siempre me ha querido y estoy seguro que me quiere todavía. Quiero seguir siendo Chris.

—Nunca vas a dejar de ser tú en esencia —afirma Arturo—, aunque quizá sí en apariencia. Llegarás a ser la mejor versión de ti mismo. Nada es estático en nuestro cuerpo. Cada célula se regenera, cada órgano se revitaliza y modifica. ¿Por qué entonces deben ser rígidas nuestras creencias, nuestra filosofía de vida? Cuando hablo de darle un giro a tu vida, me refiero a evolucionar, a ser mejor, a subir a los niveles más elevados de la existencia humana. Tú admites que tienes "problemas" pero, si no estás dispuesto a cambiar, te niegas a eliminar esas limitaciones, a ser cada día mejor, te condenas a ti mismo a convertirte en un "mal hijo de p...". Te aseguro que este proceso de sanación y búsqueda te ayudará mucho en todos los planos de tu vida.

—Y usted me asegura que así podré acercarme a Mary, reconquistarla y retenerla...

—Si, como tú afirmas, ella te ama, te lo aseguro.

—Lo entiendo y estoy dispuesto a dejarme ayudar, creo que lo necesito.

—Si lo logramos, cuando salgas de ese túnel que atraviesas ahora, allí estará esperándote Mary.

—Yo quiero creerle, se lo juro. Estoy dispuesto a comenzar a trabajar con usted, pero aún tengo muchas dudas dentro de mí. ¿Será que Mary tiene razón y soy un verdadero "hijo de p..."?

—¡Nada de eso! Piensa en tus nuevas "pes" de éxito. Veo en ti mi vida a los veintitantos años, y por eso sé que puedo ayudarte. Yo salí del túnel y no soy mejor que tú. Chris, vivir es un privilegio. La vida siempre nos da otra oportunidad para hacer las cosas mejor y crecer como seres humanos, para iluminarnos y actuar sabiamente. Piensa en esto como una oportunidad más que te da la vida.

—¿Y si, cuando salgo del túnel, Mary no está allí?

—Si Mary no está allí tendrás de todas las herramientas para salir a buscarla. Mantendrás tu pasión por ella y por la vida y dispondrás, a la vez, de la paciencia y la perseverancia para lograr cualquier cosa que te propongas. Que Mary no esté allí puede significar un fracaso momentáneo, pero no debe ser el fin de tus sueños por ella. Es más, te propongo eliminar de nuestro vocabulario la palabra fracaso, no me gusta ni mencionarla. ¿Por qué no decir ensayo? ¡Es más cinematográfico!

"Para algunos actores repetir una escena varias veces puede significar un fracaso, pero, en realidad no es así. Repetir una toma porque las cosas no han salido bien, con el propósito de que salgan como es debido, es síntoma de perseverancia, de paciencia, de amor por lo que se hace. Tú fuiste quien comenzó a comparar la vida con el cine. Si Mary no está en la salida del túnel, esperando tu llegada, repites la toma una y mil veces, hasta que logres tu propósito de llegar a ella. Esa sería tu toma ideal. ¡Un fracaso no es más que un ensayo del éxito!

Arturo no espera un segundo y sigue tejiendo su redecilla de argumentos. Narra anécdotas, cita frases famosas, pone a disposición del joven un enorme arsenal de conocimientos adquiridos gracias a su eterna costumbre de escuchar. Habla de viajes, de maestros, de paradigmas, de las experiencias acumuladas durante años de trabajo en los medios de comunicación, y lo hace sin una pizca de egolatría. Aunque, por primera vez en su vida, Arturo habla mucho más de lo que escucha.

—En una ocasión, un periodista le recordó a Thomas Alva Edison que fracasó casi mil veces antes de inventar la bombilla eléctrica. ¡Edison estuvo años tratando de lograr su objetivo! ¿Sabes qué le respondió Edison al periodista? Que nunca había sufrido ningún fracaso, que gracias a ese esfuerzo tuvo la posibilidad de aprender novecientas noventa y nueve maneras de cómo no fabricar una bombilla.

Chris lo escucha atentamente. Arturo percibe que la conexión entre ambos es cada vez mayor.

—Hay cosas en la vida que pueden necesitar infinidad de ensayos y años de intentos. Un acróbata de circo encanta al público. Quizás su número dure escasos minutos, pero tiene detrás horas, semanas, meses y años de trabajo; caídas, aparentes fracasos que se convierten en destreza y que al final posibilitan el éxito de su número. Si tú y yo trabajamos juntos y cuando logres salir del túnel, venciendo tus prejuicios, tu desconfianza y tus miedos, Mary no está allí, sencillamente habremos aprendido una manera de *no* llegar hasta ella. Lo tomaremos como una experiencia más y con paciencia y perseverancia, impulsados por tu amor y tu pasión, lo intentaremos las veces que sean necesarias.

—¿Y si aun así no vuelve?

—Entonces es que nunca fue tuya.

—Arturo, yo estoy seguro de que sí ha sido mía y de que aún me quiere.

Por primera vez en la conversación, Chris es categórico; pone toda su convicción en lo que dice.

—Entonces, volverá, te aseguro que volverá.

—Dígame, ¿qué debo hacer?

—Vamos a trabajar unidos en dos planos. El primero tendrá como objetivo poner en orden tu vida para que aprendas a valorarla, para que reinen en ti el optimismo y la confianza; también levantar tu autoestima y hacer desaparecer tus miedos. Después trabajaremos en recuperar a Mary.

—Usted ve, eso no me convence mucho.

—¿Por qué?

—¿No podemos invertir las posiciones? O sea, ¿tratar de recuperar a Mary primero?

—No, Chris, no podemos porque, aunque trabajaremos en dos planos diferentes, el segundo, la reconquista de Mary para siempre, depende del primero. No obstante, para tu tranquilidad, la reconquista forma parte del trabajo práctico que deberás hacer para lograr nuestros propósitos superiores. Será una labor paralela.

—Usted ve, eso suena mucho mejor.

Arturo hace una aclaración que considera necesaria:

—Para el amor no existen manuales, ni códigos, ni reglamentos, ni nada por el estilo. Te lo digo porque lo he vivido en carne propia. Una vez, una gran psicóloga chilena me dijo que el amor no es un sentimiento sino una decisión.

—¿Sus experiencias en el amor han sido buenas o malas? —pregunta Chris.

—Eso no viene al caso ahora. Son experiencias normales de las que podemos hablar más adelante. Ahora lo que me interesa aclarar es que el amor es un sentimiento, una emoción muy fuerte y muy pura para intentar explicarlo. ¡El amor está muy por encima de todo eso! Este plan que vamos a desplegar tú y yo no tiene nada de mágico. Es una manera refinada, cortés, estudiada, de llegar al ser amado, pero sólo da resultados positivos si ese amor es correspondido. Y... ¿sabes por qué?

—¿Por qué?

—Porque, como reza un proverbio turco, "Nadie tiene dominio sobre el amor, sin embargo, el amor domina todas las cosas". Interpreta lo que haremos, únicamente, como la forma más inteligente de reconquistar un amor.

—Comencemos entonces. Te propongo, ante todo, cambiar paradigmas. ¿Sabes lo que es un paradigma?

—Por supuesto que sí. Mi paradigma en el cine es Stanley Kubrick.

—Su *Odisea del espacio*.

—¡Arturo, usted sabe mucho de cine! —exclama Chris, y se ríe de sus propias palabras, un tanto cargadas de sana ironía.

Arturo, dominado por el poder del contagio, también sonríe. Toma la sonrisa del joven como un signo positivo, que reafirma su convicción de que ya ha conectado con él, que comprende y, por supuesto, acepta sus verdaderas intenciones. La risa de Chris, intuye Arturo, es una respuesta instintiva que brota desde lo más profundo de su inconsciente, algo que muchos psicólogos consideran una manifestación de confianza. Y ese precisamente es el primer objetivo de un *life coach*: ganar la confianza de su cliente.

—Lo primero es aprender a cambiar paradigmas para poder transformar en positivo todo lo que ahora consideras negativo. Así podrás convertir los problemas en nuevas oportunidades de crecimiento.

—¿Puede explicarse mejor?

—Este es el mejor de los ejemplos —comenta Arturo—. La frase "un buen hijo de p...", que tu novia te dijo, la misma que tu madre usaba con tu padre y que es entendible que detestes, tiene una clara connotación negativa, eso nadie lo discute. Pero, nosotros mismos podemos revertir ese significado. Vamos a darle un nuevo uso. Vamos a escuchar esa frase con otro espíritu, a vaciarla de su pernicioso significado y rellenarla con un mensaje positivo al que podamos sacarle utilidad.

—No me imagino cómo interpretar de manera positiva esa frase y mucho menos sacarle utilidad...

—Te voy a poner un ejemplo —continúa Arturo—. Hace unos días leí que la frase "vete pa'l carajo" tiene su historia. Sus orígenes no reflejan el uso actual de mandar a alguien al diablo. En los navíos antiguos, el "carajo" era el mástil más alto, desde donde se podía divisar si había peligro o si había otro barco cerca. Así comenzó a usarse esa frase. "Irse pa'l carajo" no era más que asumir el puesto de vigía en el mástil más alto del barco. Luego el uso de la frase se generalizó y ahora es utilizada para mandar a alguien bien lejos, muy pocas veces con buenas intenciones. En mi Cuba natal, cuando quieres decirle a alguien que se vaya por donde vino, le dices "vete pal' carajo". Cuando alguien te fastidia demasiado, lo mandas "pa'l carajo". La expresión marinera devino una frase despectiva. Pero en este caso, lo que te propongo es todo lo contrario: convirtamos el contenido humillante de "un buen hijo de p..." en enaltecedor.

El joven no puede aguantar la sonrisa, pero, en esta ocasión, su *life coach* no se contagia como la vez anterior. Arturo lo mira en silencio. Resiste la risa, a pesar de que ahora la sonrisa de Chris es más amplia y resalta por primera vez sus dientes blancos y bien cuidados. El joven, ante la parquedad de su interlocutor, se ve obligado a romper el silencio.

—¡¿Cómo voy a considerar enaltecedor que me digan "buen hijo de p..."?!

—Y si te confieso que yo me considero "un buen de hijo p..." —responde Arturo—. ¿Qué pensarías?

Ahora es Arturo el que sonríe mientras el semblante de Chris proyecta una mezcla de sorpresa y seriedad. Sin embargo, responde sin mucha necesidad de analizar lo que dice.

—Pensaría que usted es una buena persona y que quiere compartir mi humillación para quitarme un peso

33

de encima. Solo que ahora se equivoca, pues sucede que las humillaciones no se dividen. Las humillaciones se multiplican. Así que nos tocarán partes iguales.

Arturo está a punto de soltar una carcajada, pero se controla. Chris expone una y otra vez sus argumentos, pero la conversación se desarrolla en un ambiente distendido, poniendo a las claras la empatía que comienza a gestarse entre ambos hombres. La empatía es el primer paso para evitar secretos y crear confianza, pilares fundamentales en el trabajo exitoso de un *life coach*. Todo se hace más claro para Arturo; comienza a adquirir seguridad en lo que hace. Y empieza a sentirse orgulloso del camino que comenzó con aquel "dedícate y abre tu corazón al prójimo, escúchalo, abrázalo, socórrelo y tendrás la abundancia y la felicidad que deseas".

—No, no se trata de eso —explica—. No me considero una mala persona, pero, mi propósito no es compartir humillaciones contigo. Mi interés es que, cambiando paradigmas, logres que lo humillante se convierta en enaltecedor. Ya te lo dije, vamos a cambiarle el significado a la "p".

—¿A la "p"?

—No a todas las "pes", sino a la de "un buen hijo de p...", y valga la redundancia. Veamos todo lo hermoso que empieza con "p". Es la letra inicial de paraíso, paz, perdón...

—También de prostituta y pecado.

—¡En todos los rebaños existen ovejas descarriadas! La "p" también es la letra inicial de "pasión" y de dos virtudes que, te repito, son esenciales para el ser humano: la paciencia y la perseverancia. Nuestra labor consiste en considerarnos "buenos hijos de p... ", pero no con el significado ancestral de la frase, sino con el que tú y yo vamos a darle. Considerémonos "hijos de la pasión, la paciencia y la perseverancia". Ya te lo había intentado decir antes pero no estabas listo, ahora creo puedes intentar asimilar este reto.

Chris escucha tranquilo, acomodado en el amplio butacón. No tiene que realizar ningún esfuerzo para percatarse del entusiasmo que Arturo le impregna a su discurso, de la pasión que lo domina. El joven pronuncia la frase completa:

—"Un buen hijo de p..." es hijo de la pasión, la paciencia y la perseverancia.

—¡Exacto! Mary te dijo la frase para ofenderte, de acuerdo. Pero si transformamos su significado tendrás en tus manos un arma poderosa, la misma que necesitas para reconquistarla. De su ofensa surgirá el antídoto contra su dolor.

—¿Y cuando, para fastidiarme, mis compañeros de trabajo me llamen así?

—Disfruta de la frase, sonríeles, comienza a pensar desde ahora mismo que el sentido de esas palabras no es otro que el que tú y yo hemos acordado hoy. Es más, te sugiero que la comiences a tomar como un halago.

—¡Caramba, veré si lo puedo hacer!

—¡Si lo intentas, lo lograrás! Te dije hace un rato que vamos a emprender lo que llamo un "proceso de sanación espiritual". Esta actitud, ante las posibles burlas de tus compañeros, ya forma parte de ese proceso. En la medida en que logres incorporar paciencia y perseverancia a tu vida cotidiana, ésta avanzará mucho más. Cuanto más lo logres, más cerca estarás de Mary.

—¿Qué debo hacer ahora? —pregunta Chris, desesperado por respuestas.

Recuerda que tú mismo debes encontrar las respuestas, pero te guiaré con gusto. Lo primero que debes hacer es aprender a controlar tus impulsos; no puedes dejarte arrastrar por la pasión. Aunque impregnarle pasión a todo lo que se hace en la vida es positivo, el exceso de pasión es dañino. Puede llegar a convertirse en obsesión.

—¿Qué me aconseja usted para lograr controlar mis impulsos?

—Tienes que practicar la relajación y la meditación para mejorar tu salud mental y combatir el estrés al que nos somete nuestro incesante ritmo de vida. La relajación y la meditación permitirán que comiences a completarte desde tu interior. Yo puedo indicarte estrategias para ayudarte a crecer y sanar, pero tú tienes que ponerlas en práctica.

—¿Y... con cuál de las dos comienzo primero?

—¡Con ninguna de las dos!

—Pero, ¿cómo que con ninguna?

—Tú reflexiona primero, aprende a hacerlo; puedes reflexionar a cualquier hora del día, pero no antes de dormir. A esa hora quiero que te relajes y no reflexiones, porque te llenarás la cabeza de pensamientos que posiblemente te mantengan en vilo. Cuando encuentres el momento oportuno del día, te concentras y te preguntas qué hiciste bien o mal durante las últimas veinticuatro horas, y analizas lo que harás las próximas veinticuatro. En un par de semanas, cuando domines la reflexión, comenzarás los ejercicios de relajación —pero sin abandonar la reflexión— y verás como poco a poco irás profundizando tu nivel de concentración. Después estaremos listos para iniciar el camino hacia la meditación.

—No puedo negar que yo no me imagino acostado, tranquilo, sedado, respirando suave, en medio de tanta agitación y tantos ruidos. ¡Soy muy ansioso!

—No te preocupes, te entregaré un manual con las indicaciones para los ejercicios. Ese es un proceso que se logra poco a poco, te repito. Si te resulta muy difícil, podemos practicarlo juntos pero debes intentarlo una y otra vez. ¡Debes comenzar a ejercitar la paciencia y la perseverancia! Esos ejercicios te ayudarán mucho. Si lo logras verás que en un momento determinado disfrutarás de un profundo estado de relajación. Hay quienes consiguen un estado de concentración tal que hasta pueden controlar los latidos del corazón. Tienes mi teléfono, puedes llamarme cada vez que lo necesites.

—Creo que todo esto es positivo, interesante y necesario, pero ¿qué hago con Mary? ¿Cómo encaja ella en todo esto?

—Mary es la cereza encima del helado. Hacia su reconquista están dirigidas todas estas acciones. Ella será uno de los premios de tu evolución, aunque el premio mayor será para ti mismo. Te sentirás liberado de los pesos del pasado que arrastras encadenados a tu mente.

—¿La cereza encima del helado?

—Así mismo. Cuando cambies y la recuperes, también a base de paciencia y perseverancia, notarás mayor seguridad en ti, te sentirás realizado. Comprenderás lo importante de actuar en la vida guiado por ambas virtudes. Se elevará tu autoestima, cambiará tu visión de la vida, tu optimismo crecerá y te guiará por el camino personal y profesional. Por eso te aseguro que, aunque quizás no lo entiendas aún, Mary es el centro de nuestro trabajo. Ella es tu pasión, reconquistarla a base de paciencia y perseverancia completará tu hermosa labor. Será la verdadera realización de un sueño. Pero será sólo un escalón que te permitirá continuar subiendo en el camino ascendente de la vida, en pos de mayores sueños. Ya con Mary al lado, y sobre todo con pasión, paciencia y perseverancia, y abierto al cambio, no va a existir obstáculo que te pueda detener... ¿Aceptas?

Chris se relame de gusto y satisfacción; el optimismo de Arturo cala hasta lo más profundo de su ser, y ya se imagina conversando con Mary, cumpliendo, disciplinadamente, la primera parte del plan.

—¡Claro que acepto!

Arturo se siente satisfecho.

—Entonces, comencemos con la primera parte del plan.

———

—¿Seguro que primero no debo llamarla, conversar con ella, pedirle perdón, decirle que estoy arrepentido?

—¡No, nada de eso! —exclama Arturo.

—¿Puedo enviarle un ramo de claveles, sus flores favoritas?

—¡Tampoco, Chris! El momento para las flores será más adelante.

—Entonces, ¿qué hago cuando salga de esta oficina?

—Nada, Chris, nada.

—¡Cómo que nada!

—La técnica que vamos a utilizar tiene tres pasos; el primero de ellos es, precisamente, no hacer nada. No la llames, no te encuentres con ella ni siquiera por Facebook. Si la ves venir por una calle, enrumba hacia otra. Trata de no tropezar con ella nunca. Esta primera parte de la estrategia se llama "evasión paciente".

—¡Evasión paciente!

—¡Sí, paciente! Ya cuentas con la pasión... ¡Ahora lucha por la paciencia! Deberás separarte completamente de ella durante dos semanas.

—¡Dos semanas!

—Sí, dos semanas. Recuerda que para lograr lo que nos proponemos, tienes que ser disciplinado y mantener tu mente abierta al cambio. Nos veremos dentro de quince días aunque, después los encuentros serán semanales. Voy a estar unos cuantos días en Brasil, viviendo el carnaval, pero puedes llamarme por teléfono cuando quieras.

—¡La voy a extrañar demasiado!

—¡Ella también te extrañará! Si te ama, como dices, te

extrañará mucho. Es posible que hasta ella misma salga a buscarte, ya lo verás.

———

—Arturo... qué suerte tengo de haber encontrado un mentor.

A Arturo lo hace feliz escuchar esa frase, pero hace una aclaración.

—No, Chris. Yo soy *coach* o guía, no mentor.

—¿Cuál es la diferencia?

—El mentor es experto en algo y te enseña o entrena basado en sus conocimientos y habilidades. El *coach* sólo es un guía que a través de preguntas, la escucha y la observación invita a la persona a encontrar sus propias respuestas y romper sus patrones para que logren crecer y encontrar el camino adecuado. Por eso te digo que soy tu *coach*, no tu mentor. Aunque, más allá de los tecnicismos, trataré ser un amigo para ti. Un amigo sincero.

—¿Que me da su mano franca?— pregunta Chris en alusión a uno de los versos del apóstol de Cuba, José Martí, en un poema que tantas veces escuchó de niño.

—Así es. Un amigo sincero que te da su mano franca. ¿A quién te gustaría tener como mentor en tu industria, en el cine?

—Bueno, Arturo, yo quisiera a Steven Spielberg. Con ese maestro créeme que me voy al cielo.

—¿Y qué te detiene en tenerlos como mentores?

Chris se ríe con cierta sorpresa.

—Como si fuese tan fácil, Arturo. Nunca lo he visto siquiera.

—¿Lo has intentado?

—Por supuesto que no...

—Vive en nuestra ciudad. Mira, la vida hoy en día gracias al Internet nos pone a todos cada vez más cerca. Si tú quieres parecerte a Steven Spielberg, tienes que estudiar su historia. Si quieres que sea tu inspiración, conócelo, estudia todo lo que dice en sus entrevistas. Hay un camino al éxito, y es el modelado.

Chris abre los ojos como si alguien le estuviese dictando los números ganadores del premio gordo de la lotería.

—¿Qué es eso del modelado?

—Justamente lo que su nombre dice. Modelar es usar como modelos a esas personas que te inspiran por sus valores y cualidades. Te sugiero que no mires la carrera de esa gente que te impresiona, sino desde la cercanía de lo que hicieron e invirtieron como seres humanos para, con esfuerzo, convertirse en ejemplos para muchos en su industria. Ellos han desarrollado su genio: algo que todos los seres humanos tenemos y que sólo haciéndonos preguntas de calidad encontraremos. Al final, lo más importante de esta etapa será que habrás encontrado mentores y sabrás cómo hacerte preguntas que te ayudarán a crecer. De eso se trata la vida.

—Siempre he visto a Spielberg como de otra raza, una élite a la que no me imaginaba pertenecer.

—Y ese es un pensamiento limitante, porque si no lo ves

en tu mente, no sucederá. Nuestra mente es un espejo que refleja nuestros estados de ánimo. Es un espejo que refleja en emociones nuestra manera de ver el mundo y de apreciar quienes somos. Recuerda que todos somos los directores de nuestra propia película, y esa película tiene un gran maestro que es Dios, supervisando el guión. Pero Dios nos dio recursos para crear, escribir y editar la trama de nuestra película.

Arturo toma de su escritorio un libro de carátula roja titulado *Poder sin límites* y se lo da a Chris.

—Es un regalo que te viene como anillo al dedo —le dice al joven—. Mucho he aprendido yo de Tony Robbins. Por muchos años fue un gran *coach* para mí, sin conocernos. Justo hace unas semanas lo llegué a conocer y me di cuenta de que ahora Tony no sólo es un *coach* sino también un mentor, porque él me inspira a transformar vidas y a hacerlo de una manera entretenida y fácil para la gente. Este libro te gustará mucho y será uno de varios que te recomendaré en los próximos meses.

Arturo le agradece a Tony Robbins mucho de lo que ha aprendido sobre su propia vida. Ha comprado todos sus programas en discos compactos y DVDs y sólo recientemente llegó a conocerlo. Ahora sólo queda esperar que Robbins cumpla su promesa de estar en el programa de televisión de Arturo.

Chris hojea el libro y se queda boquiabierto al detenerse en una línea de entrada de párrafo que dice: "Consideremos el caso de Steven Spielberg. A la edad de 36 años se había convertido en el director con más éxito de toda la historia del cine".

—¡No lo puedo creer! Aquí habla de Spielberg, justamente de cómo pudo llegar tan alto a tan temprana edad.

—Chris, el ejemplo de Spielberg es sólo uno de los muchos que Robbins menciona en su libro. Spielberg pasó todo un verano a sus 17 años conversando con directores y trabajadores de Universal Studios. Su propósito era observar y estudiar el olfato de lo que hacía de una película un éxito. Su visita a Universal y su osadía de colarse en los estudios hicieron que tres años después, con sólo 20, les presentara una película que había logrado llevar a cabo y ganara un contrato por siete años para dirigir una serie de televisión.

Chris se siente inspirado al enterarse de la intrepidez temprana de uno de sus ídolos del cine, a quien nunca vio como un posible mentor por considerar que no estaba a su alcance.

Arturo le dice:

—Los sueños se hacen realidad si mantienes un foco casi obsesivo en ellos y ejecutas un plan de acción para acercarte a su realización. Luego, una vez que hayas puesto mucho de tu parte por alcanzarlos, llega el tiempo del desapego y es ahí cuando muchos sueños se realizan.

—¿Y qué necesito para no desmayar en mis sueños?

—Ser un buen hijo de p... eso necesitas. Pasión, paciencia y perseverancia. Te lo repetiré hasta que tu mente deje de resistirse. La pasión te da la energía para arrasar con los obstáculos que se presenten, ser siempre positivo, jugar con tus circunstancias y no dejar que ellas jueguen con tu mente. Con pasión podrás contagiar al mundo y tendrás una alta capacidad de conectar con los demás, como si fueras un imán. Y si a eso le sumas una buena dosis de paciencia, llegarán la fe y la confianza en el tiempo divino y universal de Dios, en el que los sueños se manifiestan cuando tu preparación se entrelaza con oportunidades de crecimiento. Con paciencia llega el establecer estrategias, porque no basta tener los recursos y el talento. Hay que establecer estrategias y saber cómo lidiar con el proceso. Spielberg nunca cesó en su estrategia de rodearse de las personas adecuadas y el ambiente propicio para alcanzar su sueño de ser director de cine. Y lo logró. Con la paciencia llega la claridad de valores, esos sistemas de creencias que nos ayudan a juzgar lo que está bien o lo que está mal en nuestras vidas, juicios acerca de lo que vale la pena. Y por último, la perseverancia. Esa que hace que no nos enfoquemos en las caídas sino en el levantarnos y en crecer más allá del dolor. Perseverar es crecer. La excelencia se encuentra con perseverancia.

Chris se pasa la mano por la cabeza, pensativo.

—Arturo, ¿qué es lo más importante en la vida? —se atreve a preguntar.

Arturo se ríe, se detiene, y luego suelta otra gran carcajada.

—Mira, Chris, no creas que tengo todas las respuestas.

———

Arturo se da cuenta de que la sesión debió terminar hace rato. Sólo queda dejarle varias preguntas a Chris para que él mismo responda.

—"Sólo sé que no sé nada", dice Arturo. Cuanto más

aprendo, más me doy cuenta de que la sabiduría universal es infinita. Pero algo que si te puedo decir es que el secreto para una buena vida puede resumirse en una sola palabra: significado.

Chris ahora sí está confundido.

—¡Bien! Estar confundido es un gran estado porque allí no te puedes quedar. Tienes que usar la confusión para crecer. Ahora estás a punto de aprender algo nuevo. "Significado" significa simplemente que todo lo que nos pasa en nuestras vidas depende de la interpretación que le demos. Cada evento externo o proceso interior que vivimos los seres humanos tendrá significado de acuerdo a nuestra decisión de clasificarlo como bueno o malo o neutro. De ahí las emociones que le añadimos a ese cóctel y así lo vemos, lo sentimos y lo contamos a los demás después de convencernos a nosotros mismos de su tono, color y significado. Pero creo que ya estamos demasiado cansados ambos, y no sé si esto que te digo es ya una reiteración de lo que hemos estado hablando.

Arturo camina un tanto impaciente. Ha sido un largo día, y aún no está acostumbrado a lo que demanda la responsabilidad de guiar a alguien más a encontrar claridad y visión en su vida.

—Lo entiendo —dice Chris—. Pero es fácil decirlo y difícil hacerlo.

—En realidad, todo lo que el cerebro necesita es que creas de verdad el nuevo significado, no en lo racional sino en el subconsciente. Eso significa que cuando esa palabra o frase venga a tu mente esté asociada con un estado de ánimo diferente. Podría decirte que para cambiar esto necesitas cien horas de *coaching*, pero no es así. Necesitas quizás quince minutos. Ahora cada mente es un mundo, y mi trabajo es preguntarte, confrontar tus valores y creencias hasta que seas tú el que encuentre respuestas y vivencias emocionales nuevas para darle un nuevo significado a esa vieja y manoseada frase. Hagamos sólo un ejercicio. Cierra los ojos y dime qué sientes cuando te digo: "eres un buen hijo de p..."

—Rabia, angustia, tristeza, resentimiento.

—Ves, esas son las emociones que hay que cambiar. Cuando esas emociones cambien, cambiará tu percepción negativa de la frase y con ella su valor tóxico. Nada es permanente, todo puede cambiar en nuestra mente si nos esforzamos por revisar códigos aprendidos que ni siquiera son códigos propios.

—¿Qué es eso de los códigos aprendidos y códigos propios? —pregunta el joven.

—Simple. Los códigos adquiridos son aquellos que alguien nos sembró mientras nos educaron, mientras crecíamos. Los códigos propios son aquellos que conscientemente y por nuestra cuenta decidimos aceptar e incorporar en un estado de madurez más avanzado.

Chris le pide un ejemplo.

—Te pongo un ejemplo de mi propia vida. Mi abuela era católica, me llevó a la iglesia católica de niño. Luego, cuando yo tenía 11 años mi mamá le pidió que no me llevara más a la iglesia. Yo ya era monaguillo y hasta soñaba con ser sacerdote. Ese es un código adquirido. Yo no escogí ser católico. Mi abuela lo escogió por mí. Ya de adulto y luego de mis estudios de teología y religiones del mundo, tomé una decisión de abrir mis horizontes y no dejar a Dios en una sola religión organizada por los hombres. Hoy soy cristiano, no necesito intermediarios para hablar con Dios y acepto que ninguna religión es superior a las otras porque todas tienen su valor e influencia entre sus millones de seguidores. Sin embargo, todas y cada una de ellas han dividido a la humanidad, mientras tratan de aglutinar adeptos. Llegué pues a crear mi propio código: si Dios vive dentro de mí, yo no puedo juzgar a nadie que ve a Dios de manera diferente a la mía. La regla inviolable de mi código sobre Dios es que lo único inaceptable entre los humanos es la intolerancia y la violación de los derechos humanos.

—Entiendo —dice Chris—, pero ¿cómo se sabe qué de todo lo que uno cree es realmente parte de su código propio y qué es código adquirido? Parece que me queda mucho por aprender. No encuentro ahora un solo ejemplo de un código propio en mi manera de ver el mundo. Me parece que todo lo que soy es el resultado de lo que he escuchado.

—Paso a paso se llega a la meta. Fíjate, el mayor logro en estos últimos minutos de conversación es que tu foco ha dejado de estar fuera de ti, en este caso en Mary, para realmente concentrarte en qué puede suceder dentro, en tu interior. Ahí está el crecimiento. Mary fue quien te trajo aquí, pero en realidad ella sólo ha sido un espejo donde tú has reflejado tus miedos y tus inseguridades, donde te has escondido como víctima, buscando su atención, su consuelo y su entendimiento. Hoy saldrás de aquí intentando colocarte en otra posición. Esa historia que viviste con tus padres no cambiará, pero lo que sí iremos cambiando es cómo la interpretas. Iremos cambiando la lectura que haces de tu vida, no los hechos, pero sí el significado de los hechos. Recuerda que el secreto de la felicidad es el "significado".

Chris se muestra impaciente. Arturo lo acerca a la puerta de su oficina con la mano en la espalda del joven.

Te dejo tres preguntas para que pienses. Una: ¿Quién eres? Dos: ¿Qué tal si todo lo que lamentas que te haya pasado en la vida tuvo una razón superior de crecimiento? Y tres: ¿Cuál es la pregunta que más frecuentemente te has hecho en tu vida?

Chris saca su teléfono y graba en voz alta las tres preguntas. Tiene dos semanas para responderlas.

—Cualquier duda o inquietud, estoy a un timbrazo de distancia. Llama sin pena.

Un cálido abrazo sella este segundo encuentro de más de dos horas.

Chris se va y Arturo vuelve a su escritorio y se sienta en su butaca. Pone los brazos sobre la cabeza y comienza a relajarse. Ha terminado agotado. Lo ha hecho lo mejor posible. Se siente satisfecho con el desarrollo de la sesión. Su energía es baja pero piensa en su próximo viaje a Brasil y cierra los ojos, anticipando una experiencia que lleva planificando desde hace años.

II

---

*"Podría simular una pasión que
no sintiera, pero no podría simular una
que me arrasara como el fuego".*

—OSCAR WILDE

"Nosotros mismos podemos no ser nosotros mismos". Arturo pronuncia la frase en voz baja, ya a bordo del avión con destino a Brasil. No intenta fabricar una imagen de dimensiones filosóficas, sólo recrea con sus propias palabras una idea del gran escritor escocés Robert Louis Stevenson, su autor más querido y recordado. Guarda para siempre en su corazón la lectura de La isla del tesoro, *el primer libro de su vida. Siendo apenas un adolescente, su padre se lo regaló una tarde de lluvia allá, en su pequeño pueblo. Le dijo: "Arturito, léetelo, no te aburrirás a pesar de la lluvia, te lo aseguro". Acto seguido, Arturo comenzó a leerlo en su cuarto, devorando palabras y más palabras, notando cómo germinaban dentro de él emociones de todo tipo, muchas de ellas desconocidas. Sintió lástima*

por un niño huérfano, admiró los sacrificios y el amor de una madre, odió a malvados piratas, se solidarizó, y a la vez sintió temor, por el mismo niño cuando, escondido dentro de un barril de manzanas, comprobó la crueldad de los terribles fili-busteros; añoró pertenecer al grupo de valientes que se lanzó a la búsqueda de un botín por descubrir, enterrado en una isla también desconocida. El libro lo consumió de tal manera que, en medio de aquella tarde oscura y lluviosa de octubre, sólo volvió a la realidad cuando su madre le pidió, suave y dul-cemente, como saben hacer las madres, que se diera un baño y fuera a comer. "Sólo faltas tú por hacerlo, cariño", le dijo. Como un verdadero "tesoro", Arturito guardó el libro bajo la almohada para continuar la lectura después. Cumplió la petición de su madre. Le agradecerá siempre aquel regalo a su padre, primero, porque convirtió una tarde que se proyectaba aburrida en una de las más excitantes de su vida y, segundo, y aún más trascendental, porque La isla del tesoro *despertó en él una avidez insaciable por la lectura. Inmediatamente des-pués vinieron otros autores: José Martí, Mark Twain, Emilio Salgary, Antoine de Saint-Exupéry, Julio Verne y Jack Lon-don, pero fue la obra de Stevenson la que le inculcó su pasión por la lectura, su primera gran pasión. La génesis de que hoy también se considere —y lo sea— "un buen hijo de p...", está allí, en esas páginas de memorables aventuras. Gracias a ellas conquistó su primera "p". Más adelante esa "p" se fue ensan-chando, vinieron las pasiones por el estudio, por el trabajo, por los viajes, por el éxito. Pero ya, cuando arribaron estas, se vio obligado a guiarlas sin la ayuda de nadie. No siempre está la madre al lado para recordar dulcemente la necesidad de hacer* un alto en el camino, de sentarse a la mesa o de tomar un baño. Ya hay que enfrentar solos los retos de la vida y adquirir conciencia de que la pasión nos impulsa, pero no es la única virtud que nos guía. No hay que temerle a los desafíos que se presentan, pero tampoco hay que lanzarse, con sólo un dudoso mapa entre las manos, a conquistar un tesoro en medio de una isla abandonada y quizás hostil. La pasión requiere de la razón. Arturo recuerda una frase antigua, dicen que surgida de la boca de un gran maestro: "La pasión y la razón son la vela y el timón de tu alma marinera". En medio de estas disquisiciones, retoma las verdaderas palabras de Robert Louis Stevenson, las que ahora trata de decir a su manera. El genial escocés afirma que "el hombre no es verdaderamente uno sino verdaderamente dos. Es una mera sociedad de múltiples habitantes, incongruentes e independientes entre sí". Por supuesto, Stevenson se refiere a su fina novela de terror El extraño caso del doctor Jekyll y míster Hyde, una obra que se introduce en los vericuetos de la mente humana, en la doble personalidad de uno de sus protagonistas. Sin embargo, a Arturo, montado en aquel gigantesco Boeing, desde hace más de seis horas, se le ocurre que la pasión también puede ser responsable de que un ser humano, más que uno, sea "una sociedad de múltiples habitantes". Al menos de tres habitantes. Por eso, concluye que "nosotros mismos podemos no ser nosotros mismos". ¡Cuánto elucubra un ser humano en un vuelo largo, cargado de baches, en el vacío! Cuando la pasión nos arrastra, somos una persona; si la razón nos toma de la mano, somos otra, y si se ponen de acuerdo ambas, la razón es el timón que guía la fuerza impelente de la pasión. Como dice el sabio, somos una tercera *persona muy diferente a las otras dos, quizás la que se acerca unos cuantos pasos más a esa perfección que nunca lograremos alcanzar. La pasión define tanto nuestras vidas que su nivel de influencia puede transformarnos en uno, dos y hasta tres entes disímiles. Arturo se siente satisfecho de la armonía que logra entre sus pasiones y su razón; no obstante, nunca lo ha puesto a prueba de manera seria una de las pasiones que más tiende al descontrol en los seres humanos: el amor. Ni siquiera sospecha cuándo ese sentimiento enfrentará los poderes de su corazón y su razón. Sus elucubraciones, a casi diez mil metros de altura, se interrumpen cuando el capitán de la nave anuncia que en unos minutos, el gigantesco aparato, ejemplo de la inteligencia y la pasión humanas, tocará tierra en el aeropuerto internacional Antonio Carlos Jobim en Río de Janeiro. Es el día número cuarenta antes de la Semana Santa. En unas horas, el alcalde de la megalópolis brasileña le entregará la llave de la ciudad al Rey Momo y comenzará el carnaval más famoso del mundo. El Boeing aterriza tranquilo, a pesar de la tormenta de pasiones que se avecina.*

———

Mientras tanto, a esa misma hora, en Los Ángeles, Chris intenta una y otra vez hacer realidad cada una de las indicaciones que contempla el manual que le entregó Arturo. Lo estudia una y otra vez, ahora más interesado en la reflexión. Puedes reflexionar a cualquier hora del día, menos antes de dormir. "Te concentras y te preguntas qué hiciste bien o mal durante las últimas veinticuatro horas, y analizas lo que harás las próximas veinticuatro". Recuerda los consejos de su *life coach*. Sin embargo, aún no comprende muy bien la necesidad perentoria de la reflexión. En este agitado mundo no hay mucho tiempo para hacerlo.

Hojeando el documento de Arturo, encuentra un pequeño trabajo sobre la necesidad de reflexionar. Lo escribió, según dice la introducción, para demostrarle a los incrédulos que hoy día, por lo vertiginoso de la vida, reflexionar es un ejercicio imprescindible. Chris esboza una sonrisa y piensa:

—¡Si no lo hubiera escrito hace ya un tiempo, diría que lo escribió pensando en mí.

El escrito se titula: "Reflexión, un arma de vida". Desde el primer párrafo Chris descubre lo errado que había estado. La reflexión es síntoma de profundidad analítica, de paciencia, de prudencia y, por supuesto, de perseverancia. Cuando el autoanálisis marcha de la mano de esas tres virtudes, nada es imposible. Piensa que también puede ser un buen hijo de la "p" de la prudencia. Se convence desde los primeros momentos de la lectura de lo equivocado que estaba en cuanto a la importancia de la reflexión. Se dispone a practicarla con el propósito de estar en condiciones de cambiar y reconquistar a Mary, pero nunca había profundizado en la importancia del análisis reflexivo en todas las esferas de la vida. Chris lee con entusiasmo.

La vida moderna marcha a todo ritmo y muchas veces tenemos la impresión de que los días tienen menos de veinticuatro horas y que las horas ya no duran sesenta minutos. Aunque su melodía nos sigue arrullando, la frase de Armando

Manzanero, "La semana tiene más de siete días", parece ser hoy más irreal que nunca. Vivimos ensimismados en el trabajo y en tantos quehaceres sociales y familiares, que la vida, al parecer, se nos queda corta. Nos levantamos, disfrutamos un sorbito de café y, cuando nos damos cuenta, se nos fue el día.

"Eso mismo me pasa a mí —piensa Chris—, me levanto y, cuando me doy cuenta, ya es hora de dormir de nuevo".

En ciertos momentos de la lectura, Chris tiene la sensación de que más que un escrito a tinta sobre un papel, es el propio Arturo quien le habla. Sigue leyendo.

En medio de ese ajetreo, en el que priorizamos deberes laborales y sociales, por cuanto somos seres destinados a trabajar y a luchar por nuestros propósitos en la vida, dejamos reiteradamente de verificar las necesidades y limitaciones que yacen dentro de nosotros mismos.

Chris reflexiona en torno a esta idea.

"Es cierto que ignoramos las necesidades y limitaciones que yacen dentro de nosotros mismos, pero, a mí me sucede peor. Yo las conozco, no las ignoro, pero temo enfrentarlas. ¿Temo enfrentarlas o no sé cómo hacerlo? No me voy a romper la cabeza ahora en eso. En definitiva ya las conozco y ahora, gracias a un guía, voy a enfrentarlas, aunque me muera de impaciencia".

Deja a un lado sus elucubraciones y presta nuevamente toda su atención al texto que tiene delante.

Es cierto que somos seres sociales, nos debemos a una comunidad, pero, ante todo, somos entes individuales con nuestro propio mundo interior que también requiere atención. La mayor parte del tiempo pensamos en todo y en todos, menos en nosotros. ¡Eso no es bueno! Justificados por la falta de tiempo, no apelamos a los recursos con que disponemos para autoanalizarnos, para contemplar nuestro yo interior y conocernos mejor. Cuesta trabajo sostener un diálogo con uno mismo, reflexionar no cabe en la agenda diaria y para muchos es sólo una obligación de los practicantes de yoga o de alguna variante espiritual asiática. ¡No debe ser así!

Publio Siro, el gran escritor latino, dijo que "el tiempo de la reflexión es una economía de tiempo". Cuando reflexionamos ponemos en orden nuestros pensamientos, tenemos una idea más exacta de cómo enfrentar las obligaciones diarias, apelando a nuestras potencialidades.

"¡Santo Dios! Ya en los tiempos de la antigua Grecia y Roma se hablaba de la reflexión" —se dice Chris. Esboza una sonrisa pícara—. ¡Cómo le gusta a Arturo citar frases célebres!"

Entusiasmado por la lectura, y más relajado, se bebe de un sorbo el pequeño trabajo reflexivo.

Reflexionar nos prepara para enfrentarnos al ajetreo del mundo exterior, es una manera relajada y tranquila de prever problemas y analizar cómo resolver los ya existentes. Evita que una realidad chocante, cuando es evitable, nos explote en pleno rostro. Nuestro cerebro no sólo tiene la obligación de ayudarnos a salir de una contrariedad cuando ya estamos inmersos en ella, eso es abusar de sus neuronas. Nos debe servir, en esencia, para evitar esa contrariedad, y la única manera de lograrlo es reflexionando. Es cierto que las horas y los días parecen volar, pero hay que encontrar el momento para una *reflexión seria y tranquila. Reflexionar no requiere de tantos requisitos como meditar. Podemos hacerlo en cualquier momento de tranquilidad: pasar revista a todo lo que sucedió durante el día y trazarnos una idea de cómo vamos a enfrentar lo que podrá suceder mañana. También podemos reflexionar cuando viajamos, durante un descanso, tomándonos un café o una infusión, ¿por qué no? Se puede buscar y encontrar el momento. Para no sólo vivir, sino también disfrutar de la vida en medio de esta vertiginosa realidad, tenemos que ordenar ideas, organizar el caos interior, prever situaciones, todo eso se puede lograr mediante la reflexión sosegada. ¡Si lo logramos, la vida, a pesar de su prisa, tendrá tiempo para sonreírnos!*

Una frase lo conmueve. La vuelve a leer.

Para no sólo vivir, sino también para disfrutar de la vida en medio de esta vertiginosa realidad, tenemos que ordenar ideas, organizar el caos interior, prever situaciones, sobre todo adversas. Todo eso puede ser fruto de la reflexión sosegada.

"¡Dios mío! Si hubiera sabido esto antes, quizás hubiera podido evitar situaciones desagradables —piensa Chris—. Quizás Mary no me hubiera dejado y quizás no estaría sufriendo tanto como yo. Cuando no se hacen bien las cosas, todo cabe en un 'quizás'. Mi vida ha sido un caos. Para mí, ordenar ideas siempre y cuando no estén en un guión, es algo de otro mundo. ¿El sosiego? Hasta ahora era demasiado pedir".

Chris decide en ese momento a responder las tres preguntas que Arturo le dejó. Va a presionar la pantalla de inicio del teléfono cuando el sonido insistente de su celular lo saca de sus pensamientos.

———

A miles de millas de distancia, en el sur del continente, Arturo se hospeda en un hotel de la avenida Gómez Freire, en el centro de Río de Janeiro, a poco más de un kilómetro del famoso sambódromo Marqués de Sapucaí. Viaja solo, pero con la intención de encontrarse al día siguiente con un grupo de colegas de una cadena de televisión brasileña, con quienes compartirá los días del carnaval.

Cumple hoy uno de· los grandes sueños de su vida. Participar en estas famosas fiestas es una idea que viene labrando desde hace años. Pretende no ser un típico turista, de esos que apenas se bajan del avión se dejan arrastrar por el delirio de la celebración. Eso no quiere decir que no esté dispuesto a disfrutar de las fiestas. Además, es imposible no hacerlo estando ya en Río, pues, como dicen los brasileños, "una vez allí tienes que divertirte". Es quimérico tratar de sustraerse de esa alegría contagiosa, pero su interés principal es tomarle el pulso al entusiasmo que hace realidad ese famoso carnaval. Tratar de desentrañar la inmensa pasión que hay detrás de cada habitante de Río, la que hace posible engendrar una fiesta admirada por el mundo entero.

Millones de hombres y mujeres sueñan con participar, aunque sea una vez en la vida, del prodigioso jolgorio de esa efusión popular. Arturo quiere ser testigo de la euforia y la felicidad que embriaga a los brasileños, sobre todo en los días del carnaval.

Después de una relajadora ducha que apacigua el cansancio del viaje, Arturo hojea una guía para visitantes, un panfleto de más de cincuenta páginas que informa sobre todo lo que acontecerá durante los días de carnaval. Presta especial atención a un grupo de recomendaciones acerca de todo lo que se debe o no hacer durante las fiestas, las atracciones a visitar y las que están cerradas durante el carnaval. La guía detalla también las intimidades del sambódromo: su tamaño, su capacidad, estilo arquitectónico, cantidad de baños para hombres y mujeres, restaurantes, cafeterías, tiendas de suvenires y, por supuesto, las diferentes maneras de llegar hasta él. En la guía no se escapa nada de lo mucho que encierra esa enorme estructura de cemento y asfalto.

También brinda información sobre otros puntos neurálgicos de la ciudad, el Pan de Azúcar, el Cristo Redentor, el Corcovado, el Palacio de Itamaraty, el Parque Nacional de Tijuca, las hermosas playas. Pero, lo que más llama la atención de Arturo son las referencias que hace, con mapa incluido, a los famosos "blocos callejeros". Son enormes comparsas que no compiten en belleza ni en disciplina con las escuelas de samba del sambódromo, pero son la manifestación más multitudinaria de las fiestas, para muchos su verdadero corazón popular. Algunos de esos blocos o comparsas callejeras, según lee, logran arrastrar a cientos de miles de personas. ¡El sambódromo es parte del carnaval, pero el carnaval es mucho más, es todo Río!, asegura la guía.

Por supuesto que su visita al sambódromo, la meca de las fiestas, es segura. Sería inadmisible ir a Río y no conocerlo, pero la idea de participar en una de las manifestaciones populares espontáneas lo atrae, pues le permitiría comprobar la pasión por el carnaval en su expresión más natural, sin reglas, sin horarios, sin protagonistas, sin orden de entrada y de salida. Una expresión casi ajena por completo a los intereses económicos y publicitarios que tanto rodean el desfile del sambódromo. Toma la decisión: esa noche formará parte del primer bloco que encuentre en la calle. No tendrá dificultades en hacerlo ya que son muchos.

Lanza un último vistazo a la guía. Ahora le sugiere la ropa que debe vestir, teniendo en cuenta que en Río es verano y hace un calor húmedo sofocante, que se mantiene casi las veinticuatro horas del día por su cercanía al mar. Siguiendo las instrucciones, se pone una camisa y pantalones de algodón, comprados precisamente para estar a tono con el calor ambiental y humano al que hará frente, ya fuera de su refrigerada habitación. Se mira al espejo.

"¡No quiero ser un turista más, pero vestido así no engaño a nadie! ¡Lo primero que me delata es la ropa!", piensa.

Se despoja de la vestimenta, que no está a tono con su interés en desfilar en una comparsa callejera. Se pone un jean, el mismo del viaje, una cómoda camiseta y un par de zapatillas. Se vuelve a mirar en el espejo, y disfruta mientras se coloca un simpático sombrerito.

"¡Con mi color de piel y esta vestimenta, soy un brasileño más!".

En ese momento, suena un arpa que le anuncia una llamada telefónica. ¡Es Chris! Atiende la llamada.

—Hola, Chris. ¿Cómo andas?

—Bien, Arturo. Perdone que lo moleste.

—No, no es ninguna molestia... ¿Te preocupa algo?

—Quiero felicitarlo por el trabajo sobre la reflexión que está en el manual que me entregó. Le confieso que me ha empujado a romper viejos esquemas.

—¡Cuánto me alegro!

—Hoy comienzo con esta primera parte de los ejercicios dedicada a la reflexión. Es cierto lo que dice sobre la necesidad de ordenar las ideas y evitar el caos interno.

—Mucho debió impactarte el trabajo para que decidieras a llamarme y decírmelo.

—En verdad, también lo llamé por otra razón —confiesa Chris.

Arturo, a pesar de la distancia, advierte ansiedad en su voz. Si algo caracteriza a las personas como él, es la posibilidad de cambiar de un estado de ánimo a otro con una facilidad increíble.

—¿Qué razón?

—¿Qué hago en el supuesto caso de qué Mary me llame por teléfono?

Arturo siente que hay gato encerrado.

—Dime la verdad. ¿En el "supuesto caso"... o qué debí haber hecho cuando me llamó?

Chris se sorprende. Alguno de sus sentidos le ha dicho a su *coach* que Mary acaba de llamarlo.

—Para ser sincero, como debemos ser usted y yo, ella ya me llamó.

—¿Qué hiciste?

—Nada. Le juro que no respondí a la llamada —asegura Chris.

—Hiciste muy bien.

—Pero, ¿y si insiste... ?

—Si insiste, y yo considero insistir de la tercera vez en adelante, respóndele y sé bien parco con ella. Tampoco seas descortés, por supuesto; además puede ser algo urgente. En ese caso, responde y sé parco. ¡Recuérdalo!

—Eso mismo haré, se lo prometo. Seré bien parco después de la tercera llamada, si se produce, por supuesto. Nos vemos dentro de un par de semanas, ¡que la pase bien!

—Igual para ti, Chris. Éxitos en tu trabajo. Chao —se despide Arturo.

———

En Los Ángeles, Chris pulsa el letrero sobre la pantalla que da por terminada la llamada. Una sonrisa se dibuja en su rostro. ¡Mary lo ha llamado!

"Si me llama tres veces le contesto, y si me pregunta cómo estoy, le respondo: ¡*Nice*, divino!",

———

En la habitación de su hotel en Río, y siguiendo los consejos de la guía, Arturo se desprende del reloj. Río de Janeiro en carnaval siempre es una ciudad que exige precauciones, sin embargo necesita llevar su costosa cámara fotográfica. No puede dejar escapar todo lo que acontecerá ante sus ojos; se la cuelga al cuello y sale a la calle con la mente atenta, dispuesto a enfrentar y, por supuesto, a fotografiar ese inmenso diapasón de pasiones diluido entre luces y ritmo de samba. Toda la ciudad es un grandioso y espontáneo jubileo, no hay rincón ni esquina que escape de esa fiebre contagiosa, pero vital. Arturo lo sabe. Río se convierte toda en un dominio de la música, la alegría y la juerga. En las gradas del sambódromo se es espectador de los frutos de esa pasión, pero en los blocos callejeros se es parte de ella; los blocos te arrastran, ponen a prueba tu razón por firme y convincente que ésta sea. En el sambódromo, la sonrisa de una "garrota" que desfila se comparte entre miles de personas que abarrotan las gradas, en los blocos te dedican esa sonrisa a ti, porque muchas veces eres tú quien la motiva. ¡Todo un reto al autocontrol!

Apenas unos minutos en la calle y ya escucha y divisa cómo se le viene encima una enorme hilera de gente, bailando y riendo, moviendo sus cuerpos al ritmo de la samba; una gigantesca serpiente humana que se contonea y avanza. La cámara de Arturo, desde ese momento, no descansa. Una ráfaga tras otra captura, en todas sus dimensiones, un maremágnum de sonrisas, trajes extravagantes, contorsiones provocadas por la más raigal música brasileña. Todo aquel delirio extremo en medio de la trepidante explosión de brillos y colores que ya es posible vislumbrar gracias a los primeros pasos de la noche. Arturo se siente absorbido, y lo disfruta, por aquel alegre desenfreno. No fotografía sólo rostros y sonrisas, también cuerpos. Unos más vestidos que otros, plumas de colores, banderas, guirnaldas, tambores, negros con blancas, blancos con negras, todos son uno, la pasión por el carnaval une de tal manera que las diferencias se disuelven como la sal en el océano. Arturo

se asegura de dejar testimonio gráfico del hedonismo que
identifica a los habitantes de esa inmensa ciudad sudameri-
cana, que se manifiesta todo el año pero alcanza su clímax
durante el carnaval. Registra jadeos, suspiros, expresiones,
hasta salpicaduras de sudor ajeno. No quiere dejar escapar
nada. Al menos esta noche estará libre, piensa como un
flechazo, sin compromisos de trabajo, sin nada que lo ate
a una hora determinada en un lugar específico; sin ningún
parámetro que mida su puntualidad, su profesionalidad o
su eficacia. Es un ser dueño de sí mismo en medio de aquel
jolgorio. Sus pensamientos logran ahuyentarlo de la má-
gica realidad por unos diminutos instantes, pero su cámara
sigue imperturbable, lanzando foto tras foto. Una de ellas
capta una sonrisa, una de tantas, pero distinta a todas, al
menos así le parece a Arturo. Con una mezcla de temor
y pudor, Arturo toma conciencia de que la dueña de esa
sonrisa se advierte fotografiada y baja la cámara, pero ella
lo insta a seguir. Mueve su cuerpo a ritmo de samba, se
riega su espesa cabellera negra y le sonríe. La cámara se
impulsa, una ráfaga tras otra recorre el cuerpo de la joven.
Es un hermoso monumento a la belleza brasileña, quizás
esculpido veintitantos años atrás en una noche similar a
ésta. Río fecunda durante sus fiestas, como no sabe hacerlo
ninguna otra ciudad. ¡Río sabe preparar el encanto de su
futuro! A Arturo se le ocurre que es una fierecilla nunca
domada; al parecer nadie la rodea. La moderna cámara se
embriaga con su rostro, con su torso cubierto por una ligera camisa, ajustada por sólo un par de botones a la altura
de sus pechos y un nudo algo más arriba de la cintura; otra

foto y otra más. Viste un short deshilachado, fabricado a partir de un pantalón vaquero, toscamente recortado que le llega hasta donde le tiene que llegar, ni un milímetro más ni uno menos. Ella disfruta de las fotos, si fuera en otro lugar y en otro momento, Arturo diría que de manera impúdica; pero en Río ese adjetivo está fuera de contexto, sobre todo en medio de un bloco que desfila arrastrando a miles de personas, la inmensa mayoría de ellas sin recursos económicos suficientes para pagar el alto costo para entrar al sambódromo.

Por momentos, todo se convierte en un desmedido reto al autocontrol. Sin embargo, la sed lo llama a la reflexión; suda, se detiene y deja que la sonrisa y su dueña se escabullan delante, en medio de aquel enardecido gentío. Contempla cómo la enorme serpiente danzate se aleja retando a la noche.

—¡Uff, bendita locura!

Se seca la frente con el pañuelo. El sudor ya empapa su ropa. Aunque en raras ocasiones consume alguna bebida que contenga alcohol, esta noche se dispone a disfrutar de una refrescante caipiriña, el emblemático mejunje brasileño, popular todo el año pero de garrafal consumo durante el carnaval. Es una mezcla de cachaza, azúcar, limón y hielo picado. Refresca, proporciona energías y alegra cuando su consumo es moderado. En uno de los miles de puestos de venta callejeros, pide una. Puede hacerlo con tranquilidad. Aunque es una figura muy conocida de la televisión en su país, Brasil es casi ajeno a su trabajo y, por supuesto, a su rostro. Le sirven la bebida tal y como la pide, cargada de hielo, poco limón y azúcar, lista para refrescar el inmenso calor acumulado en apenas minutos. Paladea el trago que recorre su sistema digestivo como un regalo de la vida.

"Uno más —piensa Arturo—. ¡Cuánto le agradece a la vida!".

—¿*Você trabalha para a imprensa*?

La voz suena a su lado, le parece que también a ritmo de samba.

—*Desculpe-me, eu não falo português*.

Responde con una frase agarrada por los pelos, aprendida en el avión. Mientras habla, gira levemente la cabeza y tropieza con un par de ojos oscuros y brillantes, como una noche de luna llena.

—*Mas, ¿como você não fala Português se eu entendi perfeitamente bem*?

Arturo la entiende, ninguna de las frases en portugués consideradas como esenciales, y memorizadas durante el viaje, está diseñada para responder a esa pequeña y entonada ventisca de palabras. El portugués es, al igual que el español, un idioma romance. Según Miguel de Cervantes, "una lengua dulce y agradable". Es también muy musical, sobre todo en la voz de los propios brasileños.

—*O que acontece é que eu...*

Arturo hace silencio unos instantes, piensa en la respuesta en español e intenta fabricarla en portugués con sus escasos recursos. Ella esboza una sonrisa de sana picardía; sabe que lo ha puesto en un apuro. Por fin, después de pensar unos segundos, algo difícil en medio de aquella parranda y después de un par de sorbos de caipiriña, Arturo logra coordinar una respuesta, al parecer, bastante lógica.

—*O que acontece, é que eu aprendi algunas frases em Português e nada mais, mas não falo...*

—*¿Que língua você fala?*

—¡Eh!

—*¿Que- língua- você- fala?*

—*Falo... inglés y español.*

—Ah, caramba, habla español. ¡Qué bien!

Arturo se complace cuando la escucha hablar, precisamente, en la lengua de Cervantes.

—Yo no hablo inglés, pero sí español. ¡El español y el portugués se parecen mucho!

—Sí, gracias a Dios se parecen mucho.

Ella sonríe. Arturo advierte que es la misma sonrisa que fotografiaba hace apenas unos minutos.

—Y... ¿de dónde viene usted?

—De Estados Unidos.

—¡Ah, es americano!

—¡Cubano-americano! —aclara Arturo.

—¡Claro! ¡Allí todos son latino-americanos, cubano-americanos, chino-americanos, ítalo-americanos y así y así!

—Sí, es un país de inmigrantes.

—¡Así mismo! Aquí, no. Aquí somos o no somos brasileños. Usted nunca oirá decir: "Soy argentino-brasileño o mexicano-brasileño o ruso-brasileño". ¡No, no, nada de eso!

—Tienes razón, nunca lo he escuchado decir.

—Lo que pasa es que nuestra cultura es muy fuerte.

Si usted se queda a vivir aquí, aprende a hablar portugués, suda y lucha por sus sueños junto a nosotros, y, por supuesto, disfruta del carnaval, ya es brasileño. ¡Lo atrapamos!

Cuando dice "lo atrapamos", levanta su brazo derecho y cierra el puño en un santiamén delante de los ojos de Arturo, en un simpático gesto de apoyo a lo que expresa. Habla con pasión, con un orgullo nada disimulado.

—No me ha contestado la pregunta que le hice.

—¿Cuál pregunta?

—Si usted trabaja para la prensa.

—¿Y por qué me lo pregunta?

—Porque hace fotos y más fotos. A mí me lanzó unas cuantas, no crea que no me di cuenta. ¿Saldrá mi fotografía en algún diario del mundo mañana?

—No, descuida, son para mi colección personal.

—Entonces, ¿desde ahora, yo pertenezco a su colección personal?

A pesar de ser una persona acostumbrada a diálogos difíciles, a veces incómodos; adiestrada para sacar conclusiones en un abrir y cerrar de ojos y atrapar mensajes en pleno vuelo, no logra desentrañar si la pregunta le llega cargada de ingenuidad o de picardía. Ella es más joven que él, su par de ojos oscuros y la espesa cabellera negra, ahora medio despeinada, se adaptan por completo a su piel casi blanca. Arturo no tiene mucha necesidad de reflexionar para darse cuenta de que tiene delante a un ser humano típico de una enraizada cultura, una exquisita muestra femenina del más sublime y a la vez más explosivo de los mestizajes.

—¡Se ha quedado mudo!

—No, no es eso. Lo que no comprendo es por qué me hace esa pregunta, si hay miles de personas haciendo fotos. ¿Por qué iba a ser yo de la prensa?

—Sí, hay miles de personas tirando fotos, pero casi nadie sale una noche como la de hoy con una cámara como esa, sólo los muy aficionados a la fotografía o los foto-reporteros que llegan desde todas partes del mundo.

Señala con su dedo índice el moderno aparato que cuelga del cuello de Arturo.

—Casi todos tiran sus fotos con celulares o con cámaras nada profesionales, pero sólo los de la prensa utilizan un equipo así para tomar fotos en un bloco callejero, en el que bailan miles de personas. No crea que no noté que me fotografiaba en ráfagas.

—Ráfagas de cinco punto tres fotos por segundo, exactamente.

—¡Son muchas fotos!

—¡Muchas! ¿Te preocupa que te fotografíen? ¿Alguien puede disgustarse?

—No, nadie tiene por qué disgustarse. Aquí a todos nos envuelve la alegría por el carnaval. Salimos a disfrutar y, como ve, no utilizamos máscaras como en otros carnavales. No tenemos necesidad de esconder nuestros rostros, todo lo contrario; además, Dios siempre sabe quiénes somos y cómo actuamos... ¿Para qué ocultar nuestras caras? El carnaval tiene la gracia también de ser el momento del año en que todos somos iguales y cada cual es verdaderamente lo que es.

En ese preciso instante, Arturo experimenta una sensación fugaz de extrañeza, ese raro estremecimiento que sentimos a veces los seres humanos, sobre todo en momentos extraordinarios. Algo así como una alucinación que, por una fracción de segundo, nos hace dudar de que estamos donde estamos y que vivimos lo que estamos viviendo. En medio de esa manifestación, que a él se le ocurre calificar para sus adentros como "baconiana", el diálogo con esta joven se le hace un poco difícil de asimilar. Se siente en medio de una página literaria del más representativo realismo mágico, ese que invita a menospreciar la realidad y a disfrutar de lo milagroso. Trata de salir de su ensueño de la manera más galante posible.

—Perdona, no te he invitado a una caipiriña.

—Gracias, preferiría una limonada.

—¿Limonada?

—¡Sí, una limonada! Quizás me tome una o dos caipiriñas más tarde, pero ahora no. Es muy temprano. Le aconsejo que se tome esa que tiene en la mano, pero, después tome limonada.

—¡Limonada!

Arturo no puede evitar sonreír tras la vehemente defensa de la joven por la limonada. Le pide una bien cargada de hielo y la invita a sentarse en una pequeña mesa que súbitamente ha quedado vacía, cerca de la tarima del improvisado puesto de ventas. Aunque el bloco callejero se ha alejado, el ruido general apenas toma respiro. Es un vendaval de música, sonrisas, expresiones en voz alta, sonidos de todo tipo y por todos lados. Arturo reinicia la conversación.

—Vamos a ver, justifícame bien esa defensa de la limonada.

Ella lo observa con una expresión graciosa en su rostro.

—Pero, ¿usted sigue con lo mismo?

—¡Es que me llama la atención que no aceptes una caipiriña!

—Yo sí la acepto, pero no ahora. Eso fue lo que dije.

—¿Por qué no ahora?

—Déjeme explicarle bien, señor...

Detiene sus palabras con la marcada intención de que su interlocutor diga su nombre.

—Arturo, mi nombre es Arturo.

Inmediatamente le extiende su brazo derecho, ella responde el gesto. Arturo advierte su mano tibia, muy tibia. Sus dedos son finos, alargados, suaves, elegantes. Ella también se presenta.

—Martha. Me dicen Martinha.

—Es un placer conocerte, Martinha.

—Muchas gracias, y ahora que sabemos nuestros nombres, déjeme explicarle, señor Arturo, que no me niego a tomar caipiriña. Lo que sucede es que el carnaval yo lo interpreto como una fiesta de los sentidos, y el alcohol entorpece, limita la capacidad de nuestros sentidos, por lo tanto limita la capacidad de disfrutar de él. Me gusta disfrutarlo tal y como soy. Por eso mismo le dije antes que no me preocupo por las fotos, nada escondo.

—¡El carnaval es la fiesta de los sentidos!

—Sí, eso mismo. Es el jubileo del tacto, del oído, del gusto, de la vista, del olfato.

—¿Del olfato?

—Sí, del olfato. Hoy Río huele diferente. Uno o dos traguitos en una noche, o un par de cervezas para refrescar, no vienen mal. Pero si, como usted hace, se empieza a tomar caipiriñas y más caipiriñas desde esta hora, dentro de un rato no le queda sentido despierto. Por mucha pasión que sienta por el carnaval, no lo disfrutará. Dios nos entregó los sentidos para utilizarlos, para disfrutarlos, no para perturbarlos.

Arturo, todo un experto en el ejercicio de escuchar, deja que Martinha desarrolle su defensa de los sentidos, pero cuando habla de pasión y de carnaval, su curiosidad profesional lo traiciona y la interrumpe.

—¿Consideras que vives a toda pasión el carnaval?

—¡Claro que sí! Soy una apasionada del carnaval, aunque tengo otras pasiones, no todo es fiesta en la vida.

A pesar de la advertencia de ella, Arturo toma otro trago del dulce preparado alcohólico. Se reubica, definitivamente no está en funciones de trabajo, pero el tema de la pasión lo entusiasma sobremanera. Siempre supo que para lograr ser un buen hijo de la pasión, la paciencia y la perseverancia, tenemos que experimentar esos estados o valores humanos en su expresión más sublime. Sin duda, el carnaval de Río es la fiesta más grande y llena de pasión del mundo.

No importa que esté sosteniendo una conversación relajada, amena e inteligente con una hermosa brasileña, su espíritu de indagador profesional lo domina, sobre todo ante un tema como ese.

—¿Por cuántas cosas más sientes pasión en la vida?

—¿Cómo que por cuántas cosas más? Por todo en la vida. Por mi trabajo, por mi familia, por mis amigos, por Dios, por mi país.

—¿Y qué es para ti la pasión?

—Ay, caramba, usted me dijo que no era periodista, y ahora lo único que hace es preguntar y preguntar y yo hablar y hablar...

—Nunca le dije que no era periodista.

—¿Qué es usted entonces?

—Periodista, pero me gusta más el calificativo "comunicador".

—Es lo mismo.

—No es lo mismo. Es parecido, pero no es lo mismo.

—¿Y para qué periódico es usted "comunicador"?

—No trabajo para la prensa escrita, por eso le dije que las fotos son para mi colección personal. Trabajo para una cadena de televisión hispana en Estados Unidos, donde vivo.

—Entonces, ¿usted es famoso allá?

—Famoso, famoso, no...

—¡Sí, es famoso! Aquí en Brasil todo el que sale por la televisión es famoso.

—No, no creo que lo sea. Soy conocido, mucha gente me conoce y me quiere. Tengo admiradores y seguidores, pero famoso, por suerte, no.

Arturo le habla de su cadena de televisión, del programa que presenta, del éxito que ha logrado en los últimos años, de las personalidades que ha tenido la posibilidad de entrevistar, de sus paradigmas, de cuánto soñó llegar hasta donde ha llegado y de cuánto sigue soñando aún. Ella lo escucha con atención, a veces con admiración. Arturo le revela el principal objetivo de su visita al carnaval de Río, aunque le aclara que también viene a divertirse.

—¿Usted quiere comprobar la pasión que nos impulsa a todos para organizar y participar de una fiesta como esta?

—Así es. Por eso hago fotos y más fotos. Una buena expresión gráfica puede valer más que mil palabras.

—Pero eso es muy fácil aquí en Río. Durante el carnaval todo es pura pasión.

—Primero respóndeme algo.

—¡Otra pregunta!

—Sí, la última, te lo prometo —asegura Arturo—. ¿Qué es para ti la pasión?

—¡La pasión! Primero, acláreme una cosa. ¿Usted me está haciendo una entrevista? ¿Hay alguna camarita escondida por aquí?

—¡No, cómo piensas eso! Es una mezcla de curiosidad y, por supuesto, de interés profesional, pero nada más. Te aseguro que no hay ninguna camarita escondida por aquí.

Ella se dispone a responder, pero, antes, ordena sus ideas.

—Pues, para mí la pasión es un sentimiento humano... Quizás el sentimiento que más impulsa a los seres humanos, que más los distingue. La vida nos agradece siempre que le impregnemos pasión a todo lo que hacemos y disfrutemos hasta la saciedad de los resultados que brotan de nuestra pasión.

El acento de Martinha y su cadencia al hablar tienen

a Arturo en un éxtasis total. Ella sabe cómo manejar sus manos, acariciar su cabello mientras piensa y mantener contacto visual, que por momentos es una sensual demostración de femineidad.

—Yo disfruto cuando veo que los demás también le impregnan pasión a todo lo que hacen. Por ejemplo, escúcheme bien señor Arturo-periodista: en una escena que requiera lágrimas, el actor que se apasiona con su personaje, logra llorar a moco tendido. Al actor que no se apasiona, no le queda otra alternativa que restregarse los ojos con cebolla. No sé si me explico.

—¡Perfectamente!

—El actor apasionado es bueno, el otro no tanto. Otro ejemplo pueden ser esas fotos que usted hace, si las hace fríamente serán buenas fotos, pues usted tiene una buena cámara y domina su técnica; pero si las tira con pasión, esas fotos más que imágenes fijas le parecerá que hablan. ¡Eso es hacer fotos con pasión! Al escuchar a un violinista tocando una pieza desconocida, aunque usted no conozca nada de música, si el intérprete le impregna pasión a lo que hace, usted se identificará con él y con la melodía, por muy ajena que le sea. ¡Eso es pasión! Si la razón imperara en Río a la hora de organizar el carnaval, no habría fiesta o sería una más. Pero no, nos impregnamos de pasión. La razón nos diría: ¡Para qué vamos hacer el carnaval! Río se llena de gente de todos lados, hay más inseguridad en las calles, pueden venir delincuentes de todas partes, se cierran muchas industrias, se bloquean un sinnúmero de calles, se producen infernales congestiones de tránsito, se gasta una millonada en trajes y en toda la preparación del desfile en el sambódromo, corriendo el riesgo de no recuperar lo invertido. Si sólo hablara la razón, no existirían estas fiestas; no estaríamos usted y yo hablando aquí. La pasión produce la fiesta, así lo puede poner en el reportaje o en el trabajo que usted decida hacer, por supuesto que a esa pasión hay que guiarla, hay que organizarla. Y, a muchos como a mí, nos gusta mantenerla pura, sin nada que la distorsione o la entorpezca. Gracias a la pasión limpia y clara, somos más sensuales, mantenemos la sensualidad que nos ha regalado Dios, no tenemos por qué desvirtuarla. A ver, periodista, hágase la idea de que el carnaval es su novia.

—¿Mi novia? —repite Arturo, con una mezcla de extrañeza y curiosidad.

—Sí, su novia, o su esposa, o su amante furtiva, no importa. Imagínese que es su amor, su gran amor.

Arturo comienza a sentir cierto nivel de ingenua seducción en la voz de Martinha.

—Cuando usted va a tener un encuentro amoroso con ella, quiero decir, con su novia, quizás le haga bien tomarse un par de traguitos que lo estimulen, aunque el amor real no necesita estímulos ajenos; pero eso, no se puede negar, muchas veces hace más agradable el encuentro.

—Estoy de acuerdo con usted.

—Pero si se toma cinco o seis caipiriñas bien cargaditas, como esa que está tomando usted, ninguno de sus cinco sentidos permanece en sus cabales y puede que la pasión o se exacerbe o se adormezca. Podrá hacer locuras alucinantes, pero la pasión que le impregne al acto no será la que emana limpia del amor por su novia. El placer se distorsionará, como sucede con la celebración del carnaval. ¿Me entiende?

—Claro, claro que la entiendo, muy esclarecedora su explicación.

—Quiero aclarar que eso último que dije del amor y las locuras alucinantes, lo he leído solamente.

Ríen los dos por la inteligente y natural manera en que ella se despoja de toda responsabilidad.

—Usted es una persona muy inteligente. ¿Ha estudiado alguna carrera, tiene algún título?

—Soy graduada de sociología y trabajo en una de las favelas más grande del complejo Alemao.

—¡Así que socióloga!

—Eso mismo. Cuando lo dice de esa manera parece una cosa muy grande, pero es una profesión humilde y no muy remunerada, pero muy importante. Para ser socióloga, pertenecer a una organización caritativa sin fines de lucro y dedicarse a estudiar fenómenos sociales en las favelas de Río, hay que sentir amor por lo que se hace. Ese es un trabajo que requiere mucha pasión. Atiendo niños desamparados, madres solteras... los brasileños somos personas muy solidarias.

—¿Vive en la favela?

—No, lo hice durante mi infancia y le aseguro que tengo muy bellos recuerdos de ella. No todo lo que se dice de las favelas es real. La inmensa mayoría de sus habitantes es gente trabajadora, humilde, pero muy decente; gente que lucha, que sueña, muchas veces incomprendida, pero digna de admiración, se lo aseguro. Todo lo que hacemos allí, en las favelas, sería un buen tema para su programa de televisión.

—Lo voy a tener muy en cuenta, se lo prometo.

Ella saborea la limonada; él su ya aguada caipiriña. En esos precisos instantes, el cielo de Río de Janeiro se ilumina, un inmenso estruendo de júbilo y euforia retumba en las calles, en cada rincón. Las nueve de la noche han llegado en un abrir y cerrar de ojos. En el sambódromo, el Rey Momo acaba de recibir las llaves de la ciudad. Se entroniza la pasión. El carnaval ha comenzado oficialmente.

————

—¿Señor periodista-comunicador, usted baila samba?

—¡No, siempre he sido malo para bailar!

—Pues esta noche va a aprender, se lo aseguro. Meta la cámara dentro de mi bolso, sólo por precaución.

Ella lo toma de la mano.

—Vamos a bailar en un bloco.

Pero no se sabe por cuál esquina está a punto de aparecer otra de esas multitudinarias comparsas callejeras. El gentío y la música se mezclan en esos momentos con la algarabía y el derroche de luces y colores que genera el inicio del espectacular desfile del sambódromo. La serpiente humana danzante aparece por la esquina más cercana, en dirección contraria a la anterior. Martinha y Arturo se pierden en medio de la enardecida y alegre muchedumbre. Quizás la curtida razón de Arturo ceda el paso al empuje de la pasión. Quizás, sólo se eche a un lado, razonablemente, dispuesta ella misma a disfrutar de todo lo hermoso que forja la más pura pasión humana.

Brasil sin dudas ha llegado a la vida de Arturo como un paraíso de pasión y liberación de tanta racionalidad con la que este hombre se ha manejado en la vida. Siempre lleno de ideas, de metas, de proyectos pero no muy abierto al amor. En lo más profundo de su ser, sabe que convertirse en *life coach* no sólo ayudará a otros sino también, y más aún, a él mismo, al contrastar su propia vida y limitaciones con las de los demás mortales con los que tropiece. Chris es su primer alumno y a la vez maestro de vida. Allá lo espera impaciente en Los Ángeles, mientras los días en Río se escabullen de las manecillas del reloj. Y en un abrir y cerrar de ojos, Arturo se da cuenta de que lo vivido hasta ahora parece extraído de una película de Woody Allen.

III

"¡No corras, vete despacio,
que a donde tienes que llegar
es a ti mismo!".

—JUAN RAMÓN JIMÉNEZ

"Con mi ayuda, desde afuera, tú comenzarás a realizarte desde tu interior". Chris repite una y otra vez, para sus adentros, la frase de Arturo, su life coach. *Después de casi dos semanas desde la última consulta, comprende, como nunca antes, la importancia real de esas palabras. Mucho piensa en aquella conversación con Arturo, mucho la analiza. Gracias a ella se convence cada día más de la impostergable necesidad que tiene de rescatar su autoestima, o de cosechar y elevar su umbral de merecimiento. No está seguro de haber tenido en alguna ocasión una autoestima saludable, la suficiente para tratar de conocerse a sí mismo como ser humano. Ese, ahora, es su objetivo principal.*

Arturo se lo dijo de una manera muy diáfana: "Cuando te

recuperes a ti mismo y rescates tu autoestima, sólo esa victoria tuya, porque será tu victoria no la mía, te dará la posibilidad de encontrar la llave del corazón de Mary y traerla de vuelta para siempre".

Ha sucedido mucho desde que se percató por primera vez en su vida de que no era feliz, pero es ahora que encuentra la manera de intentar el cambio y no puede desperdiciarla. Además, lo más importante, tiene a alguien dispuesto a ayudarlo. La vida, es cierto, siempre da una oportunidad más, pero hay un límite para seguir siéndole desagradecido. ¡El mundo cambia! ¿Por qué no Chris con él?

En ocasiones, Chris no se explica la confianza que ha depositado en Arturo, un hombre al que apenas conoce, aunque tiene una carrera profesional hecha y derecha y, al parecer, es un tipo casi perfecto. Sin embargo, a veces duda de su extraña generosidad. Ni siquiera le ha dicho cuánto le va a cobrar por su trabajo. Y nadie es perfecto... ¿Cuáles serán sus retos? ¿Cuáles serán sus problemas?

El amor impulsa a Chris. ¡El amor verdadero! Por esa razón su cambio también tiene que ser verdadero. Mary se lo dijo muchas veces: "Chris, tienes que cambiar", unas a manera de reproche, otras como una súplica envuelta en un susurro de amor, con los labios muy cerca de sus oídos, cuando estaban solos y se amaban en este mismo cuarto donde vive desde hace casi tres años y en el que ahora se encuentra. ¿Por qué no siguió los consejos de aquellos susurros de Mary? ¡Cuánta paciencia la de Mary! Sí... ¡Cuánta! Porque la paciencia se necesita y se mide, entre otros momentos, cuando tienes que soportar lo espinoso y lo que te molesta de otra persona, sobre todo si es la

persona que amas; cuando tienes que hacer frente a su desfigu-
rado carácter o a su falta de carácter, a sus averías espirituales
y malacrianzas o falta de seguridad y compromiso —"¡qué sé
yo!"— expresa Chris para sus adentros.

Pero, gracias a Dios, "el amor domina todas las cosas",
como reza el proverbio turco. Ahora lo domina a él más que
nunca y está dispuesto a entregarse a sus potestades para lograr
evolucionar. ¡Oh, amor poderoso, que a veces hace de una bes-
tia un hombre...! Evoca a Shakespeare, lo conoce, ha estudiado
sus trucos dramáticos magistrales. Lo admira como casi todos
en el mundo, pero no había logrado entender muchas de sus
profundas reflexiones. No había ido más allá del universal la-
grimeo que provocan algunas de sus más célebres obras. ¡Bien
otra vez por Shakespeare! El amor puede hacer de él un hom-
bre. ¡Un hombre digno de Mary!

Un hombre es aquel que se conoce a sí mismo. Para lo-
grarlo, sobre todo cuando es un casi desconocido para uno
mismo, con 24 años en las costillas, hay que apelar a la pa-
ciencia, aunque en esto se interpone otra dificultad nada pe-
queña... ¡Caramba, a la paciencia tampoco la conoce! ¿Eres
paciente y te conoces o te conoces y eres paciente? Vuelve a
Shakespeare, "es algo así como ser o no ser". Aunque, pen-
sándolo bien, se dice para sus adentros, ya ha comenzado a
conocer la paciencia. Lo invade entonces una fugaz sensa-
ción de alegría. Ha cumplido su palabra, no ha llamado a
Mary, nada sabe de ella desde hace casi quince días. Espera
pacientemente el día en que su coach *le diga: "Ahora, Chris.*
Ahora es el momento de llamarla". ¡Ese va a ser un gran día!
Y ocurrirá pronto, pues dentro de unas horas es la próxima

consulta. Chris se debate en medio de sus maquinaciones cerebrales, está a solas, cumple la primera parte del método de sanación espiritual que le entregó Arturo por escrito. Se enfrenta a la reflexión con éxito, seguirán los ejercicios de relajación y meditación. Según leyó, el manual está confeccionado a partir de otras técnicas ya existentes, casi todas de origen asiático. Ya por hoy, piensa, ha reflexionado bastante. Él mismo aprecia el cambio, quizás algo incongruentemente, pero lo considera todo un logro si lo compara con el nulo nivel de reflexión que ha mantenido durante su vida. Al menos logra dedicar un buen rato al análisis de todas sus acciones durante la última jornada y cómo ellas han influido en él. Sabe que es un proceso lento, pero imprescindible.

Desde su última sesión con Arturo, lo intenta todas las tardes. Después del trabajo, toma un baño y ejercita la reflexión. Los primeros días fueron difíciles, muy difíciles. Pero ya es capaz, al menos por unos minutos, de poder reflexionar tranquilo. La segunda etapa se las trae. Debe limpiar su mente, despojarla de todo pensamiento, bueno o malo. Al menos no entretenerlos sino dejarlos llegar y soplarlos al otro extremo. Eso es poder mental. Él no lo tiene y lo sabe, sobre todo después de años de profundo desorden emocional. Sin embargo, se siente entusiasmado y se decide a abordar la segunda etapa. Descorre la cortina y se sienta con la espalda erguida frente a la ventana de su pequeño apartamento. El aire invernal a esa hora de la tarde, a principios de marzo, no es tan frío, pero, tampoco, tan soportable. Divisa parte del paisaje urbano que rodea el andar del río Los Ángeles. Comienza a respirar, pausada y suavemente, cierra los ojos y mantiene la espalda erguida, sentado en una incómoda silla para no correr el riesgo de quedarse dormido. Sus manos descansan con las palmas hacia arriba sobre sus muslos... "Chris, trata de limpiar tu mente y comienza a relajarte", se dice para sus adentros... "Trata de relajarte, relax, relax, relax", se repite una y otra vez. Se coloca los audífonos y comienza a escuchar la música de meditación que Arturo le entregó con el manual. Pasan unos breves minutos. Siente su corazón latir a ritmo acompasado. Suena fuerte: ¡tún, tún, tún! Chris disfruta el mensaje que esos latidos envían a cada célula de su cuerpo. Hoy, casi dos semanas después de su última consulta con Arturo, intenta adentrarse en su interior, sigue respirando suave y pausadamente, trata de dejar la mente en blanco... pero no puede. Allí está Mary, siempre Mary, riendo o dándole un beso, despeinada, bella en toda su dimensión; a veces la ve en su aspecto más hosco, como cuando lo llamó "un buen hijo de p...". La frase le retumba en los oídos, compite con el "tún, tún, tún" de su corazón. Si algo lo mueve a hacer todo lo que está haciendo es Mary (y esa frase). Cree en la posibilidad de convertirse, como dijo Arturo, en un verdadero "buen hijo de p...". De esas "pes" que ahora tanto desea poseer, porque de ellas depende Mary. Puede ser hijo de muchas "pes", pero ahora sólo le interesan las que le proporcionarían la paciencia y, después, la perseverancia. Ambas lo llevarán hasta ella para siempre... No logra dejar su mente completamente en blanco, pero no tiene prisa. Pronto llegará el momento en que su mente se relaje hasta quedar cristalina, como eran antes las aguas del río Los Ángeles. Logrará dejar la mente en blanco. Hoy quizás no, pero dentro de poco. Está convencido de que logrará relajarse, dominará esos ejercicios como ya domina la reflexión. ¡Seguro! Entonces tendrá la posibilidad de meditar y, de una vez por todas, hacer posible que su pasión, su mente y su corazón arreglen cuentas con su espíritu.

Hoy se permite volver a preguntarse por qué Mary lo llamó aquella tarde, hace ya quince días, y no lo ha vuelto a hacer. ¿Tendrá razón Arturo en eso de no llamarla? Que su coach esté equivocado lo aterra, pero no puede traicionar su palabra, no debe alterar el método establecido.

———

Arturo está deseoso de escuchar los avances de Chris. Tras abrir la puerta, sorprende a Chris con una amplia sonrisa y los brazos abiertos.

—¡Cuánto gusto verte!

Lo recibe de nuevo en su oficina-consultorio. Le da un fuerte abrazo y le estrecha la mano. El joven le devuelve el saludo con una sonrisa en el rostro. En dos semanas, sólo han conversado una vez por teléfono, sobre la llamada de Mary. Chris comprendió cómo debía comportarse, y esperó otra llamada, pero Mary no volvió a llamar.

—¿Cómo le fue por Brasil?

—Muy bien. El carnaval de Río es increíble. La fiesta más emocionante jamás vista. Pura pasión. ¿Y a ti cómo te va con la película?

—¡Bien! Todo marcha bien, con los retos propios de un filme de bajo presupuesto, pero va saliendo como todos esperamos.

Arturo se acomoda en su butaca detrás del escritorio y Chris lo hace en el mismo cómodo sofá de vinilo de las otras veces.

—No importa que durante la filmación se presenten dificultades, Chris, lo fundamental es que las cosas al final salgan bien. Lo principal en la búsqueda de la excelencia es tener muy claro el resultado que se quiere lograr. Eso sí es importante: definir con precisión lo que se quiere conseguir. Es importante que no haya resquicios en el equipo y hoy quiero asegurarme de que nuestro proceso también esté saliendo bien. Otro de los puntos en búsqueda de la excelencia, mi querido Chris, es tomar acción masiva para alcanzar el resultado deseado y luego observar las reacciones y resultados que esas acciones han provocado. Así nos damos cuenta si vamos por el camino correcto, si hemos tomado un desvío o si, quizás, hasta entramos en un callejón sin salida. Hay que ser duro pero flexible como el bambú. ¿Has cumplido el acuerdo de no llamar a Mary?

—Por supuesto —responde el joven—. Incluso cuando ella me llamó no le contesté. Admito que estuve a punto de hacerlo, pero no lo hice. Como tuve dudas, lo llamé. Ha sido un gran paso. La ansiedad fue intensa pero ahora sé que he sido dependiente emocionalmente de ella.

—¿No te volvió a llamar?

—No, no lo hizo. Es posible que no lo hiciera por delicadeza al ver que no le respondí. Es posible también que la haya defraudado al no devolverle la llamada.

—¿Sabes o al menos te imaginas para qué quería hablar contigo?

—Confieso que no tengo ni la más remota idea y eso me preocupa. Quizás necesitaba ayuda. No sé, ya le digo, ni me lo imagino. ¿Qué tipo de resultado podemos esperar ahora de esa decisión de no acercarme a ella por un tiempo? ¿Será perjudicial para nuestro propósito?

—No lo creo, Chris. Más bien lo considero beneficioso. En esta segunda parte, nuestra técnica de reconquista cambia, y contempla al menos un encuentro con ella. El propósito de la ausencia es potenciar en ti y en ella la reflexión por el otro ser. Al vernos y comunicarnos creamos vicios en nuestras relaciones. Todo eso se comienza a repensar cuando hay un periodo de ausencia. Es saludable tomarnos un tiempo para purgar nuestras culpas, nuestros remordimientos. Tú, sobre todo, tienes que desarrollar amor propio, aunque parece que ya has empezado a cambiar. Necesitas dejar atrás tu perjudicial tendencia a utilizar tu historia para limitarte en vez de potenciarte. Créeme que el reencuentro ya está más cerca.

—No sabe cuánto lo espero.

———

—Antes de seguir creo que debo darte las gracias y felicitarte.

—¿Por qué?

—Ante todo porque has confiado en mí. Recuerda que recién me inicio en esto. No pienses que sólo yo te estoy ayudando a ti; tú también me estás ayudando mucho a mí. La aceptación de mis consejos por parte de mi primer "cliente" es muy importante. Me motiva, me siento útil. Desde ese punto de vista, nos complementamos, formamos parte de un ejercicio de solidaridad humana. Damos y, a la vez, recibimos. En mi visita a Brasil me di cuenta de cuánto de lo que somos capaces de ver en las situaciones de otro ser humano, no se revela con la misma claridad en nuestra propia vida. O sea que un *life coach* en muchos momentos necesita aprender de sus clientes, y creo que esta relación contigo me está ayudando a descubrir áreas donde a ti te sobra pasión y a mí me paraliza el exceso de razón.

—Ahora es usted quien me halaga.

—Te lo mereces. Te felicito también porque has demostrado que puedes ser paciente. Quince días y no has llamado a Mary, aunque sé que te mueres por hacerlo. ¿Sabes cómo se llama eso?

—¿Cómo?

—Dominio emocional, fortaleza espiritual. Nada más parecido a la paciencia. Edmund Spencer dijo que es la mente la que hace el bien o el mal, la que hace a uno mísero o feliz, rico o pobre. He querido con este tiempo de separación de Mary cambiar tu estado de ánimo, tu equilibrio emocional porque, sin duda, es lo más importante en nuestras vidas. La vida es significado, ya te lo dije; ese significado se convierte en emociones y las emociones nos hacen ver el mundo de diferentes colores. Imagina un arcoíris de emociones, todas las que podemos experimentar los seres humanos: las buenas y las tóxicas. Estas dos semanas con tus reflexiones hemos tratado de equilibrar esa gama de colores emocionales para que puedas obtener claridad mental. No he querido que tomes decisiones basadas en estados paralizantes, como esos con los que llegaste a esta oficina hace tres semanas. Llegaste lleno de confusión, depresión, miedo, angustia, tristeza y frustración. ¿Qué sentías cuando llegaste aquí por primera vez?

—Impotencia total.

—Por supuesto, y entonces no hubiéramos conseguido nada tratando de hablar con Mary. Primero debes buscar los recursos, que ya están en tu interior, para poder eliminar esas emociones negativas y reemplazarlas por otras positivas. De ahí el simbolismo de cambiar el significado de la frase "un buen hijo de p...". Todos tenemos la opción de dejarnos llevar por estados emocionales. Es nuestra decisión dejar de ser analfabetos emocionales y tomar el control de nuestras emociones. Hay muchas personas que tienen una colección de títulos profesionales y especializaciones colgados en la pared, pero a quienes les falta inteligencia emocional. ¿De qué nos sirve tener un almacén de conocimientos en nuestra mente, si no somos capaces de aprovechar esos conocimientos para lograr un estado emocional positivo? La clave del poder es la acción.

La técnica de Arturo es sencilla y tiene como propósito reconocer el esfuerzo de Chris, estimularlo para que siga luchando por lo que se ha propuesto. Además, Arturo quiere elevar la autoestima de Chris, y nada mejor para ello que lograr que se sienta útil, que llegue a entender que es un valor añadido a la vida de los demás.

—¿Usted lo cree?

—Por supuesto. Si no, no te lo diría.

—Pero tengo mis temores. Ya se lo dije, quizás ella me haya llamado para algo muy importante, como decirme que quiere volver. ¡Qué sé yo! Pudo haberme llamado por tantos motivos...

—En eso tienes razón, pudo llamarte por muchos motivos, pero no para volver. De ser así, te habría vuelto a llamar.

—¿De verdad piensa eso?

—Sí, estoy seguro. Debes comprender que fueron ocho años juntos. Es lógico que ella se preocupe por ti. Aunque te dejó y te llamó "un gran hijo de p...", Mary se preocupa por ti.

—Usted ni se imagina lo culpable que me siento por haberla defraudado.

—Creo que no la defraudaste, más bien creo que la intrigaste porque por primera vez en la vida, sintió que no dependes de ella para encontrar tu equilibrio emocional.

—¿Usted cree?

—Sí que lo creo. Y sabes en tu alma que es cierto. Llevas todos estos años siendo un parásito emocional para Mary. Quiero decir que te has apoyado en ella para darle un significado artificial a tu vida, mientras que ella ha sentido compasión nomás. Pero todo eso que viviste te ha dado una caja de herramientas únicas para triunfar. Sólo tienes que decidirte a abrir esa caja y sacar aquellas herramientas que Dios ha colocado allí tras cada uno de los eventos que te tocó vivir. Nada de lo que te ha pasado ha sido en vano.

Todo suceso estuvo diseñado para dejarte una lección y para hacer de ti una persona más fuerte. A ver, ¿qué es lo más importante en la vida?

—El significado —responde Chris.

—Estás aprendiendo muy rápido. La interpretación que hemos hecho de nuestra propia historia irá marcando cómo nos vemos, cómo nos sentimos, lo que proyectamos al mundo. Anthony Robbins me dijo una vez: "La experiencia que uno tiene de un acontecimiento no es exactamente el suceso en sí, sino una reelaboración interior y personalizada del mismo." La mente filtra los miles de estímulos que le llegan a cada momento. Por eso, el cerebro escoge lo que tiene sentido, desecha todo lo demás y así crea nuestra interpretación subjetiva de lo que ocurrió. Dos personas darán el recuento de un mismo incidente de manera muy diferente, de acuerdo al enfoque desde donde lo vivieron y a sus experiencias pasadas, sus creencias y sus miedos.

————

La conversación de hoy es relajada, amistosa a veces. Tras quince días, es evidente el cambio de actitud del joven y Arturo lo advirtió desde el momento en que éste entró a su oficina. Aquel movimiento incontenible de sus piernas parece haber desaparecido casi por completo, incluso cuando habla de sus preocupaciones en torno a Mary. El aflojamiento de la tensión en Chris, aunque apenas está comenzando con los ejercicios de relajación, es evidente.

Se manifiesta en sus gestos, en cada palabra, incluso en alguna que otra sonrisa. Debe añadirse que en el trabajo le ha ido muy bien. La película marcha de acuerdo con lo previsto. Su labor ha sido reconocida por el director y el nivel de concentración que ha alcanzado no pasó inadvertido para muchos de sus compañeros de equipo.

—El porqué de la llamada de Mary lo podrás averiguar pronto, Chris. En esta fase del trabajo de reconquista que comenzamos habrá, como ya te dije, al menos un encuentro con ella. Pero ahora me gustaría chequear cómo van los ejercicios de reflexión, relajación y meditación que te pedí que hicieras. Me imagino que no has pasado de la reflexión.

—Así es. Practico todos los días. Los primeros intentos fueron difíciles, pero fui progresando.

—¿A qué hora reflexionas?

—En las tardes, cuando llego al apartamento después del trabajo.

—Perfecto, hazlo en el horario y lugar que más te convengan. No necesitas un nivel de concentración como el exigido para la relajación o la meditación.

—Incluso los dos últimos días intenté relajarme y de hecho avancé un poco, pero...

—¿Pero qué? —interrumpe Arturo—. Sigue, ibas muy bien.

—Pero cuando tengo que dejar fluir mi mente sólo veo la imagen de Mary. Eso de la mente en blanco se las trae, aparece ella constantemente y yo no sé por qué misterio hasta la escucho decir "un buen hijo de p...". ¿Se imagina eso?

—Sí, me lo imagino. Cuando se comienza ese tipo de ejercicio, los pensamientos disociadores casi siempre emanan de algún recuerdo, casi siempre negativo; pero eso sucede también con los buenos recuerdos. Es natural que sea así. Eso de poner la mente en blanco es difícil, sobre todo para un principiante. Los pensamientos parásitos o "zombis", como me gusta llamarlos, van a existir siempre en los primeros momentos. Sin embargo, me preocupa mucho esa imagen constante de Mary.

"Me inquieta que siempre la tengas en tu cabeza. Eso puede ser perjudicial, a corto o a largo plazo. Eso, es más que pasión, puede ser obsesión.

—¿Usted cree que me estoy obsesionando demasiado?

—No tiene que ser "demasiado". Una obsesión, por muy sencilla que sea, siempre es dañina. Aprecio que conozcas la diferencia entre pasión y obsesión. La pasión es un sentimiento intenso que, cuando no sabemos manejarlo, tiende a alterar los niveles psicológicos del ser humano. Siempre debe ir acompañada por cierta dosis de razonamiento, precisamente, para que no nos obsesionemos. Cuando no ocurre así, las consecuencias casi siempre son negativas. Una obsesión disfrazada bajo el ardiente fuego de la pasión cae en la prisión de la ignorancia. Nos ciega y hace que nuestra mente pierda claridad y visión. ¿Te gusta el fútbol, Chris?

—Sí, claro, lo sigo con frecuencia, sobre todo las copas del mundo. Qué fiesta tan impresionante. Es como una guerra en la cancha.

Precisamente así es como lo ven los fanáticos, como

una guerra que tiene motivos para celebrar sólo si se gana la batalla, pero al final el deporte no es una guerra. Es absurdo el nivel de fanatismo de la gente, más tratándose de un evento que debería despertar lo mejor de las pasiones, no lo más bajo de ellas. Es ahí donde te digo y repito que lo más importante en la vida es...

—El significado.

—Exactamente, lo que tú interpretes de los eventos.

—Quiero que sepa que a veces hasta yo me he preguntado si mi pasión por ella no es desmesurada.

—Es bueno que te lo preguntes y que lo analices. De hecho, en lo más profundo de tu alma, tienes la respuesta. Sabes que tu pasión es obsesiva, dependiente y no saludable.

Chris baja la cabeza, y asiente casi involuntariamente con cierta pena. No necesita convencer a nadie. Muy por adentro suyo se da cuenta de que ha usado su historia para ser el centro de atención de Mary y, sin quererlo, ella se ha convertido para él en novia, amiga, y en la figura maternal que perdió cuando tenía sólo 16 años.

—Eres una persona muy inteligente, Chris. Sólo hay que darte la clave y tú pronto descubres todo el mensaje. Si en algún momento nuestra inteligencia se ensombrece, es cuando nos obsesionamos por algo o por alguien. Interiorízalo. Debes saber delimitar el final de uno y el inicio del otro.

—Lo analizaré, se lo aseguro. Casi siempre uno se obsesiona por las cosas imposibles, pero yo tengo la esperanza de que Mary no siga siendo una obsesión sino el verdadero amor de mi vida. Creo que han sido muy útiles estos días. He tenido la posibilidad de reflexionar sobre mi vida y créame que he tenido que hacer un gran esfuerzo para lograrlo.

—Te creo. Quince días, veinte días no es mucho, pero cuando se utilizan de forma correcta, pueden servir para alcanzar buenos resultados. Creo que has sabido utilizar bien estas últimas semanas.

—Gracias —dice Chris.

—Hoy no me has preguntado a cuánto ascienden mis honorarios.

—¿Por fin me lo va a decir?

—¡No, hoy tampoco! No pienses que siempre trabajo gratis, pero en estos momentos el mejor pago que puedo recibir, y te soy sincero, es ese criterio tuyo. Es esa evolución tuya y ese despertar de tu conciencia hacia tu crecimiento. Si hemos llegado hasta aquí en tan poco tiempo, ¡hasta dónde llegaremos si continuamos trabajando juntos! ¡Confía en mí, Chris, ese es el mayor de los pagos posibles, la más grande de las recompensas!

Arturo mantiene en jaque a Chris con el tema de la confianza porque se ha dado cuenta de que ese es uno de los puntos débiles del joven. La habilidad de un líder está en su capacidad de confiar, de delegar, de no necesitar tener el control absoluto. De hecho, Arturo sabe que Chris necesitará no sólo *coaching* para su vida personal sino también para poder triunfar en la competitiva industria del cine. Uno de sus propósitos es también ayudarlo a entender que tenemos que ser decididos, confiar en nuestros instintos e intuición y tomar acción para acercarnos a nuestros fines.

—Los líderes son los que pueden, con fragmentos de información, evaluar riesgos, tomar una decisión y vivir con ella. Si esperas tener toda la información, podría ya ser demasiado tarde. Quiero, Chris, que a tus 24 años veas el mundo como un lugar donde puedes conseguir cualquier cosa que te propongas, aunque parezca imposible. Tu mente es muy poderosa, y si creemos que las cosas nos irán de maravilla, encontraremos los recursos internos para que así suceda. Lo contrario sucede cuando nos llenamos de dudas y esas dudas nos comienzan a enfermar emocionalmente y nos paralizan.

Chris, impresionado, se pone de pie. Camina unos pocos pasos.

—Tengo una idea —dice—, ¿puedo grabar con mi teléfono lo que conversamos y así lo puedo volver a escuchar en casa?

Arturo asiente con la cabeza.

—Genial idea, Chris, la madre de la enseñanza y de la excelencia es la práctica, la repetición; sobre todo si de crear nuevos hábitos se trata. Te pongo un ejemplo: ¿Qué sentiste cuando Mary te dijo que eras un buen hijo de p...?

—Angustia, rabia, resentimiento, vergüenza.

—Y ahora, ¿qué sientes cuando sabes que a esa "p" le hemos dado el significado de tres valores para cultivar en tu nueva historia de vida, aquella en la que no eres víctima sino triunfador?

Chris esboza una sonrisa.

—Ahora siento fuerza, empatía, conexión, amor, paz...

Arturo chasquea los dedos. Has encontrado otro nuevo

significado para la "p"; no se me había ocurrido. Paz, que palabra tan fuerte. Sigue adelante con esa misma determinación y valentía. Cuando escuché tu testimonio el primer día y sabiendo que eras un joven cineasta adiviné qué tipo de películas te gustan más y deseas producir.

Chris, responde:

—Dramas, ¡jajaja! Ya sé por dónde vienes...

—¡Claro! Tu mente ha estado alimentando el drama de tu vida para darle sentido. Y donde hay mucho drama, ahí tu mente se siente en casa. Eres muy joven y realmente creo que tu película de vida luego de esas escenas dramáticas que viviste ahora debe convertirse en una película de acción y aventura, con algo de romance y comedia. Ya basta de sufrir. El pasado ha sido tu cárcel porque no sabías que tenías las herramientas para cambiarlo, pero han estado siempre dentro de ti. ¿Crees que te gustaría vivir una aventura llena de romance, sorpresas, acción y aprendizajes?

—Por supuesto. No me había puesto a pensar por qué siempre me han gustado tanto los dramas. Lo tenía como el género más noble del cine. Gracias, Arturo.

—Nada que agradecer, hombre. Sueña en grande, deja volar esa imaginación. Los límites no están en el cielo sino dentro de cada uno de nosotros. Es más, hablando de películas y géneros cinematográficos, ¿de qué trata la película en la que trabajas, Chris? No hemos hablado de eso.

—Es la historia de un músico hispano, Samy, "el genio"; un percusionista que no sabe de teoría musical, que nunca ha estudiado en una academia, un autodidacta.

—Como muchos grandes músicos latinoamericanos, por ejemplo Benny Moré.

—Exactamente. El propio Samy admira a Benny Moré y, como él, también tiene un gran oído musical. ¡Y toca su instrumento de maravilla! Samy se hace popular con su banda, pero sufre un accidente. Una de sus manos no queda bien y no puede continuar tocando. Como no tiene la teoría musical, se queda en la calle. Los costos de su cuidado médico son muy altos, gasta todo su dinero, cae en la ruina y en un momento determinado llega a convertirse en un vagabundo.

—¿Y cómo termina la historia?

—Samy nunca se da por vencido. Hasta en la más absoluta miseria se empeña en aprender música con el propósito de algún día convertirse en compositor. Siente pasión por la música, pero ya no puede ejecutar su instrumento. Su situación económica extrema le impide pagar una academia o un profesor particular. Siendo un vagabundo, entabla amistad con un joven estudiante de música de una de las escuelas de arte de Los Ángeles. Este joven lo reconoce y le presta sus cuadernos de notas y sus libros. El joven no puede creer que alguien como Samy pueda estar en la más absoluta miseria. Sin embargo, tampoco sospechaba que fuese un músico natural, que nunca hubiera entrado a una escuela. Samy "el genio" también recoge de los basureros de la escuela todos los papeles relacionados con las clases de música, apuntes de profesores y alumnos, y así va aprendiendo. Como ya tenía experiencia práctica, logra hacerlo bastante rápido. Es una de esas personas que encierra una genialidad envidiable.

Chris narra la historia con entusiasmo. Arturo advierte cuánto amor le impregna a lo que dice y se convence de que ese amor es proporcional a la pasión con la que realiza su primer trabajo en el séptimo arte. Comenzar así su carrera profesional, piensa, es síntoma de buenos augurios. En esa pasión que le imprime a lo que hace, Chris se parece mucho a él. Lo advierte más tranquilo, más seguro a la hora de expresarse. ¡Cuánto impulsa el amor al cambio! En apenas tres semanas se nota en el joven una nueva fisiología al hablar, más seguridad, más contacto visual, una respiración más pausada, gestos más confiados. Arturo disfruta, se enorgullece, se siente optimista.

—Me gustaría conocer algo más de tu historia de vida, Chris. La última vez que nos vimos te dije que hablaríamos de eso. Sé que no es fácil para ti, pero debo estar al tanto de lo sucedido para poder ayudarte mejor. Dices en la grabación que cuando murió tu madre, tu padre ya había muerto y que te cuidaron unos tíos con la condición de quedarse con tu casa.

—Así es.

—¿En qué terminó todo eso?

—Pues cuando cumplí la mayoría de edad, que fue lo que acordaron mis tíos y mi madre, ya a punto de morir, me fui de la casa. No esperé a que me lo solicitaran ellos. Debo decir que mi tía, la hermana de mi madre, nunca lo quiso así, pero como sucede en muchas parejas es uno de los dos el que rige el camino.

—¿Y luego? ¿De qué viviste esos años?

—Disponía de algún dinero que me dejó mi madre. No éramos ricos ni mucho menos, pero teníamos una posición económica más bien holgada. Mis padres trabajaban en una compañía de bienes raíces. Según les escuchaba decir, había meses muy buenos y otros no tanto, pero ningún mes era malo. Hasta que mi papá comenzó a beber, por supuesto. A partir de entonces, mi casa se convertía en un infierno cada vez que mi padre se emborrachaba. Mi madre tuvo la iniciativa de guardar todo el dinero que pudo, a escondidas de mi padre. Cuando murió, yo dispuse de él, a la mayoría de edad, como es lógico.

—¿Ya conocías a Mary?

—Sí, la conocía. Vivíamos cerca y nos encontrábamos muchas veces; fuimos haciéndonos amigos. Después de lo que me sucedió, ella me ayudó mucho. Ya le expliqué en mi grabación que además de amiga, llegó a convertirse en mi guía, en mi novia; lo era todo para mí. Logró llenar parte de ese vacío que dejó la muerte de mis padres. Por eso fue que la frase "un buen hijo de p..." me llegó hasta el alma. Todavía me sorprende que usted me haya convencido de que la frase puede tener más de un significado.

—Comprendo por qué te hirió tanto esa frase; aunque, ya es pasado, su significado ya cambió para nosotros. Esa frase ahora te debe impulsar, no detener. Ponte de pie, coloca tus brazos extendidos hacia arriba como tratando de toca el cielo, vas a respirar diez veces. Inhala con los brazos hacia arriba, exhala bajando rápido los brazos. Repetimos este proceso usando la nariz para respirar, no la boca.

—¿Y eso para qué? —pregunta Chris.

—Para que asociemos el significado de la frase "un buen hijo de p..." con un estado de ánimo. El nutriente que más necesita el cuerpo es el oxígeno; cuando el cerebro se oxigena sentirás una sensación de plenitud y energía optima que ningún súper alimento te dará. Listo, extiende tus brazos.

Chris imita a Arturo y enérgicamente repiten diez veces el ejercicio. Al terminar, Chris emite un grito.

—¡Sííí!

—¿Qué sientes?

—Claridad, alerta, energía, fuerza, felicidad.

Chris se siente poderoso tras terminar el ejercicio. Siente una sensación de éxtasis que no sabe explicar pero que está presente en cada uno de sus poros.

—Toma diez minutos al día y llénate de oxígeno. Al combinar la reflexión con la respiración, estás a un paso de la relajación y la meditación. Todo parte de controlar nuestra respiración, tomar conciencia de ella y de los increíbles beneficios que nos trae para la mente, el cuerpo y el alma. Al respirar, el estrés, la ansiedad, el desasosiego, se irán de tu mente exterminadas por el oxígeno.

—Dalo por hecho. Me siento increíble ahora.

—Perfecto, volvamos a Mary. ¿Ella ha estudiado o estudia algo relacionado con el cine?

—No, ella estudió contabilidad. Trabaja precisamente en la película, aunque no asiste a las filmaciones. Su trabajo es más bien de oficina. Contabiliza, maneja el presupuesto, negocia con los patrocinadores y cosas así. Yo hablé para que trabajara allí.

—Muy bien, y regresando a tu historia. Esta pregunta te puede ser incómoda. ¿Tu madre aceptó desde el primer momento esa condición que impusieron tus tíos?

—Todo indica que sí y no la puedo reprochar, no le quedaba otra alternativa. Al parecer se sentía muy mal, algo de lo que yo nunca me percaté. No teníamos más familiares cercanos, sólo ellos. Para que no me quedara solo durante la adolescencia, no le quedó más remedio que aceptar.

—Entiendo. Ella se vio envuelta en un dilema: o te dejaba la casa a ti, pero te quedabas solo con 15 o 16 años; o se aseguraba de que alguien te cuidara, en este caso su hermana, hasta la mayoría de edad. A partir de ahí, quedarías solo, pero ya mayorcito y con algún dinero. ¡Dura la decisión de tu madre!

—Así lo creo yo también, por eso no la juzgo ni mucho menos la reprocho. Su muerte, a sólo unos meses de la de mi padre, fue muy dura. No sé cómo hubiera podido resistir todo eso solo en aquella casa. Mi tía me trataba bien. Ya con su esposo la cosa era diferente, pero nunca abusó de mí ni nada por el estilo. Es una persona de poca educación. Cuando cumplí la mayoría de edad, tampoco me interesaba mucho la casa, estaba llena de recuerdos de un pasado que tuvo momentos buenos pero también muy difíciles. Sobre todo cuando mis padres peleaban.

Las últimas palabras de Chris suenan entrecortadas, no

puede evitar un par de lágrimas. Para disimularlas se pasa la mano por toda la cara, como quien siente vergüenza de mostrar sus emociones.

—Lamento haberte hecho recordar todo eso, pero creo que si conozco mejor tu historia, puedo ayudarte mucho más —explica Arturo—. ¿Has hablado alguna vez estos temas con un psicólogo?

—No, me parece que no tengo necesidad. Ya le dije que conozco mis limitaciones, todas son de carácter. Creo que problemas psicológicos como tales no tengo ninguno, al menos ninguno tan grave que sea digno de un profesional.

—Pero, dices también en la grabación que tu padre era alguien secuestrado por voces extrañas y eso es delicado, Chris. Decidí atenderte interesado por tu actitud ante la vida, pero ante estas potenciales herencias de nuestro ADN espiritual y neuroquímico, quizás sea bueno consultar con un profesional en la materia.

—Lo analizaré bien otra vez, y si considero que debo visitar un psicólogo, lo haré. Se lo prometo.

—Nunca estará de más que lo converses con un profesional algún día. Ten en cuenta que los problemas de ese tipo en la niñez pueden crear traumas que logran florecer más adelante. Enfrentar todo eso que me has contado, siendo un adolescente, lacera el corazón, el espíritu y la mente.

—Por supuesto que sí. Por esa razón, Mary muchas veces me aguantaba muchas cosas. Ella conoce mi pasado, pero llegó el momento en que no resistió más y me llamó "un buen hijo de p...".

—Recuerda, te repito una y mil veces, que hemos cambiado paradigmas. Siéntete orgulloso de que serás un verdadero "hijo de p...". Ya para nosotros el sentido anterior de esa frase desapareció, dio un giro de 180 grados. Además, estoy seguro de que si sigues como vas, pronto serás "UN GRAN HIJO DE P...", así con mayúsculas.

Cuando pronuncia la frase, lleno de satisfacción, Arturo abre ambos brazos.

—Chris, ya eres un buen hijo de la pasión y te estás convirtiendo a todo ritmo en un hijo de la paciencia. Cuando lo logres, cada paso que des, además de ir mejor encaminado, será más seguro, será dado en el momento oportuno. Te conducirás por una senda mucho más positiva durante el resto de tu vida, te lo aseguro.

"Para muchos ser pacientes es algo obsoleto, una manera poco contemporánea de enfrentar la vida, teniendo en cuenta la velocidad con que todo se desarrolla hoy en día. Pero están equivocados. Es cierto que hoy día todo conspira contra ella; pero la paciencia es más que un simple rasgo del carácter. Es una virtud de los seres humanos que está muy estrechamente relacionada con otras bellas cualidades, sobre todo con las consideradas cualidades o virtudes cardinales, como son la prudencia, la justicia, la templanza y la fortaleza. ¿Podemos ser prudentes sin paciencia y ser justos apresurando una decisión? ¡No! ¿Es posible disponer de la templanza necesaria para asegurar el dominio de la voluntad sobre los instintos, sin paciencia? ¡No! ¿Podemos ser firmes ante las dificultades y ser constantes en la búsqueda del bien, sin la fortaleza que nos brinda la paciencia? ¡No! ¡Nada de eso es posible! Para muchos, la paciencia es la madre de todas las virtudes. Margaret Thatcher, la ex primera ministra inglesa, ya fallecida, con esa ironía exquisita que la caracterizaba, llegó a decir: "Soy extraordinariamente paciente, con tal que al final me salga con la mía". Analízalo, Chris. Es cierto que la vida moderna es más dinámica cada día. Los inventos y las innovaciones tecnológicas sustentan este vertiginoso ritmo, pero no podemos dejar que todo ese progreso se nos vuelva en contra, que nos consuma, que altere nuestros ritmos naturales como seres humanos. Tampoco quiere decir que demos la espalda a todo lo que acontece y que neguemos el desarrollo. Mira, te recomiendo un libro sobre este tema que me encanta, es de un gran amigo y se titula *Elogio de la lentitud*, escrito por Carl Honorè. Ahora mismo lo busco para que te lo lleves. Por cierto, ¿leíste el de Anthony Robbins?

—No, bueno, lo hojeé pero nada más. He estado siguiendo los ejercicios del manual y tratando de responder las preguntas que me dejaste. Por cierto, hasta dolor de cabeza me han dado esas preguntas. ¡Qué confusión!

—Súper. Es cuando estamos confundidos que podemos aprender algo. Ahí arrancamos el camino hacia una revelación o un cambio de paradigma. Estar confundidos es estar abiertos a preguntas y respuestas nuevas.

Arturo encuentra el libro de Honorè en una pila de libros en el suelo. Su oficina está llena de libros en todas las esquinas y todos parecen ser de este tipo de literatura inspiracional, autoayuda, psicología, *coaching* y liderazgo. Los nombres que más destacan son Deepak Chopra, Anthony

Robbins, John Maxwell, Dale Carnegie, Robin Sharma, Steven Covey, Marianne Williamson, Paulo Coelho y algunos en español: Dr. Camilo Cruz, Dr. Cesar Lozano, la psicóloga Pilar Sordo y Sonia González, entre otros.

—Mira aquí está el libro. Perdona si está todo marcado. Tengo la costumbre de subrayar y repetir las frases de cada libro que leo y quiero mantener conmigo. Súper bien escrito. Sencillo, sé que te divertirá su lectura. Hay todo un movimiento en el mundo sobre la lentitud, es el llamado *Slow Movement*. Verás qué interesante.

Chris hace exactamente lo mismo que al recibir el libro *Poder sin límites*. Lo abre, lo hojea, escanea las páginas iniciales y se detiene a leer la línea que más le llama la atención. Se aclara la garganta y lee en voz alta, con voz y tono de narrador de cine:

—"En 1982, Larry Dossey, médico estadounidense, acuñó el término 'enfermedad del tiempo' para denominar la creencia obsesiva de que 'el tiempo se aleja, no lo hay en suficiente cantidad, y debes pedalear cada vez más rápido para mantenerte a su ritmo'. Hoy, todo el mundo sufre la enfermedad del tiempo. Todos pertenecemos al mismo culto a la velocidad".

Cierra el libro y dice:

—Guau. Me identifico mucho con esa frase. Yo vivo la enfermedad del tiempo.

—Casi todos los seres humanos, amigo mío —comenta Arturo—. Es por eso que no me sorprende el éxito de este y otros libros con el mismo propósito. Es una nueva revolución mental y emocional. Existe todo un exitoso movimiento en el mundo liderado por personas que se enfocan apasionadamente en recuperar la calma para poder saborear y disfrutar plenamente la vida. "Contra el agobio, pereza" es el lema que convoca y arrastra a multitudes, ciudades y profesionales que abogan por la conquista del tiempo.

—Es increíble —dice Chris—, que hasta ahora algunas funerarias en Estados Unidos tienen un *drive through*. El ataúd está afuera, en la puerta de la casa funeraria, entonces pasas con el auto y sin bajarte le lanzas una flor y te despides del difunto.

—¿Qué? ¿Me hablas en serio? No lo había oído nunca.

—Sí, he visto un corto sobre el tema.

—¿Ves? La realidad supera la ficción y la ficción se alimenta de la realidad todo el tiempo. ¿Cuál es la moraleja aquí entonces?

—¡Vivir el desarrollo, pero con paciencia!

—¡Esa es una frase correcta, Chris! Sencillamente, debemos y podemos adaptarnos a estos tiempos, pero manteniendo siempre las más genuinas cualidades que nos ha otorgado Dios. Debemos vivir, disponer y disfrutar de esos adelantos que hacen la vida más ágil, eficiente y cómoda, pero sin dejar de ser nosotros mismos, sin dejar de sentir y vivir como seres humanos. Nuestro corazón tiene que mantener sus latidos a un ritmo normal, aunque tengamos la posibilidad de enterarnos en segundos de los más terribles acontecimientos o de la mejor noticia del mundo. ¡Quienes consideran a la paciencia un don de otro siglo, son los verdaderos retrógrados! Ahora la paciencia es más importante que nunca, porque se hace más escasa.

—Tienes razón. El propio Samy, el protagonista de nuestra película, me dijo que siempre tuvo optimismo y paciencia. Por eso nunca perdió las esperanzas de volver a brillar en la música, ni siquiera cuando, al parecer, tocó fondo. Vivió momentos desesperados, pero siempre luchó.

—¡Optimismo! —repite Arturo—. Esa es otra cualidad que siempre debemos cultivar. Es imposible vivir con esperanzas siendo pesimistas. Por el contrario, un optimista lo último que pierde es la esperanza. Por eso Samy triunfó y triunfará siempre, entendiendo como triunfó el estar sereno y esperanzado en nuestro progreso, en nuestro camino hacia la meta. Caminando con fe dibujamos nuestro destino. Cuando pensamos y actuamos influenciados por ambas cualidades, nunca seremos derrotados, por muy grandes que sean los contratiempos. Estas cualidades fortalecen nuestro espíritu, desechan lo negativo y nos permiten disfrutar de lo hermoso que regala la vida.

—Pero, si no soy paciente por naturaleza, ¿cómo voy a lograrlo? La paciencia no se estudia en ninguna escuela ni se vende en la farmacia. Debe venir dentro de nosotros cuando nacemos. Si no la traemos dentro, adquirirla después sólo sería posible por un milagro. ¿Quiere que le diga una cosa?

—Dime —dice el *coach* con paciencia.

—Yo no me veo como un tipo paciente. Me lo pregunto y me respondo siempre: ese no sería yo.

—Lo mismo me dijiste en la consulta anterior cuando hablamos de la necesidad del cambio. Recuerda, me dijiste exactamente que tú querías seguir siendo Chris. Ahora yo te pregunto: ¿No notas que has cambiado?

—Sí, lo noto, ya se lo he dicho.

—¿Y te sientes un tipo raro? ¿Crees que eres otra persona?

—A decir verdad, no. Pero sí pienso un poco diferente.

—Yo diría, utilizando una frase muy actual: ¡Eres una versión mejorada del mismo Chris!

Ambos sonríen. Chris comprende perfectamente cuánto significan las palabras de Arturo y las recibe con aliento en lo más profundo de su corazón.

—En cuanto a la paciencia, te diré lo que pienso. Lo ideal es cultivarla desde pequeños, pero eso depende de muchas cosas: del estilo de vida de nuestra familia, del ejemplo de los padres, del medio ambiente en el que nos criamos, muchas veces de la escuela, de los profesores, de nuestras amistades. Pero, si no crecemos en un terreno fértil para el desarrollo de la paciencia, tenemos que buscarla, luchar por ella, ya de mayorcitos. No vamos a encontrarla en una esquina o a través de un soplo divino. Te dije hace un rato que cultivando la fortaleza de nuestro espíritu, podemos llegar a ser pacientes. Todo esto que hablamos y lo que sugiero que hagas, tiene ese propósito. Debes ir acostumbrándote, Chris, a verte como una persona paciente. Verás qué bien te vas a sentir. Por supuesto, te repito, no serás el mismo. Serás otro Chris, mejor persona, más preparada para el éxito. No sólo en el amor, sino en todo en la vida. Se me ocurre dejarte otra tarea para casa.

—Muchas tareas, ¿igual que en los tiempos escolares?

—Sí, igual. Esta frase de Confucio puede prepararte para el próximo encuentro: "Cargando un puñado de arena todos los días, llegaré a construir una montaña". Ahí te dejo la frase.

—¿Y qué hago con la duda? ¿Cómo lograr tener certeza en todo momento?

—Certeza y duda, amigo son un matrimonio. Tienes que aprender a amarlas a las dos. Entiende que la certeza se construye dentro y la duda muchas veces nace dentro pero otras veces es sembrada en nuestro interior por otros. Tu liderazgo personal dependerá de cuán creativo seas como pensador. Y, como me comentaba John Maxwell, autoridad en temas de liderazgo, debemos aprender a abrazar la ambigüedad. El escritor H. L. Mencken dijo: "Es el hombre aburrido quien siempre está seguro, y el hombre seguro quien siempre está aburrido." Algo así, perdona la traducción que se me ocurre porque de hecho recuerdo la frase en inglés. *"It is the dull man who is always sure, and the sure man who is always dull."* Los creativos y líderes tienen visión a largo plazo y no necesitan reafirmación externa. Ellos pueden apreciar inconsistencias y grietas en la ruta por vivir, pero justo ahí está la pasión por resolverlas. Es por eso que te pido que veas a tu vida bajo el nuevo género de aventura, porque en el drama siempre habrá conflicto. Desde la aventura explorarás, con certeza en ti, lo que la vida te lance.

—Mucho que pensar otra vez cuando llegue a casa —dice Chris.

Arturo se levanta a preparar té y Chris le pregunta:

—Pero cuénteme algo de su viaje a Brasil.

—Lo disfruté mucho. Fue increíble, no lo puedo negar. Sentí un poco de pena porque tuve que alejarme apenas comenzamos nuestro trabajo, pero era algo planificado desde hace meses. Llevaba años esperando vivir el carnaval de Río.

—¿Tiene amigos o conocidos por allá?

—¡Sí, claro! Mi trabajo me permite tener conocidos por todas partes —responde Arturo.

A Chris no le escapa que las respuestas de éste son parcas. En ningún momento emana de Arturo su locuacidad habitual. Son respuestas que, al parecer, se producen por pura cortesía, ajenas al fervor interior, al entusiasmo que debe generar una visita al famoso carnaval. En medio de estos pensamientos, se escucha el penetrante sonido del microondas. Arturo sirve el té como de costumbre; sabe que a Chris le gusta con miel. Pero esta vez Chris se levanta, va hacia donde está situada la taza, la toma y regresa a su butaca. Arturo lo imita unos segundos después. Considera este gesto muy válido, ya que expresa confianza por parte del joven. Ambos tratan de degustar el primer sorbo, pero tienen que dejarlo a medias. El té está hirviendo.

—¿No te entusiasma viajar, Chris? ¿Conocer lugares exóticos? —pregunta Arturo, rompiendo el silencio.

—Me gustaría, pero en la actualidad no está dentro de mis posibilidades. Debo concentrarme en mi trabajo.

—Por supuesto que sí, haces muy bien, pero, ¿si tuvieras la posibilidad, viajarías?

—¡Claro que sí! Aunque sé que por ahora no podrá ser. Tendré que esperar... pacientemente.

—¡Así es! Quizás la vida te traiga esa oportunidad antes de lo que imaginas. Pero, retomemos la historia de Samy. ¿Qué semejanzas crees que existen entre tú y él?

—¿Semejanzas entre Samy "el genio" y yo?

A Chris le extraña y a la vez lo sorprende la pregunta.

—Sí, semejanzas, similitudes.

El joven se toma unos segundos para responder, aún con la taza en la mano.

—Él es músico y yo cineasta. Somos artistas, por decirlo de alguna manera. Además, el cine y la música son dos manifestaciones que están muy compenetradas.

—Exacto, dime otra más.

—Él es una persona muy apasionada por su trabajo, lo ama, no sabe cómo vivir fuera de la música; yo me considero también una persona apasionada, sobre todo por Mary y, por supuesto, también por mi trabajo.

—Está bien, pero dime la fundamental.

—¿La fundamental? No se me ocurre —dice Chris pensativo.

—Ambos han sido aparentemente golpeados por la vida. Eso desde la historia contada desde el rol de víctimas. Samy, por el accidente que le impidió seguir siendo un gran percusionista. Y tú, por todo lo que me acabas de contar acerca de la muerte de tus padres, la relación con tus tíos, las condiciones que ellos pusieron y todo eso. El accidente de Samy tuvo que dañar su espíritu, no es para menos. Tuvo que dejar de ser todo lo que había sido así, de golpe y porrazo. En tu caso, Chris, tu espíritu también salió dañado. Perder a tus padres, y lidiar con la actitud de tus tíos, no habrá sido nada fácil de soportar siendo apenas un adolescente. Esa es la semejanza fundamental entre tú y Samy. Ambos han tenido una historia que podría ser el perfecto drama.

—Analizándolo bien, tiene razón; pero en eso también nos diferenciamos mucho.

—¿Por qué? —pregunta Arturo.

—Porque él nunca se dejó vencer y yo... —Chris agacha la cabeza.

—No digas eso, tú nunca te has dejado vencer. Levanta la cabeza, recuerda el sentir que descubriste con los ejercicios de respiración. Que estés aquí es una muestra de ello.

—Él ha sabido luchar solo y yo no; lo que quiero decir es...

—Samy tiene una ventaja sobre ti, y ahí radica la diferencia. Él ya era una persona madura cuando sufrió el accidente. Había cumplido importantes sueños en su vida y se disponía a lograr nuevos y mayores éxitos. Pero tú eras un adolescente. Tu espíritu, como es lógico, aún estaba a la deriva. Por esa razón me alegro de que estés trabajando en ese proyecto con alguien que te puede servir de inspiración. Samy puede ser un gran ejemplo para ti: su espíritu es luchador, no se deja amilanar por los golpes, enfrenta siempre la vida con visión optimista, no cesa, no se rinde. Cualquier otro que no tuviese un espíritu curtido y luchador como el suyo, quizás, en su situación casi de indigencia, en el mejor de los casos, se hubiera puesto a trabajar de cualquier cosa por ahí y hasta hubiera renunciado a todos sus sueños. Él no lo hizo, él luchó y triunfó. Eso mismo tienes que hacer tú. ¡Cuánto me alegro de que estés trabajando en ese proyecto! Lo que quiero hacerte ver es que con paciencia, perseverancia, pasión y apertura al cambio, todo se logra. Samy era percusionista, la vida lo puso a prueba y él mismo, enseguida, trató de cambiar; es más, cambió. Se convirtió en un compositor musical. Puso en práctica mi filosofía del bambú: flexibilidad para que los vientos huracanados te doblen pero no te derriben. La buena suerte no existe, al menos yo creo en las oportunidades que uno atrae en su vida, esas que son una manifestación de lo que tu mente cree. Significado, ¿recuerdas?

Arturo hace una pausa, como reflexionando, y continúa:

—Un gran norteamericano, Thomas Jefferson, dijo: "Yo creo bastante en la suerte. Y he constatado que, cuanto más duro trabajo, más suerte tengo". Samy no esperó por ella. Te quiero decir con esto que la única manera de desterrar todas esas limitaciones espirituales es luchando, abriéndote al cambio, bregando por ser cada día más paciente, más perseverante, más confiado en ti mismo. Todas esas cosas permitirán que tu espíritu nunca decaiga, nunca se deje arrastrar por los malos momentos que todos tenemos que pasar en la vida. De ahí la importancia de que te consideres todo "un buen hijo de p...", y que sea el primer símbolo de esa capacidad maravillosa de dar significados positivos a los sucesos de nuestras vidas que parezcan inmerecidos o trágicos. Detrás de cada situación yace una finalidad positiva. Difícil de ver a simple vista, pero el tiempo siempre te permitirá encontrarla.

———

Por fin la taza de té se enfría un poco. Ambos degustan un par de sorbos de la estimulante infusión. Chris mira a su alrededor. A través del cristal disfruta de la vista de Los Ángeles, ciudad en la que vive desde que era un niño, cuando sus padres, por trabajo, vinieron aquí desde la Florida. Arturo rompe el momentáneo silencio.

—¿Me dijiste, Chris, que todo te lo contó el mismo Samy "el genio"?

—Sí, yo hice la investigación para el guión de la película.

—Entonces, Samy no es un personaje de ficción.

—No, no lo es. Pero por diferentes razones su nombre verdadero tuvo que ser cambiado en la película. Es un músico muy importante en el mundo de la música latina y trabaja aquí mismo, en Los Ángeles.

—No me digas el nombre. Aquí lo importante es su actitud ante la vida. Samy siempre ha sabido lo que quiere, se apasiona por ello y, como tú bien dices, no se deja vencer por las dificultades. Llegó a ser un indigente material, pero su espíritu tiene una riqueza envidiable. Si en algo ya coinciden los idealistas con una buena cantidad de materialistas, es en que el espíritu es lo que define la esencia del ser humano. Un gran amigo utiliza una frase, que a mí me gusta mucho, para calificar a las personas que no son como Samy: los llama "indigentes espirituales". Son personas que cuando caen en un hueco sólo saben lamentarse, se rinden ante los retos de la vida sin ver las oportunidades. Estas personas pierden los deseos de soñar y, por supuesto, consideran el éxito como algo de otra galaxia.

—¡Indigentes espirituales!

—Eso mismo.

—¿Pero usted no me considera un indigente espiritual?

—¡De ninguna manera! Tú eres una persona joven, que ha estudiado, que es capaz de asumir con pasión su profesión y de participar en proyectos tan bellos como el que acabas de contarme. Amas con todas tus fuerzas y, además, has sido correspondido; tienes un futuro prometedor, estás dispuesto a seguir ejemplos y abrazar modelos en tu profesión para que te sirvan de guía. No, Chris, estás muy lejos de ser un indigente espiritual. Tú eres un líder en potencia, y llegarás a ser tan grande como te lo propongas, siempre pensando en cómo aportar valor a los demás con tu talento. Ya venías con pasión, ahora estás conociendo a esa señora que se llama paciencia, y ella te hará entender la ciencia de la paz, porque a eso se ha dedicado esta sabia señora por siglos... a estudiar la paz, sobre todo esa paz que nos da paciencia. Luego condimentas a ese nuevo "hijo de p..." con perseverancia para que la paciencia tenga un contrincante activo y no pasivo. ¿Qué te parece?

—¿Y todos mis problemas? —pregunta el joven.

—Problemas naturales del ser humano, problemas que has interiorizado, que te afectan y de los cuales has decidido desprenderte. Si no les llamas problemas, amigo, son vivencias, aprendizajes. Déjame buscarte otro libro más para que leas, porque parece que sufres de sobrepeso.

—¿Yo? Soy alto, y de armadura ancha, pero soy atlético y tengo muy bajo porcentaje de grasa.

—¿Y cuánta grasa tienes en la mente, Chris?

Arturo mira alrededor buscando el libro que tiene en mente. No lo encuentra con facilidad; es muy pequeño, un libro de bolsillo...

—Aquí está. Lo lees en dos horas. Es muy sencillo pero profundo.

Chris toma el libro y lee el título: *Weight Loss for the Mind...* Pérdida de peso para la mente. ¡Qué buen título! Es para poner a dieta la mente.

—Más que una dieta que no funcione a largo plazo, se trata de crear un nuevo régimen para alimentar e higienizar la inteligencia emocional, lo que determina la calidad de nuestras vidas.

Chris abre el libro y le dice a Arturo:

—Dame tu número favorito.

—Ocho, el día en que nací.

El joven hojea el pequeño libro y, mojándose el dedo con saliva, despega la página ocho, busca la línea que da inicio al segundo párrafo y lee en inglés:

—"*Negative emotions, therefore, are nothing more than the experience of being contradicted. You have certain opinions and expectations; and life comes along and contradicts those opinions, thus generating negative emotion.* (Las emociones negativas, por ende, no son nada más que la experiencia de ser contradicho. Usted tiene ciertas opiniones y expectativas, y la vida llega y contradice esas opiniones, y ahí genera emociones negativas)."

Arturo lo interrumpe.

—Este libro te ayudará a entender cómo nuestras opiniones dan significado a lo que creemos de nuestra vida. He releído este libro infinitas veces. Me cuesta deshacerme de él, pero sé que te será muy útil. Recuerdo una frase de Oscar Wilde que se me quedó grabada. Dice que las opiniones son como el núcleo de un átomo, una fuente de poder mental, y que nuestras ideas merodean alrededor, como las partículas subatómicas que rodean el núcleo. Al final llegamos a la misma conclusión: la vida es el significado que le añadimos a los sucesos, eventos y personas con las que nos tropezamos. Nuestras opiniones son nuestra cárcel.

—Gracias por el libro. ¡Hasta voy a tener que agradecerle a Mary que me haya hecho caer en esta crisis para darme cuenta de que mis opiniones me han mantenido preso de mi pasado!

———

—Y en cuanto a Mary, ¿qué hacemos? —pregunta Chris.

—En cuanto a Mary, ya cumplimos la primera parte, la del distanciamiento. Creo que ha sido una verdadera prueba de paciencia para ti. Ahora viene la etapa de la perseverancia. Durante la misma tienes que demostrarle, con tus acciones, lo mucho que la extrañas, la quieres y la respetas; pero ante todo tienes que demostrarle cuánto has cambiado y cuánto más estás abierto a evolucionar. Porque, te digo, éste es sólo el inicio, tres semanas, imagina todo lo que es posible lograr si seguimos así, trabajando unidos.

—Le prometo que daré lo máximo de mí.

—¡Eso es! En cuanto a Mary, mándale un mensaje de texto y dile que quieres devolverle algo importante que ella dejó en tu casa. ¿Qué puede ser?

Chris piensa por unos segundos.

—La colección de libros de cine que en una ocasión le regalé.

—Perfecto. Si la primera vez no te contesta, pon a trabajar la paciencia adquirida hasta ahora y, sobre todo, persevera. Repite el texto varias veces. No hagas como ella, que no llamó una segunda vez. ¿De acuerdo?

—¡De acuerdo!

—Tienes también pendiente el análisis de la frase de Confucio.

—No se me va a olvidar tampoco, Arturo. Gracias por todo.

—Entonces nos vemos la semana que viene. También, cuando tengas una oportunidad, léete este poema.

Arturo abre una gaveta y extrae un pequeño papel que introduce dentro de un sobre. Se lo entrega a Chris, quien lo recibe con curiosidad.

—¿Es otro deber?

—No, es sólo para que veas cómo la buena poesía también motiva. ¡Es corto, muy corto; pero profundo, muy profundo! Y quiero, Chris, que no uses más la palabra "problemas" para referirte al pasado. Cambiémosla por vivencias, memorias, eventos pasados. Creo firmemente que el lenguaje moldea tu mente. En términos cinematográficos, estás tratando de armar una película con imágenes de archivo en vez de usar las escenas originales con las que tienes el poder de dar forma y dirigir. Piensa en eso. Guarda el archivo para cuando sea útil de verdad. Lánzate con valentía a dirigir tu película, ese es tu propósito. Eso es lo que Dios quiere de ti. Nos vemos muy pronto. Mantenme al tanto.

Chris se levanta, le da un fuerte abrazo y dice una "GRACIAS" que no necesita más; es pura gratitud, esencia de regocijo.

IV

"En la pugna entre el arroyo y la roca,
siempre triunfa el arroyo... no porque sea muy fuerte,
sino porque persevera".

—H. JACKSON BROWN

El amor es un sentimiento que viene de la mano de la perse-
verancia. Para muchos, sin embargo, viene de la mano de la
locura y no digo que eso no tenga su encanto, pero se puede
enloquecer sin amar y siempre que se persevera, se ama. Santa
Teresa de Jesús, la mística escritora española, igualó el don de
perseverar con el don del amor, cuando escribió: "Si en medio
de las adversidades persevera el corazón con serenidad, con
gozo y con paz, eso es amor."

Chris, rumbo a su total conversión en "un buen hijo de
p...", ya vive convencido de que actuando con perseverancia,
junto a la pasión que siempre ha sentido por Mary, y con pa-
ciencia, podrá reconquistar el amor de ella y mantenerla a su
lado definitivamente. Será su prueba suprema para demostrar

*que se ha convertido en "un buen hijo de p...". Arturo se lo
ha repetido en innumerables ocasiones. Sin embargo, la "p" de
perseverancia, se torna resbaladiza, por cuanto la perseverancia es una virtud que puede hacerse esquiva cuando no se va
cultivando poco a poco, con sosiego, en la misma medida que
se va creciendo. La perseverancia tiene mucho de entereza, de
paciencia, de tenacidad. ¡Cuántas virtudes nobles se requieren
para llegar a contar con sus servicios! Ella es un don de dones;
es, quizás, uno de los regalos más hermosos que Dios nos ha
dado, uno de los que más ennoblecen el espíritu de los seres
humanos. Luchar por conocer la perseverancia, después de haberla obviado en tantas ocasiones de la vida, no es tarea fácil.
Chris lo sabe, pero él y Mary se merecen ese esfuerzo y eso lo
impulsa. ¡Cuánto perseveró ella! ¡Cuánta paciencia tuvo con
él! Es que Mary también es ejemplo de pasión, ella ha anidado
para él la más pura de las pasiones, la que engendra el amor.
Si alguien es "una verdadera buena hija de p... ", esa es Mary,
se le ocurre a Chris.*

*"¡Cuánto tiempo ha perdido por mi culpa! ¡Cuánto la de-
fraudé!", se lamenta Chris.*

*Mary, desde que lo conoce hace ya ocho años, ha sido un
ejemplo de amor y perseverancia, y él siempre fue su gran com-
plemento. ¡Cuánta injusta frustración para ella por no haber obtenido lo que tanto buscó! ¡Cuánta frustración también
para él! Quizás merecida, quizás no, pero frustración al fin,
por no comprender los anhelos de ella, por no aceptar a tiempo
una evolución pedida a voces.*

*"Sin embargo —reflexiona Chris—, aún somos jóve-
nes, tenemos mucha vida para tratar de recomponer lo que*

mi egoísmo despedazó, como decía mi madre: 'De la misma forma en que un elefante entra a una cristalería'".

Pero también tiene dudas.

"¿De verdad habrá tiempo todavía? ¿No estaré confiando demasiado en Arturo? ¿Y si su plan no funciona?".

Chris se cuestiona y duda, pero la duda ya es diferente. No es la que provoca o es provocada por el temor o la desconfianza, la misma que lo laceraba hasta hace apenas unas semanas; es el tipo de duda positiva, esa que estás dispuesto a despejar para aprender de ella. Chris está dispuesto a despejarla y abrazarla. ¿Cómo? Perseverando. El tiempo será quien diga la última palabra y, cuando lo haga, él se convencerá de si había posibilidades o no, de si Arturo estaba o no en lo cierto. Además, tiene derecho a dudar en estos momentos porque lleva tres días enviándole mensajes de texto a Mary y ella no responde. ¿Por qué? ¿Será en represalia porque él no le respondió su llamada? ¿Apenas veinte días sin verlo le han bastado para olvidarlo? ¿Tendrá otro amor?

El solo hecho de imaginarlo provoca que el joven cineasta se levante, como movido por un resorte, de la incómoda silla donde hace apenas unos minutos terminó sus ejercicios de relajación.

"¿Ya tendrá otro amor? ¿Al menos, otro aspirante a amor? ¡Lo que más me fastidia es que no puedo hacer nada!".

Viene a su mente una máxima de Confucio, el gran maestro chino: "Si ya sabes lo que tienes que hacer y no lo haces, estás peor que antes".

"¡Estar peor que antes, lo estoy! —piensa—. ¡Qué inteligente era ese chino, caramba!".

Si fuera por él, en estos momentos iría a ver a Mary para preguntarle de frente, delicada y cortésmente, por qué no ha respondido a sus mensajes. Lo puede hacer y después no decirle nada a Arturo. ¡Pero, no! No es correcto. Ha tenido muchas limitaciones de carácter, pero nunca ha sido mentiroso.

"Sería imperdonable que ahora, cuando ya estoy resolviendo limitaciones antiguas, vaya a incorporar una nueva a mi extenso repertorio —se dice—. ¡No, no me lo perdonaría jamás!".

Vuelve a Confucio.

"Entonces, no estoy peor que antes. Sé lo que debo hacer. Lo que sucede es que lo que debo hacer no es lo que quiero. Por eso debo pensar en positivo y ser optimista: si hago lo correcto, todo saldrá bien y, por lo tanto... ¡Estaré mejor que antes!".

Relee en voz alta unas palabras que Arturo le dio.

"Pensar en positivo permite disfrutar a plenitud cada momento de la vida, hace posible que la vivamos y no que la suframos. Tener la mente cargada de pensamientos válidos y optimistas, eleva la autoestima, nos carga de confianza, aleja el síndrome depresivo que puede ocasionar una frustración momentánea. ¡Pensar en positivo nos hace más felices! ¡Si perseveramos pensando en positivo, todo lo logramos!".

"¡Arturo también dice frasecitas inteligentes, como Confucio!", piensa Chris. Se ríe pensando en que Confucio ha confundido a tanta gente que ni él mismo se lo imaginaría. Chris recuerda el video de YouTube de una reina de belleza a quien en la pregunta final del certamen le dicen: "¿Quién fue Confucio?". Y ella responde: "El que inventó la confusión".

Genial respuesta.

Convencido de que está mejor que antes, se dispone a sentarse nuevamente en la silla, a esperar por la llamada o un simple mensaje de Mary antes de irse a dormir. Hoy el trabajo fue agotador, pero todo marcha bien... Si Mary no responde, seguirá insistiendo, se demostrará a sí mismo que sabe perseverar. Y si hay otro amor o aspirante por el camino, se las tendrá que ver con su pasión, con su paciencia en ciernes y con su perseverancia, aunque ésta, para su conquista, aún tome su tiempo.

———

Se mantiene sentado en la incómoda silla situada en el mismo lugar de siempre, frente a la ventana con cortinas descorridas y cristales cerrados. Desde su habitación, en el quinto piso de un edificio cercano al parque estatal Río Los Ángeles, en el noreste de la ciudad, disfruta de una hermosa imagen cuyo protagonista principal es, precisamente, el río del mismo nombre. Una corriente fluvial que discurre a lo largo del condado y va a parar al Océano Pacífico, en las playas de Long Beach. Su afición por el cine, después de abandonar el hogar de sus padres, lo atrajo a este sitio, cerca del distrito de Hollywood, su gran meta.

Observa el río, lo recuerda como protagonista —aunque sin crédito— de muchas de sus películas favoritas, entre ellas: *Chinatown, El juicio final, 60 segundos, Vivir y morir en Los Ángeles.*

Chris piensa en positivo. Siempre ha sido un apasionado del cine, logró notas excelentes en sus estudios, pero la duda, actuando entonces como mala compañera, su carácter pesimista, la falta de confianza en sí mismo y su miedo a enfrentar la vida, muchas veces le impidieron vislumbrar un futuro cierto, luminoso, en el que sus sueños pudieran hacerse realidad.

Divaga en sus pensamientos y recuerda una frase muy popular: "No hay mal que por bien no venga". La ruptura de la relación y la frase "un buen hijo de p...", fueron dos acontecimientos muy traumáticos. Sin embargo, estos hechos traumáticos lo impulsaron a buscar la ayuda de un guía de vida y a comenzar a vencer sus limitaciones. Ahora está trabajando para superarse y luchar por ella más que nunca. Ha roto la inercia y está venciendo lentamente su resistencia al cambio gracias a la desesperación y el dolor del rechazo.

Hay dos grandes motivadores o catalizadores en la vida que nos mueven a la acción: la inspiración y la desesperación.

La inspiración viene como musa divina a guiarnos en esa odisea creativa que nos regala Dios. La inspiración nos estimula a soñar en grande, hacia el infinito. La otra fuente que nos mueve es mucho más terrenal. La desesperación. Esa incómoda embajadora de la frustración, el descontento, la falta de paz y de armonía. La desesperación, como todo en la vida, depende del significado que le demos. No tiene por qué ser positiva ni negativa, nosotros le damos la carga eléctrica hacia uno u otro polo energético. Su resultado dependerá de los recursos y herramientas que guíen nuestra brújula espiritual. Podemos usar la desesperación a nuestro favor en vez de permitir que nos tenga a su merced. Arturo entiende esto perfectamente, y ha usado la desesperación de Chris por recuperar a Mary como un gran resorte hacia su evolución integral. Chris está en camino a escalar al próximo nivel de desarrollo humano. Su confusión es saludable porque lo hace reevaluar sus valores, su centro emocional de gravitación más frecuente. Chris tomó acción en medio de la desesperación.

Desde que comenzó este proceso, Chris se ha desempeñado con más seguridad y entusiasmo en su trabajo. El equipo de filmación reconoce su labor. Motivado por Arturo, se siente impulsado a leer más sobre el crecimiento personal y el mejoramiento humano. Ha aumentado su paciencia y concentración, dos elementos esenciales para disfrutar y aprovechar de una buena lectura.

Cumple al pie de la letra los ejercicios de relajación, aunque a veces no se concentra todo lo necesario. Eso llegará con la práctica diaria. Ejecuta con disciplina cada una de las encomiendas de Arturo, dirigidas a la renovación y sanación de su espíritu. Gracias al recién descubierto control emocional, se siente más seguro de sí mismo e incluso comienza a sentirse optimista. La ruptura con Mary y su insulto son los sucesos, aparentemente negativos, que lo impulsan a convertirse cada día en un ser mejor. ¡La cultura popular es sabia! ¡Cuánto de cierto tiene la manoseada frase!

Algún día tendrá la misma historia cinematográfica que el río. Se convence aún más de que, a pesar de pagar una renta mucho más alta que en cualquier otra zona de Los Ángeles, está en el lugar y en el momento perfectos. Al abrir los ojos todos los días, contempla un guiño del futuro y siempre tiene a la vista —como un reto de ese futuro— el paisaje más prometedor del mundo cinematográfico. Una quimera de sueños que quiere conquistar, ahora con más fuerza y razón que nunca.

Le viene a la mente el genio de Charles Chaplin, quien en una ocasión llegó a revelar que "siendo apenas un adolescente, aún cuando estaba en el orfanato y recorría las calles buscando algo para comer, ya se consideraba el actor más grande del mundo". Chris no aspira a emular a Chaplin. Sólo le atrae la idea de mantener un espíritu optimista y positivo, como el que poseyó el gran Charlot.

¡Para llegar a ser grande, hay que pensar en grande! ¡Para pensar en grande, hay que ser valiente! Ser valiente no es tener ausencia de miedos, sino poseer el valor para enfrentarse a ellos y vencerlos. Pero la valentía jamás encontrará terreno de cultivo dentro de un ser irresoluto y cobarde. Los cambios dan mucho miedo.

———

El sonido del teléfono lo arranca de raíz de sus pensamientos. Chris se levanta de la silla, lo busca. Suena insistentemente encima de la cama; allí lo deja cuando inicia sus ejercicios de relajación.

—¡Por fin, Mary!

Respira aliviado. Su corazón acelera el ritmo. Da uno, dos, tres pasos, largos y rápidos. Ya está en la cama. Toma en su mano el ruidoso aparato y mira el nombre reflejado en la diminuta pantalla. ¡Arturo!

Se frustra al principio, suspira hondo. Sin embargo, esa llamada de su *coach* llega como caída del cielo.

—Hola, Arturo, ¿cómo está usted? —saluda Chris. Inconscientemente, proyecta cierta dosis de frustración en sus palabras.

—¿Qué pasa, Chris? ¿Te molesta que te llame? ¿Te interrumpo? Puedo hacerlo más tarde.

—No, cómo va a pensar eso. Lo que sucede es que espero la llamada de Mary o la respuesta a mis mensajes de texto, pero nada todavía.

—¿No te ha llamado, entonces?

—¡No, está perdida! No sé qué puede pasarle después de casi veinte días.

—¿Mary está trabajando?

—Sí, y eso es lo que más me intriga y me preocupa a la vez. No está enferma, no tiene problemas familiares, no está fuera de la ciudad.

—No has ido a verla, ¿verdad?

—Por supuesto que no. Pero he estado muy tentado.

—Sé paciente. Te aseguro que te va a llamar en algún momento. Si no lo hace, cambiaremos la estrategia, pero siempre de mutuo acuerdo. ¿Está bien?

—¡Qué remedio!

—¿Cómo van los ejercicios de relajación?

—Van bien, pero si ella me llamara irían mejor, se lo aseguro.

—¡Calma, Chris, calma! Ten presente que todo forma parte de un ejercicio de paciencia. ¡Con la paciencia todo, sin la paciencia nada!

—He estado a punto de perderla.

—Eso sería un retroceso. Ten en cuenta que estás atravesando por un proceso de desintoxicación espiritual, si podemos llamarlo de esa manera.

—¿Desintoxicación espiritual?

—Así es —explica Arturo—. Te sucede igual que cuando una persona se somete a un proceso de desintoxicación por alcohol, tabaco o cualquier droga. Tiene que hacer un esfuerzo enorme. Si en algún momento consume el mínimo de cualquiera de esas sustancias, su metabolismo no lo resistiría y tendría que empezar de nuevo. Tienes que tener mucho cuidado con lo que haces. Cuando te sientas impulsado a hacer algo que ponga a prueba tu capacidad de ser paciente, me llamas inmediatamente. ¿Entendido?

—Seguro, no se preocupe —lo tranquiliza el joven.

—¡Cuánto me alegro! Ahora dame unas horas para pensar. Te soy sincero, Chris, siempre estuve seguro de que ella te respondería inmediatamente. Tenemos que analizar por qué no lo ha hecho. Quizás sea una estrategia.

—¡No me diga que ella está asistiendo también a la consulta de un *coach*!

—No lo creo, pero nada es imposible. Ten presente

que las mujeres son seres que están más en contacto con sus emociones. Mary también se protegerá de esta situación dolorosa para ella con inteligencia, con astucia, la famosa "astucia femenina". Esa que cautiva y desarma a cualquier hombre.

—¿Usted cree que sea una técnica derivada de su astucia femenina?

—Puede ser. Pero también puede ser un sentimiento de vergüenza, de timidez. No sé.

—¿Vergüenza? ¿Qué quiere decir con eso?

—Pues que ella, después de llamarte "un buen hijo de p..." y saber que otros la escucharon, siente vergüenza.

—Arturo, ¿no recuerda que ella me llamó y yo no le respondí al teléfono, siguiendo nuestra estrategia?

—Sí, también eso es verdad. Déjame pensarlo, Chris, ahora no tengo ninguna explicación.

—¿Y si pasan las horas y no me responde?

—Muy simple, cambiamos de estrategia. Iremos al siguiente paso.

—O sea, provocar un encuentro.

—Eso mismo. Recuerda que me hablaste de unos libros.

—Exacto, los libros. Y cuando se los entregue, ¿qué hago?

—Después de que se los entregues, en la casa o en el mismo trabajo, donde sea más fácil, te despides y te marchas y ya está, como si no pasara nada.

—Después viene la técnica de los claveles.

—¡Exacto! Después le regalas claveles y le pides perdón.

—¿Y nada más?

—Nada más, aunque si da pie para una pequeña conversación, puedes enfrentarla. No hay ningún problema. Lo llamaremos el paso de los claveles y el perdón, pero eso es después de que ella te llame.

—¿Y si no lo hace?

—Vamos a esperar veinticuatro horas.

—¡Tanto!

—Sólo son veinticuatro horas, Chris. No desesperes. Ten paciencia y persevera, que esa es la virtud que ahora debe guiar tu camino. ¿Leíste el poema?

—Sí, lo he leído un par de veces.

—Entonces, léelo tres, cuatro, las veces que sean necesarias; te será muy provechoso. Nada más efectivo en la vida que un mensaje positivo a manera de poesía. Vuelve a leerlo, sé optimista. Sigue a la inspiración y no dejes arrastrarte por la desesperación. Mantén la calma mientras caminas por esa cuerda floja que se llama vida. Lo importante es aprender a mantener el equilibrio.

—Eso intento.

—No se trata de intentarlo, sino de conseguirlo. Ahora voy a cumplir un pequeño compromiso de trabajo y, después, quizás te haga otra llamadita, un abrazo.

———

Al terminar la llamada, Chris coloca el teléfono otra vez sobre de la cama. Camina hacia su mesa de trabajo y toma el sobre que le entregó Arturo al finalizar la consulta. Regresa a la cama y se acuesta al lado del teléfono. Abre el sobre, extrae el papel donde viene escrito un pequeño poema de apenas seis versos. Lo lee en voz baja.

No te rindas, por favor no cedas.
Aunque el frío queme.
Aunque el miedo muerda.
Aunque el sol se esconda y se calle el viento,
Aún hay fuego en tu alma,
Aún hay vida en tus sueños.

Mario Benedetti

Lo relee en silencio, para sus adentros, como si tratara de convencer a su mente y a su corazón de la grandeza y la inmensa verdad de ese mensaje escrito con una belleza estética incomparable.

—"Aún hay fuego en tu alma, aún hay vida en tus sueños".

Repite los versos finales otra vez en silencio. Se relaja, suelta todo el peso de su cuerpo sobre el colchón. Cierra los ojos. Se siente cansado. Son casi las nueve de la noche en Los Ángeles. Los ejercicios de la mente extenúan tanto o más que los físicos. Se acomoda, tratará de dormir y, como todas las noches, se encontrará con Mary al menos en un sueño. Es posible que hasta ella lo perdone y duerma perdonado. Se descalza, apaga la luz y cierra los ojos. Es temprano, pero se siente agotado; además, mientras más pronto se duerma, más rápido pasarán las próximas veinticuatro horas... Piensa en qué florería va a comprar los claveles... Se le confunden los pensamientos...

Está a punto de quedarse dormido cuando el teléfono vuelve a sonar. Una vez, dos veces. Insiste, no da tregua el maldito aparato.

"¡Arturo otra vez! ¿Qué querrá ahora?".

El teléfono yace cerca. No tiene necesidad de abrir los ojos para tomarlo.

—Hola, Arturo —dice de mala gana.

—¡Arturo! ¿Quién es Arturo?

Chris se sienta en la cama con la velocidad de un felino, da un giro y apoya los pies en el piso. Trata de espantar el sueño, sacude el cuerpo y la cabeza como si se exorcizara de un espíritu maligno. Pronto ha vuelto a la realidad de su cuarto ahora a oscuras. No es Arturo, es una voz femenina...

—¡Hola! ¿Mary?

—Sí, soy yo. ¿Quién es Arturo?

—Un amigo.

¡Un amigo! ¿Ya tienes un amigo?

—Es un buen amigo...

—Qué raro, nunca has tenido amigos. De hecho me decías que yo era tu novia y tu única amiga.

—Tampoco es así, Mary. Siempre dije que no me gusta tener a cualquiera como amigo. Es diferente.

Mary suena hosca, casi gruñona. La ha visto muchas veces en ese estado; las mejillas se le enrojecen creando un contraste muy hermoso con sus ojos azules. Se la imagina. Debe de estar en su cuarto, con ese olor a flor silvestre.

—Chris, ¿estás ahí?

—Por supuesto.

—Te has quedado mudo.

—No, perdón. Sólo trataba de despertarme por completo. Ya dormía, estoy extenuado, el día fue duro. Y tú, ¿cómo andas?

-¿Yo? ¡Divina, *nice*!

"¡La misma frasecita de siempre!", piensa Chris con un tanto de resentimiento.

—¡Me alegro! —responde.

—¿Para qué insistes tanto en que me comunique contigo?

—Es que se te quedó aquí la colección de libros sobre la historia del cine que te regalé. Podría serte útil, sobre todo ahora que estás trabajando en la industria.

—Sí, ya me había dado cuenta. Estoy en casa de mis padres. Tienes la dirección. ¿Por qué no haces un paquetico y me lo mandas por correo o por una compañía de envío de paquetes?

Ni Chris ni Arturo previeron esa respuesta, pero el joven sale al contraataque.

—No, no. Esa es una colección muy valiosa y puede dañarse, hasta extraviarse. Además, pesa mucho, son como diez tomos. Mejor los llevo en el auto y tú me dices dónde te los puedo entregar mañana. O si no vienes a buscarlos, aunque eso sería una descortesía de mi parte.

—Chris, te noto raro —dice Mary.

—¡Raro! ¿Qué me ves de raro?

—No te puedo "ver", dije que te noto, te siento raro. ¿Estás enfermo?

—No, estoy mejor que nunca. ¡Divino, *nice*! Igual que tú.

—Cuánto me alegro, pero, ¿durmiendo a las nueve de la noche?

—¡Sí! ¿Por qué no?

—¡Eso es muy raro en ti, Chris! Desde que te conozco no has podido dormir sin somníferos.

—Tú mejor que nadie sabes el ritmo de trabajo que llevamos en la filmación, sobre todo ahora que el dinero parece que se va volando.

—¡Pero es que ni por eso te imagino durmiendo a las nueve de la noche! Bueno, eso no es importante. Si no vas a enviarme los libros, espera mi llamada mañana, para ver si los recojo yo misma, me los traes a casa de mis padres o los llevas a la oficina. ¿De acuerdo?

—Como tú digas. Creo que es mejor así, todo sería más seguro. Es una colección valiosa.

—Ya lo sé. Gracias, Chris.

—¿Ya vas a dormir?

Por supuesto, tú mejor que nadie sabes que yo sí soy una dormilona. Chao, te llamo.

Mary cuelga y Chris mantiene el teléfono en el oído, como a la espera de más palabras. Hubiera pasado horas conversando con ella.

Después de disfrutar de su voz otra vez, tras varias semanas, su propósito de reconquistarla se hace más fuerte que nunca.

—Arturo tenía razón. Ella llamaría. Pero, ¿por qué tardó tanto? No entiendo. ¿Estará aplicando también alguna técnica de acercamiento y reconquista?

Se dejar caer nuevamente en la cama. Está mucho más

tranquilo. Se percata de que es cierto: hace varios días que no necesita pastillas para dormir. El cansancio que le provoca el trabajo de la filmación y las tareas que da Arturo, sobre todo los ejercicios de reflexión y relajación, son un soporífero natural perfecto. Además, cuando el espíritu comienza a enriquecerse, todo el cuerpo experimenta una sensación de bienestar muy difícil de clasificar. Es un bálsamo analgésico que mitiga penas y dolores. El sueño reparador es el resultado final de ese bálsamo.

———

A varias millas de allí, en Huntington Park, en la otra ribera del río Los Ángeles, Mary acaba de colgar el teléfono. Ha llorado no pocas veces desde que rompió su relación, pero no soportaba más las indecisiones, la desconfianza y los temores de Chris. Mucho perseveró por su amor y mucho luchó para ayudarlo a salir de aquel terrible agujero en que cayó después de la muerte de sus padres.

Mary derrochó paciencia para ayudarlo, cobijarlo y mantenerlo a su lado. La gota que colmó el vaso fue su negativa al matrimonio, tras años de promesas.

Ella siempre tuvo esperanzas en Chris; nunca perdió la fe en que cambiaría. Pero sucedió todo lo contrario. Con el tiempo, sus dudas, sus temores y sus indecisiones se ensancharon; ocuparon cada vez más espacio en su corazón. Chris comenzó a cerrarse, a rodearse de una coraza, se volvió casi impenetrable.

Volver a escuchar su voz la hizo recordar... Evocó aquel

primer encuentro con él en la esquina de Pacific Boulevard y la calle 57, el furtivo primer beso que él le dio a la entrada de su casa, casi un año después. La primera caminata tomados de la mano, los primeros romances y su eterna pasión por el cine. Recuerda que disfrutaban de las películas prohibidas para menores. No habían cumplido los dieciséis. Él las saboreaba más que ella; las entendía mejor. Una noche, ella se quedó dormida mientras veían en casa una famosa película. Según le dijo Chris, antes de comenzar a verla, era una obra maestra de su director preferido; ya a esa edad tenía un director preferido. Él nunca le perdonó a Mary que se durmiera. Un tiempo después, ella tuvo que volver a ver la película. Chris se aseguró de que fuera por la tarde, para evitar, según le dijo, "que volviera a caer en los brazos de Morfeo". Desde esos tiempos, hace casi ocho años, Mary comenzó a cultivar la paciencia por Chris, a dedicarle su tiempo, a hacer todo lo necesario para que se mantuviera a su lado y se sintiera tranquilo y protegido, después de todo lo difícil que le había sucedido. Desde entonces, ya Mary perseveraba por Chris.

Siguen fluyendo los recuerdos. Aquella tarde, viendo la película, Mary no se quedó dormida; la vio completa, aunque era bastante larga. Pero no la entendió... Sonríe mientras evoca. Por supuesto, él nunca se enteró.

Años más tarde, en medio de un ciclo de cine de finales de los años sesenta, se percató del anuncio de la misma película. ¡Cuántos recuerdos! Fue ella entonces quien compró un par de boletos y lo invitó a él sin decirle qué iban a ver. Jamás olvidará la expresión de alegría y agradecimiento de

Chris por "ese detalle" aquella tarde dominical. Significó mucho para los dos.

No acaba de entender cómo un adolescente de apenas 17 años tuviera tanta sabiduría cinematográfica. Admira su pasión y su inteligencia. Se enorgullece al recordar que, gracias a ella, ingresó en una escuela de arte, donde se graduó con notas ejemplares. Cuando Chris ya formaba parte de la industria, fue él quien la convenció para que ella, "toda una especialista en sacar cuentas", también formara parte de la maquinaria del cine.

Sentada en la cama, con las piernas cruzadas, en ropa de dormir, Mary, tras ese vendaval de recuerdos, se siente frustrada. No puede sentirse de otra manera. Pero dentro de su frustración, un hálito de paz recorre su espíritu: ella hizo todo lo posible, perseveró hasta la última gota de energía. Por eso vive tranquila. Lo que más le disgusta es que una persona como Chris, inteligente y apasionada, no cambie, no se deje ayudar, se aferre a un pasado que lo esquilma. Aunque esto no provoca en él ni un átomo de maldad...

"Es un ser noble, muchas veces indefenso", piensa.

Cuando se persigue algo y no se alcanza, siempre nos invade un vacío espiritual provocado por la insatisfacción que arrastra un fracaso. Lo provoca el deseo insatisfecho, la frustración. Mary, en estos precisos momentos, es víctima de ese vacío espiritual. Paradójicamente, al mismo tiempo se siente satisfecha por todos sus esfuerzos. En definitiva, las únicas personas inmunes a la frustración son las que nada arriesgan, se dice a sí misma. Las que no cambian, las que no perseveran, las que esperan que todo les caiga del cielo o aguardan por un golpe de la llamada "buena suerte".

¡Quien no persevera, quien no trata de avanzar, no tiene espacio en el camino de la vida ni para frustrarse! No obstante, es inevitable que los reveses aviven sentimientos desagradables, muchas veces soberbios, como aquel que la impulsó a insultar a Chris. El ser humano tiene que estar preparado espiritual y psicológicamente para todos los golpes de la vida, y no sólo para soportarlos como un contratiempo fastidioso, sino para sacarles provecho. ¡Cada aparente fracaso es una nueva enseñanza de la vida!

Por supuesto, reflexiona Mary, lo ideal sería nunca equivocarse, pero eso es imposible. Somos seres humanos bendecidos por Dios con la inteligencia, pero de nosotros y de nadie más depende cómo y cuándo utilizamos esa inteligencia.

"Utilicé la inteligencia con todas mis fuerzas —se dice—, le dediqué a Chris mis mejores pensamientos, las más nobles de mis acciones, lo más hermoso de mi amor, pero nada fue suficiente".

Y cuando cometemos errores así, en mayor o menor grado, aflora la sombra de la frustración. Es inevitable, aunque nos tranquilice la idea de que perseveramos e hicimos todo lo posible.

"Ahora debo permanecer tranquila, y no dejarme arrastrar por los sentimientos heridos".

Mucha razón tiene Mary. Debemos ser capaces de lidiar con el más profundo de los vacíos espirituales, los que provocan el desengaño y la frustración. Para lograrlo, nada mejor que ser optimistas, conscientes de que Dios nunca nos abandona, mucho menos en los peores momentos. No rendirnos ante un descalabro temporal, tener fe, luchar y perseverar siempre, en pos del éxito en todos los aspectos de la vida.

El ser humano alcanza su verdadera madurez cuando conoce sus limitaciones, cuando asume sus errores y frustraciones, pero, sobre todo, cuando sabe utilizarlos en beneficio de cada nuevo empeño.

Mary hace la señal de la cruz y se dispone a dormir. Recoge su pelo con una hebilla y se tiende sobre la cama. Se tapa hasta el cuello con una fina frazada y comienza a darle la bienvenida al sueño con una pregunta en sus labios. "¿Quién será Arturo?".

———

A la mañana siguiente, Chris se levanta temprano, como lo hace siempre, y llama a Arturo. Quiere ir bien preparado al encuentro con Mary. Ya la colección de libros descansa en el asiento trasero de su automóvil y en cualquier momento Mary va a llamarlo. Chris está consciente de que la impresión que le cause durante este primer encuentro es fundamental. Arturo también se lo ha advertido. No le preocupa, pero sí le llama la atención que anoche Mary, cuando hablaban por teléfono, le dijo que lo notaba raro. Arturo contesta la llamada.

—¡Buenos días, Chris!

—Perdón, ¿lo interrumpo? ¿Podemos hablar unos segundos?

—Claro que podemos hablar.

—Es que anoche no me quedó claro eso del perdón. Cuando le entregue los libros, ¿puedo enseguida comprar los claveles, regalárselos y pedirle perdón?

—No lo hagas hoy mismo. Que no note desesperación en ti. Mañana, cuando termines de trabajar, le llevas los claveles. O pasado mañana. Cuando lo hagas, le pides perdón y, dependiendo de cómo ella reciba las flores y tus disculpas, la invitas a tomar un café, a comer o no la invitas a nada. Actúa siempre teniendo en cuenta su actitud. ¿Está bien?

—¿Y lo del perdón? —pregunta Chris.

—Muy sencillo, le pides perdón por lo que le hiciste, pero no le insinúes nada de volver, ni del amor que sientes por ella, ni nada de eso. Si ella sigue enamorada de ti, como tú aseguras, eso va a llegar solito, se va a caer de la mata. Eso lo debes hacer mañana o pasado, te repito, después de entregarle los libros hoy.

—Así lo haré.

—Hoy, llega alegre a donde está ella. Relajado, trata de sonreír, muéstrate atento, servicial y alarga la conversación hasta donde ella quiera. No fuerces nada. La única forma de vencer el resquemor, la desconfianza y el recelo que ella puede sentir por ti hoy es a través de tu capacidad de escucharla. Escuchar no sólo con tus oídos sino observándola, estudiando lo que no dice con sus palabras pero sí a través de su cuerpo, su mirada. Aquí tienes que despojarte del "yo" para lograr una verdadera empatía. No basta con amar; hay que demostrar a esa persona con acciones que es importante, que es escuchada.

—¿Puedo hablar de trabajo?

—Si tienes tiempo y ella lo acepta, perfecto. Quizás no quiera. Si lo acepta, es un buen tema, pues compete a los dos. Ahora tienes que tratar de buscar afinidades mutuas. Haz un análisis de la música que le gusta, las películas, los programas de televisión, los dulces, las comidas. Todo lo que a ella le gusta debe estar siempre en tu mente. Que cada obsequio o invitación que parta de ti sea para ella un hermoso detalle.

—Sí, lo comprendo. Actuaré tal y como usted dice.

—Perfecto. Vamos por buen camino, Chris.

———

La llamada de Mary se produce casi a media mañana. Deciden encontrarse durante la hora del almuerzo en el parqueo de un restaurante de comida mexicana en el centro de Los Ángeles. A esa hora el tránsito es más pesado que de costumbre en la gigantesca metrópolis. El encuentro se produce apenas unos minutos pasado el mediodía. Chris viste a su estilo: botas, jean, camiseta y chaqueta de cuero; ella lo hace con un sencillo juego de saya y chaqueta oscuras, muy adecuado para la agradable temperatura invernal.

Lleva zapatos de tacón no tan altos y el pelo recogido en una cola de caballo sobre la nuca. Chris se acerca a Mary, quien espera de pie junto a su auto, del que acaba de salir. La observa. Después de casi un mes sin verla, la nota un tanto diferente, quizás más delgada; sin embargo, su belleza no ha cambiado, sigue intacta, sobre todo hoy que lleva el pelo de esa manera. Es su peinado preferido.

—Hola, Chris.

—Hola, Mary. Ve colocando estos libros en el asiento; el resto está en mi auto. Ya los traigo de inmediato.

De ninguno de los dos emana el más mínimo gesto de satisfacción por el encuentro. Nada de besos ni de manos extendidas. Palabras, sólo palabras.

—¿Quieres que acerque más el auto? —pregunta Mary.

—No te preocupes. Faltan sólo cinco libros, puedo traerlos en un solo viaje —dice Chris.

—Está bien, pero yo te ayudo.

Mary coloca con cuidado los cinco ejemplares en el asiento trasero de su auto y acompaña a Chris hasta el suyo, que se encuentra a casi cincuenta metros.

—¿Vienes a almorzar aquí a menudo? —pregunta Chris.

—Sí, me queda cerca, es económico y la comida no es mala —explica su ex novia.

—A ti nunca te gustó la comida mexicana.

—Después de probarla varias veces empezó a gustarme, aunque a veces tiene demasiado picante. Una persona tiene derecho a variar los gustos, ¿no crees?

Chris no responde a la indirecta.

—Gracias, has sido muy amable, Chris, te lo agradezco mucho.

—Y tus padres, ¿cómo están? —pregunta él.

—Están bien, te mandan saludos. Les dije que hoy te vería.

—Dales saludos de mi parte también. Debo irme, la filmación comienza en apenas treinta minutos.

—¿Cómo te está yendo en el trabajo?

—Muy bien, gracias a Dios.

—Me alegro. Maneja con cuidado, Chris.

—Tú también. *Bye.*

Mary cierra la puerta del auto, le da la espalda a Chris y entra al concurrido local. ¡Cuánto le hubiera gustado seguirla y ver con quién comparte su mesa! Chris nunca había sido celoso, pero hoy siente celos por primera vez. Podría entrar al restaurante aparentando ir al baño o algo así, y verla, aunque sea de lejos. Allí, en el parqueo del restaurante mexicano, Chris se convence aún más de la inmensa necesidad que tiene de vencer cada una de sus limitaciones personales para evitar en el futuro momentos como estos, cargados de ansiedad, de amor herido y, por qué no aceptarlo, de infinitos celos. Se convence aún más de cuánto la ama.

Inmediatamente después del encuentro, vuelve a llamar a Arturo y le narra la historia. No puede disimular su orgullo cuando le cuenta todo lo que le vino a la cabeza, incluso la idea de seguirla; pero él respetó lo acordado. Hasta el momento ha cumplido la primera parte del plan.

Mañana, cuando salga de la filmación, volverá a reunirse con su *coach*. Después, si tiene tiempo, le regalará las flores a Mary; si no, lo dejara para el próximo día. ¡Caramba, otro día más! Parece que Confucio tenía razón: "Cargando un puñado de arena todos los días, llegaré a construir una montaña".

V

"Una virtud nunca puede subsistir aislada;
siempre ha de hallarse protegida
por otras virtudes".

—CONFUCIO

Un life coach *o guía de vida, para aquel que reclama sus servicios, muchas veces puede parecer un ser casi perfecto. Es la persona que trabaja con otros, ayudándolos a transformar su visión, identificando y potenciando objetivos esenciales, tanto en el plano personal como en el social y el laboral. Su tarea es profundizar en los sentimientos, en ocasiones enmarañados, y desenredarlos como se hace con una revuelta bola de hilo. Esta tarea consiste en descubrir las más profundas emociones que edifican y frenan a esa persona. El proceso es de preguntas y respuestas desde la autenticidad del ser. El* coach *tiene que percatarse de todo el centelleo que proviene de quien solicita su apoyo, y a la vez, de todas las sombras que pueden opacar ese centelleo. Debe entender cómo es ese ser que tiene delante y cómo se comporta. Y, sobre esa base, con el consentimiento y*

146

el esfuerzo mutuos, comenzar a propiciar el cambio en la vida de quien lo requiere.

Un guía de vida, para quienes solicitan sus servicios, muchas veces adquiere la dimensión de un ser colmado de virtudes, las cuales se complementan entre sí. Puede proyectar la imagen de un ser sin conflictos, sin contradicciones. Pero no es así. ¡Ellos también son humanos!

Ahora mismo, sentado en su cómoda butaca, detrás del escritorio de su oficina, Arturo disfruta de las fotos que tomó durante el carnaval de Río. Una cara de mujer protagoniza la inmensa mayoría de esas fotografías; una mujer joven que, admite, lo cautivó por su belleza e inteligencia. ¡Cuántos recuerdos! Aquel ruidoso bloco callejero, la majestuosidad del desfile del sambódromo, las comidas en Ipanema, la visita al Pan de Azúcar, las noches en el hotel de la avenida Gómez Freire. Sin embargo, no todo es tan sencillo ni tan hermoso como se imaginaría cualquiera que viera las fotografías. Los sentimientos de una despedida jamás podrán ser captados por ninguna cámara, sobre todo cuando se producen bajo el manto de la duda. ¡Arturo también duda!

Lo casi "perfecto" de un buen guía de vida profesional es el control sobre sus emociones, sentimientos y dudas. Control que ejerce después de años de practicar la reflexión, la relajación y la meditación. Control emocional, le llaman unos; control espiritual, otros.

A veces, una persona dedicada a esos menesteres también necesita consejo, porque una cosa es saber y poder manejar sentimientos, emociones y dudas, y otra es tomar decisiones acertadas para su propia vida, sin la frialdad de alguien que observa desde afuera. Es lógico que un coach *visite a otro colega. No porque sea superior a él, sino porque dos cerebros, sobre todo cuando son emocionalmente inteligentes y están entrenados, piensan más y mejor que uno solo. El guía de vida muchas veces se hace experto en la vida de otros pero se confunde, en parte, en cuanto a su propia vida. ¡Es humano! Arturo ahora necesita consejo. Se percata de eso sentado detrás de su escritorio mientras hace correr, una tras otra, la infinidad de fotos de Martinha tomadas en Río, en las que la hermosa brasileña le roba el protagonismo a las fiestas. Deja la cámara y se centra en el tema que más le concierne en esos instantes: Chris y Mary. Le viene a la mente una reflexión muy interesante que hace Robin Sharma en su libro* El monje que vendió su Ferrari. *En él habla de la llamada "técnica de los pensamientos opuestos", que no es otra que aquella que se aplica cuando un pensamiento negativo, no deseado, debe ser sustituido de inmediato por otro positivo y anhelado. En este momento no le sucede eso; sus pensamientos en torno al viaje a Brasil no son exactamente negativos, pero él quiere no sentir esa angustia y nostalgia por Marthina que lo embargan. Para hacerlo, se propone interponer otro pensamiento, el que debe prevalecer en estos momentos. Por supuesto, piensa Arturo, es más difícil aplicar la técnica de Sharma cuando el pensamiento a eliminar es bueno, porque te conquista y subyuga. Mientras que el malo, te fastidia la vida. Haciendo uso de su poder de control emocional, abandona su batalla mental y se concentra en Chris y Mary.*

Arturo se dispone a terminar los preparativos para la próxima sesión con Chris y retoma una preocupación que no puede evitar: la convicción de Chris de que Mary aún lo ama y que regresará si él cambia. Una apreciación siempre está sujeta a un margen de error, aunque sea pequeño.

Sólo hay una manera de comprobar cuánto de cierto hay en la afirmación de Chris y cuánto de error. Y la única forma es hablando con Mary.

Él y Chris aplican una técnica cortés y respetuosa de reconquista, pero que sólo produce resultados positivos si de verdad existe amor por parte de la posible reconquistada. Esta técnica no es un "hechizo". De lo que sí está convencido Arturo, sin posibles márgenes de error, es de que, aunque ella no regrese, Chris debe cumplir su promesa de buscar el mejoramiento personal y convertirse en un verdadero "buen hijo de p..." para no volver a pasar por situaciones tan dolorosas como esta.

Debe además tener en cuenta que hay personas tercas, que cuando se empecinan en hacer algo, nada en el mundo las hace cambiar. Algunas necesitarían un psicólogo, aunque por lo poco que conoce de Mary, ella no parece ser una de ellas.

Hay otro tipo de ser humano que es rencoroso, que a pesar de estar enamorado se niega rotundamente al perdón. Por no ejercitar el poder del perdón es capaz de soportar el peor de los martirios espirituales. A estas personas no les importa que su corazón necesite el amor como un arma de vida, su exacerbada pasión convertida en obsesión se lo niega. Y por esa razón son infelices gran parte de su vida. Como guía de vida de Chris, Arturo debe conocer a Mary para saber qué tipo de persona es. De ahí su interés en conocerla.

Le será fácil localizarla. Hablará con ella, la conocerá. Tiene grandes deseos de hacerlo. Por lo que Chris le ha contado, parece ser una persona extremadamente humana, apasionada y bondadosa. Pero podría estar equivocado.

A esta altura del partido, por decisión de Arturo, harán su entrada en el terreno de juego otras dos palabras derivadas de la "p": la prudencia y el perdón. Chris está dispuesto a perdonar a Mary por su ofensa, debido a dos razones esenciales: su amor hacia ella y el haber podido otorgarle a la "p" de la famosa frase otros significados positivos.

Quizás Mary no lo entienda en los primeros momentos, quizás hasta los tome como un par de locos, piensa Arturo. Pero, llegado el momento, si de verdad lo ama, ella misma se enorgullecerá de ese momento de soberbia. Lo agradecerá porque esa frase marcó el cambio en Chris. Todavía no conoce a Mary y ya comienza a sentir amistad —admiración ya tiene— por la muchacha.

Todos tenemos momentos que dividen nuestras vidas en un antes y un después, y el "un buen hijo de p..." significó el punto de inflexión en la vida de Chris. Antes era temeroso e indeciso; ahora se está convirtiendo en un ser valiente y decidido. ¡Cuántas oportunidades nos brinda la vida cuando nos abrimos al cambio, y a escuchar y aprender!

El encuentro con Mary también podría producirse después del regalo del ramo de claveles, porque Arturo hablaría con Chris y éste le daría una panorámica general de todo lo sucedido. Y, por supuesto, su punto de vista sobre la reacción de ella. Son elementos básicos para sostener una conversación realista y amistosa.

En medio de estas elucubraciones, tocan a la puerta. Está seguro de que es Chris, una persona muy puntual. Se levanta y abre la puerta.

———

—Buenos días, Arturo —saluda el joven.

Arturo advierte que no le dijo "señor Arturo" y lo considera una buena señal.

—Chris, hoy te toca hacer el té. Comenzaremos a hablar en unos minutos; déjame recoger el escritorio.

Chris se percata de que su *coach* prefiere primero ordenar su escritorio, guardar su cámara, recoger y organizar papeles. Chris se desprende de su chaqueta, camina por la oficina, disfruta de la vista del centro de la ciudad, enciende los inciensos en los rincones señalados y sintoniza la música en el iPad. Se siente relajado. Después comienza el ritual del té, el mismo té brasileño de las sesiones anteriores.

"¡Lo debe comprar por toneladas!", piensa y se ríe de su propia gracia. Chris le ha tomado cariño a la oficina y Arturo lo advierte. Es un logro que el desconfiado y hermético joven ya se comporte con familiaridad absoluta. Demuestra los buenos resultados obtenidos hasta el momento.

—Te dije que hoy vamos a trabajar en torno a otras "pes", ¿verdad?

—Sí, me lo dijo.

Chris le responde sin dejar de atender a las dos tazas de agua que están a punto de hervir dentro del microondas.

—Pero, quizás hoy sólo hagamos énfasis en una sola de esas "pes", la que considero de extrema importancia.

—¿Cuál?

La de "prudencia". Es la manera de calificar, una de las virtudes más útiles para el ser humano a la hora de tomar una decisión.

—Quiere decir, que pensemos bien antes de decidir algo.

—No sólo que pensemos, sino que analicemos bien, que no tomemos decisiones a la ligera. Esta virtud te servirá sobre todo con la palabra. La palabra es como una bala que luego de ser disparada no regresa.

El agua hierve, Chris extrae el par de tazas del microondas, prepara el té con miel y le sirve el suyo a Arturo. Luego, con su taza hirviente en mano, se sienta frente a su guía de vida. Como siempre, intentan tomar el primer sorbo, pero el calor se los impide. Ambos sonríen.

—Podemos ir avanzando mientras se enfría. Vamos a recapitular primero. Puede ser una sesión corta, hay mucho de qué hablar pero sobre todo tú tienes mucho que hacer: buscar las flores, ir a visitar a Mary. ¡Vaya, que tienes el resto del día complicado!

—No se preocupe, que todo está bien coordinado.

—¡Cuánto me alegro! Vamos a comenzar con el pensamiento de Confucio. Recuérdamelo.

Chris lo dice de memoria:

— "Cargando un puñado de arena todos los días, llegaré a construir una montaña".

—La frase, por supuesto, tienes que interpretarla como una parábola, o sea, algo muy imaginativo, pero es innegable que es muy demostrativa. ¿Qué virtud crees que quiere destacar Confucio? —pregunta Arturo.

—Voy a serle franco. He estado leyendo algunas cosas sobre él.

—Hiciste muy bien.

—Lo que sucede es que esas lecturas me hicieron ver el porqué de esa frase. No sería justo que le dijera que es mi punto de vista, ni mi interpretación personal.

—Pero, ¿estás de acuerdo con los puntos de vista que se expresan en esos textos que leíste?

—Por supuesto que sí.

—Entonces ahí está la respuesta. No tiene nada de malo que hayas indagado el significado de la frase. ¿Qué te dijo la lectura?

—Ante todo, que Confucio predicaba mucho la necesidad de perseverar. Por eso considero esa frase como el eje central de su pensamiento relacionado con esta virtud.

—Así es, querido Chris. Para perseverar, para construir nuestra montaña, hay que tener un propósito definido. Mucha gente no tiene claro el propósito de su vida. Quiero que pienses en el tuyo y lo escribas. Ese propósito directo tiene que estar alimentado por un ardiente deseo de ejecutarlo. Y de ahí en adelante, pondremos a prueba nuestra fuerza de voluntad con un plan definido, consecuente y continuo. Así es como demostramos nuestro poder mental, cerrándonos a las influencias negativas. Por eso es que necesitamos a los apóstoles, no los de Jesucristo, sino esos que sean capaces de animarnos con nuestro plan. Chris, ser perseverantes nos da poder, entendiéndose como poder el "conocimiento organizado e inteligentemente dirigido", y esta es una frase del maestro Napoleon Hill. ¿Pero regresando a Confucio, crees que su frase encierra sólo la virtud de perseverar?

—No, también la paciencia. Hay que ser paciente para lograr lo que uno propone.

—Se requiere, entonces, de mucha paciencia y mucha perseverancia. ¿Has pensado cuántos puñaditos de esfuerzos y sacrificios tenemos que estar dispuestos a ofrecer día a día, para llegar a construir esa montaña que llamamos éxito?

—¡Muchos!

—¿Te imaginas cuántos puñaditos de cariño tuvo que dedicarte Mary para conquistar tu amor a pesar de todos tus desafíos?

—Ni me lo recuerde, por favor.

—¿Por qué no?

—Porque me vuelvo a sentir culpable de todo.

—Eso es bueno, que sientas la culpabilidad. Gracias a ese sentimiento, entre otros, estás aquí, conversando ahora conmigo y dispuesto a convertirte en "un buen hijo de p…" y volver a conquistar a Mary para siempre. Si no te hubieras sentido culpable, todo se habría acabado aquella tarde de la famosa frase. Estás dando muestras de mucha valentía, Chris.

—¿Valentía?

—Sí, te repito, porque reconoces tu culpabilidad y eso sólo lo hacen las personas que no temen enfrentarse a su responsabilidad. Lo más fácil es echar culpas a lo exterior; lo más maduro en el ser humano es asumir el cien por cien de la responsabilidad por lo que le pasa.

—Tú me alabas demasiado, Arturo, al llamarme valiente.

Chris inmediatamente cae en la cuenta de lo que acaba de decir.

—¡Perdón! Le dije "tú". Fue un lapsus, una descortesía mía.

—¡Chris, dime "tú" las veces que desees! Ya me habías tuteado antes sin darte cuenta. Es más, de ahora en adelante nos vamos a tratar de esa manera. Eso es síntoma de confianza entre nosotros y de que esto que hago está dando buenos resultados.

Hacen silencio unos segundos, momento perfecto para tomar el té. Chris lo disfruta; debería tomarlo también en su casa, o en cualquier establecimiento público. Nunca lo ha hecho. Su afición por otras bebidas estimulantes o efervescentes siempre le opacaron las bondades del té.

—Bien, Chris, dime ahora: ¿crees que Confucio pensó en la prudencia a la hora de decir esa frase?

—¿En la prudencia?

—Sí, en la prudencia.

—Creo que no. Nadie que actúe prudentemente va a proponerse hacer una montaña a puñaditos de arenas.

—Por supuesto, por esa razón te dije al principio que

era una parábola cuyo propósito es resaltar hasta dónde podemos llegar actuando con paciencia y perseverancia. Esas dos virtudes son ejemplares, pero, si no les aplicamos la otra "p", la de prudencia, puede que no nos salgan bien las cosas.

—De ahí la importancia de otras "p".

—¡Por supuesto! Sobre todo la de prudencia, te repito. Escúchame bien: esta virtud posibilita pensar antes de actuar o hablar. Es la virtud que planifica, luego de un razonamiento lógico, todo lo que vamos a hacer o decir. La prudencia es considerada como la más influyente de las virtudes a la hora de tomar decisiones. Ser prudentes nos permite prever las consecuencias de nuestras acciones y palabras. Por lo tanto, nos evita correr riesgos innecesarios. Y, ¿sabes por qué es la más influyente?

—No.

—Porque es la virtud más estrechamente ligada a nuestra inteligencia. ¿Y quién nos ha proporcionado esa inteligencia? ¿Quién nos bendijo con la posibilidad de pensar y razonar?

—¡Dios!

—Así es. La prudencia es uno de los principales regalos de Dios a los seres humanos. Dios se propuso que con la prudencia utilicemos mejor nuestro poder de razonar. Lo hizo con la finalidad de ayudarnos a obtener resultados positivos en todos nuestros proyectos. Es más, me atrevería a decir que él nos ha otorgado la razón para que hagamos uso de la prudencia. No hacerlo sería de ingratos.

—Te entiendo perfectamente.

—Además, esa virtud nos ayuda a forjar una personalidad fuerte, a confiar en nosotros mismos. Y, te lo repito, le abre paso a otras virtudes imprescindibles para nuestro desarrollo.

Arturo se esmera en la explicación, es detallista, ejemplifica, habla con pasión, como suele hacerlo siempre que lo motiva un tema. Insiste en que, a la hora de iniciar el camino hacia la realización de un sueño, nunca es aconsejable hacerlo sin la dosis necesaria de prudencia. Ella nos indica la manera y el rumbo más propicios, y nunca descarta las enseñanzas del pasado. Arturo subraya una frase que considera sustancial.

—Métete esto en la cabeza: "la prudencia impide que repitamos errores". ¿Por qué? Porque, como ya te dije, nunca descarta las experiencias del pasado, pero, a la vez, nos aconseja no hacernos dependientes de ese pasado. Cuando emprendemos la búsqueda de un sueño, después de un análisis prudente, la perseverancia se encarga del resto. La perseverancia tiene, por lo tanto, su raíz en la prudencia.

Luego resume su idea.

—¡Es imposible lograr el éxito perseverando de manera imprudente! Para calificarnos como "buenos hijos de p...", debemos darle cabida a esta hermosa virtud.

—Estoy de acuerdo con todo eso —dice Chris—, pero me asalta una duda y quiero despejarla.

—Muy bien, pregunta —lo anima Arturo.

—¿Podemos ser prudentes sin límites? Ser prudentes en exceso, ¿tiene eso algo de positivo? Yo creo que no.

Déjame hacerte otra pregunta y perdóname que casi todo lo relacione con el cine. ¿Viste la película *1492* de Ridley Scott?

—Por supuesto.

—¿Crees que Cristóbal Colón actuó como un hombre prudente o imprudente? ¿Fue una imprudencia suya o no su partida con las tres carabelas en busca de nuevas rutas, por mares desconocidos, en contra de muchos criterios científicos de la época e, incluso, en contra de la propia Iglesia?

—Te respondo esta pregunta con otra frase, esta vez de Horacio, un gran poeta latino de la antigüedad: "A veces a la prudencia hay que sazonarla con un toque de locura". Estoy seguro de que Cristóbal Colón era un hombre inteligente, valiente y prudente. Pero, sin un toque de locura, nunca hubiera llevado adelante la hazaña que lo inmortalizó. Sucede, Chris, y tu pregunta es muy interesante, que el exceso de prudencia puede convertirse en un arma de doble filo. Los límites de esta virtud pueden ser confusos. Siendo demasiado prudentes, corremos el riesgo de transitar por los dominios del miedo. La prudencia, en su esencia, está muy lejos del miedo, pero el exceso de prudencia no. Muchas veces se dan la mano. ¡Todo en exceso es malo! Los excesivamente prudentes casi nunca llegan a nada. ¿Crees que Colón fue prudente o imprudente?

—No sé mucho sobre su personalidad, pero sí estoy seguro de que, teniendo en cuenta todo el desarrollo científico y cultural del Renacimiento, y los esquemas que se rompieron en esa época, lo más prudente en ese momento fue montarse en las carabelas y no quedarse sentado filosofando o analizando si la Tierra era recta o redonda. Estoy de acuerdo con ese señor...

—¿Qué señor?

—¡Con Horacio! Estoy de acuerdo con él, porque, sin esos toques de locura, ¿cuántas hazañas del ser humano a través de la historia se hubieran dejado de hacer? A casi todos los innovadores se les ha llamado "locos" en algún momento.

—Interesante tu punto de vista —dice Arturo—, y te digo más: algunos están demasiado satisfechos con lo que tienen. Yo les celebro todo lo que han logrado, pero pueden seguir adelante y no lo hacen. Muchas veces utilizan la prudencia como justificación de su conformismo. Creen que lo aconsejable es no hacer nada.

—Son los que te dicen: "Yo tengo de todo, no necesito nada más".

—Y no digo que temen. Considero más bien que se acomodan. Y que conste que no nos estamos refiriendo a las posesiones materiales, sino a aspiraciones de crecimiento personal. Otra cosa que debes tener presente, Chris, es que ser prudentes no siempre nos conduce al éxito. Creer eso sería pecar de ingenuos. Los vaivenes de la vida a veces son más fuertes que cualquier previsión seria y, sencillamente, aunque analicemos profundamente alguna acción antes de acometerla, quizás no lo hicimos de la manera correcta o las circunstancias cambiaron. Siempre debemos apelar a la prudencia, como una virtud cardinal. Desecharla sería desperdiciar la capacidad de razonar del ser humano. ¿Te gustaría incorporar esta "p" a tu colección?

—Por supuesto.

—Puedes comenzar a aplicarla desde hoy.

—¿Desde hoy?

—Sí, en la acción de llevarle a Mary un ramo de flores. A ver, respóndeme. ¿Crees que estás siendo prudente en este caso?

—Sí, lo creo.

—¿Por qué?

—Porque a ella le gustan los claveles. Porque cuando le entregué los libros, aunque fue parca, no sentí ningún rechazo. Porque ella siempre ha sido amante de los detalles y este un bello detalle. Porque es una oportunidad para pedirle perdón, aunque yo no pida nada a cambio.

—¡Convéncete de algo: la acción de entregar las flores ya forma parte de tu perseverancia por Mary, sazonada con la pasión que sientes por ella. ¿Ves cómo una depende de la otra?

—¡Perfectamente!

—La otra "p" es la del perdón, pero hoy no tenemos tiempo para eso. Sé que está complicado. Lee sobre el perdón, sobre cuánto nos exalta el hecho de perdonar, porque esa "p" también toca muy de cerca a Mary y a ti. Quizás los dos tengan que perdonarse errores mutuos.

—Comprendo.

—Dime, ¿hay algún detalle que le llame la atención a Mary? Que no sean claveles, por supuesto.

—¿Detalle?

—Sí, algo con lo que quizás la puedas sorprender después de entregarle las flores.

—No sé... quizás una invitación al Museo de Arte del Condado de Los Ángeles, a la Ópera o al Teatro Ahmanson, donde se representan las producciones de Broadway. Ahora pienso que no la invité todas las veces que pude hacerlo. También me hubiera gustado invitarla a un restaurante tailandés, pero no pudo ser.

—¿Por qué?

—Porque no le gustaba el picante. Ahora parece que, después de probarlo varias veces, sí le gusta.

Chris comenta lo que le dijo Mary en el parqueo del restaurante mexicano.

—Está bien, sólo te lo pregunto para que vayas recordando que después de las flores, dependiendo de su actitud, debe venir un paso como este, una invitación a un restaurante, a un concierto.

—Lo tendré en cuenta, no se preocupe.

—Ya, para terminar hoy, quiero hacerte una invitación. Quiero llevarte a un lugar que sé que te va a gustar. Puede que cuando lo visites, hasta te decidas a hacer una película por esa zona algún día, por supuesto, cuando seas un director famoso.

—¿Usted cree que podré ser famoso?

—¡Claro que sí! Talento tienes. Y sé que tienes ideas, eso es lo que debes desarrollar, tus ideas. No confíes sólo en el talento sino en la disciplina de potenciar tus ideas; deja que te tomen por asalto una avalancha de ellas. Deja fluir tu imaginación. Verás cuantas ideas nacerán de la visita a ese maravilloso lugar al que te estoy invitando. Ya estuve allí una vez y cambió mi manera de ver el mundo.

—¿Y cuál es ese lugar? —pregunta Chris con curiosidad.

—Te lo digo después, sólo necesito que aceptes mi invitación por varias razones: necesito ir allí a analizar y a tomar decisiones sobre un asunto muy importante de mi vida. Es un asunto personal, pero no quiero ir solo; voy a relajarme, a huir de la jungla de asfalto un par de días. Allí existen las condiciones óptimas para poder practicar la relajación y meditar. Recuerda que te dije que haríamos esos ejercicios juntos en algún momento.

—Gracias, pero tengo que ver mis posibilidades económicas —responde el joven—. Ahora la producción está medio corta de dinero y algunos pagos se atrasan y todavía no me ha dicho cuánto tengo que pagarle por cada consulta. Al final, si suma viaje y todo, quizás no me dé la cuenta.

—Tranquilo, Chris. Te estoy invitando. Eso no debe ser motivo de preocupación.

———

Ni bien termina la consulta, Chris maneja directamente hasta una florería de nivel, situada en Whittier Boulevard, a pocas millas de su apartamento. Allí revisa una tabla sobre el significado de los claveles, según sus colores. Duda, pero siente que se trata de una duda agradable, una de esas que más que de temor, lo colma de dulce y atractiva incertidumbre.

Revisa la tabla un par de veces. Hay claveles rosados, rojo suave, rojo intenso, blancos, rayados, verdes, púrpuras y amarillos. Cada uno tiene su significado. Vacila entre los blancos y los rojo intenso. Los primeros significan "amor puro y buena suerte", los segundos "amor profundo, perfectos para conquistar el amor de una mujer".

Pide un ramo de claveles rojo intenso. Los recogerá una hora después y se dirigirá hasta la oficina de Mary, para cumplir, quizás, la obligación más importante de su vida.

————

Por su parte, Mary, ya a punto de concluir su jornada diaria, se dedica a la organización de documentos y al cuadre de las cuentas. No son sumas importantes, ni siquiera comparables con aquellas que sustentan la más económica producción de una de las grandes compañías.

A punto de terminar, escucha el timbre de la puerta. Es una pequeña suite alquilada temporalmente en un complejo de oficinas en la calle Alameda Sur, en el este de la ciudad, cerca del restaurante mexicano donde se encontró con Chris. Se extraña, pero abre la puerta. ¡Qué sorpresa ver entrar a Chris con algo cubierto con papel de regalo en sus manos!

—Hola, Mary.

Ella no responde, pero Chris no se inmuta. Da unos pasos y se detiene muy cerca del escritorio. Libera de su encierro al bello ramo de claveles rojo intenso, símbolo del amor profundo. Mary ama los claveles, siempre han sido sus flores favoritas, pero está muy lejos de imaginarse el significado de un clavel rojo intenso.

Chris, algo aturdido por el frío recibimiento, se queda inmóvil, como clavado en el piso, con el enorme ramo en las manos. Mary está a punto de reírse, pero es consciente de la delicada situación y no lo hace. Recién bañado y sujetando aquellas hermosas flores, Chris se parece a un enorme jarrón acabado de fregar. No se ríe, pero se percata del aprieto en que lo ha colocado con su actitud. Se dirige hacia Chris, toma entre sus manos el ramo de claveles, ya colocado en un hermoso jarrón también rojo intenso, y lo sitúa encima de su mesa de trabajo.

—Chris, ¿qué significa esto?

Al joven le viene a la mente el significado de los claveles rojos, según la tabla de la cara florería, pero cree que este no es el momento para revelarlo. Está seguro de que Mary lo desconoce.

—Significa que pasé por una florería, vi ese ramo, me acordé de cuánto te gustan y decidí traértelas. Sólo eso.

Mary no le responde, pero Chris advierte con cuanto esmero reacomoda el ramo dentro del jarrón. Coloca un clavel por aquí, el otro un poquito más para allá, selecciona cuál es el que debe sobresalir y cuál no. Y así, en cuestión de segundos, acicala el ramo de una manera que lo hace lucir incluso más hermoso, más llamativo. Chris la observa, la disfruta, se percata de cómo las manos de una mujer logran impregnarle más belleza a algo que es bello por naturaleza propia.

—También significa mucho para mí, Chris. Tú sabes cuánto me complacen los claveles.

—Nunca me dijiste el por qué.

—Esa es otra de las promesas que nunca cumpliste. Quedamos muchas veces en que yo nunca te lo diría y serías tú quién lo debería averiguar.

—Sí, en eso también tienes razón. Aparte de las flores, vine a verte para pedirte perdón por lo que te hice y por lo que sufriste por mí. No te lo mereces. Para eso vine nada más, y pensé que la mejor manera de hacerlo era con tus flores favoritas.

—Quizás, Chris, los dos tengamos que perdonar y a la vez ser perdonados.

—No lo creo. Aquí el único que tiene que ser perdonado soy yo. No te quiero hacer perder más tiempo; sé que ya terminabas y debes volver a tu casa. Maneja con cuidado.

Ante la abrupta despedida, Mary no atina a responder. Sólo observa a Chris cuando da un giro, se dirige a la puerta y sale, dejándola sola en su oficina, en medio de esa inmensa y a veces loca ciudad, acompañada únicamente por la belleza y el olor de los claveles.

———

Tras subir a su auto, Chris reflexiona sobre los pocos pero muy intensos minutos que acaba de vivir.

—¡Cuánto se emocionó con el ramo! No lo pudo disimular.

Se regodea del gusto, aunque lamenta no haber permanecido más tiempo junto a ella.

—No debí haberme marchado así, tan rápido. Arturo me dijo que si daba pie para una conversación, lo aprovechara, pero no lo hice, ni siquiera lo intenté. Aunque tengo la impresión de que los claveles le llegaron a lo más profundo del alma. Hubiera sido un momento perfecto para decirle todo de una vez. Pero no, mejor de esta manera, así ella también tiene tiempo de reflexionar. Cuando lo haga, a la única conclusión a la que puede llegar es que estamos hechos el uno para el otro y que el perdón se impone. "Quizás, Chris, los dos tengamos que perdonar y a la vez ser perdonados", dijo Mary. ¡Pero yo no tengo nada que perdonarle!

Antes de salir del parqueo, se le ocurre llamar a Arturo y contarle cómo se desarrolló todo. Marca el número, pero la línea está ocupada.

En ese mismo momento suena el teléfono de Mary en su oficina. A punto de partir, se dispone a atender la llamada. Advierte que es un número desconocido.

"¿Quién será a estas horas?", se pregunta.

A pesar de la incertidumbre, atiende.

—¡*Hello*! Sí, soy Mary, ¿qué desea... ? ¿Quién es usted?

Transcurren apenas un par de segundos.

—Soy Arturo, un amigo de Chris.

Mary hace una larga pausa.

—¿En qué le puedo ayudar? —pregunta finalmente.

VI

"Solamente aquel que es bastante fuerte
para perdonar una ofensa,
sabe amar".

—MAHATMA GANDHI

Dentro de lo más profundo del corazón de Mary resuenan las
palabras de Chris: "Vine a verte para pedirte perdón por lo
que te hice y por lo que sufriste por mí. No te lo mereces".

¡El perdón! ¡Qué hermoso y liberador es perdonar! La Bi-
blia enaltece el poder y la necesidad del perdón. Pedro, en una
ocasión se acerca a Jesús y le pregunta: Si un miembro de la
iglesia le hace algo malo, ¿cuántas veces debe perdonarlo? ¿Sólo
siete veces? Jesús le contesta que no basta con perdonar al her-
mano sólo siete veces. Hay que perdonarlo setenta veces siete;
es decir, siempre. Luego Jesús le cuenta la historia del ciervo
desagradecido que fue perdonado y después no quiso perdonar.

Mary está ensimismada en un profundo diálogo con su
conciencia.

"*Chris me pide perdón. Yo, por supuesto, estoy dispuesta a perdonarlo, pero lo que me llena de curiosidad es saber cuáles son sus intenciones. ¿Estará tratando de recomponer nuestro amor después de lo que me hizo y de lo que yo le hice? ¿Después de que cometí el grave error de llamarlo 'un buen hijo de p...' delante de varias personas? Me dejé arrastrar por la soberbia, por la frustración. ¡Cuánto me arrepiento ahora! Ocho años de amor y pasión no se deben romper con una ofensa como esa, cualquiera sea la razón. Pero su temor al matrimonio, esa muestra de desconfianza y su falta de compromiso no son fáciles de aceptar. Sobre todo teniendo en cuenta que siempre le he dado lo mejor de mí sin pedirle casi nada a cambio. Quizás es que toda mujer desea formalizar sus relaciones, casarse, tener una familia. No sé si es mucho pedir o estoy siendo egoísta. Tampoco es para que lo trate de la manera en que lo hice. Si hablamos de perdón, analizándolo bien, también debo ofrecerle disculpas, así estaremos en paz, o más bien estaré en paz conmigo misma. Pero, ¿qué andará buscando? Él debe vivir convencido de que si no cambia, no tiene por qué buscar algo de mí. ¿Para qué se va a ilusionar? Además, estoy segura de que no va a cambiar. Él es así y punto.*"

Mary habla consigo misma, frente al espejo, se da los últimos toques en medio de un ligero ritual de maquillaje: un roce de carmín en las mejillas, una pasada de lápiz labial y un par de rayitas negras en la parte superior de cada párpado, con el fin de que sus ojos luzcan un poco más alargaditos.

"*¿Qué querrá Chris, más allá de que lo perdone? Quizás pretenda conservar nuestra amistad, algo muy lógico de su parte. Después de tantos años juntos, de aquí para allá y de* *allá para acá, sería feo que todo quede en el olvido, aplastado por una frase como la mía. Pero, en el caso de que ambos nos perdonemos, ¿eso implicaría olvidarlo todo? ¿El perdón implica olvido?" Deja la pregunta colgando.*

Mary detiene sus reflexiones mientras se aplica perfume. Da unos pasos hasta el closet y selecciona un par de zapatos que combinan con el vestido negro de mangas largas que lleva puesto. Es de una sobria elegancia, le llega hasta a la altura de las rodillas y en su parte superior destaca un discreto escote redondo. Mary acostumbra a vestir sencillo. Siempre ha sido discreta y delicada, sobre todo en público. Se pone los zapatos. Son también de color negro con tacones finos, pero medianos. De pronto vuelve a dar rienda suelta a sus pensamientos y se dispone a responder la pregunta que ha dejado en vilo. "¿Perdonar significa olvidar? La respuesta es compleja. Aunque no parezca correcto, no debe ser así ya que el no olvidar es la única manera de evitar que se repitan los errores; de no tropezar dos veces con la misma piedra. A la misma vez, si no se olvida, se corre el riesgo de vivir eternamente con un mal recuerdo y eso tampoco es saludable. ¡Es cristiano que todo agravio merezca perdón! Me apena decirlo, pero, aunque se corra el riesgo del mal recuerdo, no se debe olvidar tan fácilmente. Además, hay algunas ofensas que hacen tanto daño que requieren, al menos, de un poco de recuerdo. Puedo y quiero perdonar a Chris, pero no podré olvidar lo que me ha hecho y tendré que intentar no vivir agobiada eternamente por el recuerdo de ese ultraje. Igual tendrá que hacer él, en el supuesto caso de que me perdone. ¿Perdonar y no olvidar no es seguir sufriendo hoy las ofensas del ayer? De ser así no sería válida ni reconfortante la acción de perdonar. Es como no estar dispuesto a disfrutar de la calma porque acaba de azotar una tormenta. ¡No es así! No estoy tan segura de que Chris vaya a perdonar mi ofensa, pero, si lo hace, tampoco va a olvidar que lo llamé un "hijo de p..." delante de otros. ¡Cómo no me percaté de que me podrían escuchar otras personas! Es más, aunque hubiera estado segura de que sólo estábamos él y yo, tampoco debí decirle tal cosa, sobre todo teniendo en cuenta su triste historia familiar. Chris me pide perdón y lo voy a perdonar, pero no voy a olvidar.

———

Mary le echa una ojeada a su reloj.

—¡Dios mío, qué tarde es!

Antes de salir, pasa por al lado de una de las mesitas de noche de su cuarto, en la que ha colocado el ramo de claveles que Chris le regaló. Siente una profunda emoción, mezclada con una rara sensación de desconcierto y de nostalgia. Sabe que lo extraña, pero trata de meterse en la cabeza que, en algún momento de su vida, más temprano que tarde, dejará de hacerlo, aunque él se aferre a ella y le envíe a diario un ramo de claveles. Extrae con mucho cuidado, se diría que con mucho cariño, una espiga del jarrón y se la lleva consigo. Mientras sale, se hace otra pregunta:

—¿Por qué claveles rojos?

Arturo, tras muchos esfuerzos, logra reservar a último momento una mesa para dos personas en un renombrado restaurante de comida tailandesa, en la calle 7 Oeste. La zona, como toda la metrópolis, burbujea llena de vida las veinticuatro horas del día, los siete días de la semana, pero ese latir se acelera los sábados en la noche. No importa que no jueguen los Lakers o los Dodgers, que no sea temporada de Premios Oscar o Globos de Oro o que no se estrene la última producción de Hollywood en la cadena de cines más extensa de California. La vida callejera de Los Ángeles, sobre todo los sábados en la noche, parece no tener límites.

A pesar de haber vivido allí por más de diez años y estar al tanto de todo el ajetreo nocturno de los sábados, Arturo no tiene otra alternativa que invitar a Mary ese día. Debe hacer malabares para conseguir una mesa en ese exótico restaurante. Sus compromisos de trabajo, al igual que los de ella, imposibilitan que sea en otro momento. Por suerte, después de mucho insistir y aprovechando una cancelación, logra reservar una mesa.

El restaurante no es de un gran lujo, pero sí tiene cierto toque de elegancia. Priman las tonalidades en rojo, sobre todo en manteles, servilletas, cortinas y en el vestuario de los empleados; así como en las fotos y las estatuas de elefantes, el animal sagrado tailandés. Quizás en otro restaurante, sin el atrayente exotismo de este, hubiera reservado con más facilidad, pero Arturo se propone hacerle pasar un buen rato a Mary. Desea agradecerle haber sacrificado su descanso del sábado para atenderlo. Tiene presente también que ella nunca ha visitado un restaurante de comida tailandesa. Razón de más para invitarla a degustar un sabor distinto. Está convencido de que ella lo interpretará como un gesto muy gentil de su parte.

———

Arturo observa su reloj, han pasado casi diez minutos después de la hora convenida, pero el tráfico del sábado le puede jugar una mala pasada al más puntual de los seres humanos. Toma asiento en una pequeña barra, situada en el extremo derecho de la entrada del restaurante, y pide un *cha yen*, una infusión dulce a base de té rojo fuerte, mezclado con anís estrellado, azúcar y esencia de tamarindo. Apenas al segundo sorbo, se percata de la entrada al restaurante de una joven menuda, de mediano tamaño y pelo castaño claro que le cae, al parecer, de manera descuidada sobre los hombros. Viste un sencillo pero atractivo vestido negro de mangas largas. Arturo no lo duda, nunca la ha visto, pero, de tanto hablar con Chris sobre ella, está seguro de que se trata de Mary. Con cierta timidez levanta su brazo derecho y le hace señas de que está allí. Ella responde al saludo y se dirige hasta él. Intenta disimular su sorpresa al ver que Arturo es un conocido presentador de televisión. Él la recibe ya de pie.

—Perdóneme la tardanza; ya han pasado más de diez minutos.

—No, no se preocupe, Mary. No sabe cuánto me halaga que haya aceptado mi invitación.

—Me dio curiosidad al decirme que es amigo de Chris; él no es de tener muchos amigos. Yo fui su mundo durante años.

—El concepto de amigo es muy profundo. Nos conocemos desde hace poco más de un mes. Lo que sí puedo asegurarle es que ahora soy su colaborador más cercano, quizás su confidente, aunque en algún momento tengo la esperanza de ser su amigo, no le quepa duda.

—Cuando me llamó por teléfono nunca me imaginé que fuera usted, una figura tan conocida de la tele. ¡Qué emoción!

Mary no sale de su asombro. Tiene ante sí a un popular presentador de la televisión hispana en Estados Unidos y cenará con él un extraño manjar tailandés. Se sonríe cuando piensa en que, si aún fuera estudiante, su historia en la escuela sería la más impactante de la semana.

—No creí necesario decirle quién soy. Pensé que comunicarle que la conversación giraría en torno a Chris sería suficiente para que aceptara la invitación. Me agrada sobremanera conocerla. Pero vamos a sentarnos, después de mucho intentarlo, conseguí una reservación. ¡Toda una odisea!

Arturo toma en una de sus manos el vaso de *cha yen* y guía cortésmente a la joven hacia una mesa en uno de los rincones traseros del restaurante, quizás el más discreto y tranquilo. Le ofrece la silla, ella se sienta y él la imita.

—Perdóneme, no la invité a beber algo. Pensé que sería más cómodo para usted hacerlo aquí, en la mesa.

—Sí, mucho mejor, gracias —dice ella.

—¿Puedo tutearte?

—¡Por supuesto!

—Tú también puedes tutearme —agrega Arturo.

—¡No, eso nunca! Si mis padres se enteran, me regañarán.

En medio de las sonrisas, Arturo le entrega un menú a Mary y le sugiere algunos cócteles tailandeses a base de jengibre, agua de coco, infusiones de los más increíbles sabores y, por supuesto, jugos de frutas. No descarta una popular cerveza de aquel país muy vendida en Estados Unidos.

Mary se sorprende ante una variedad de sabores tan extensa y tan extraña.

—Admito que soy una inculta en comidas exóticas, incluyendo la tailandesa. Acepté su invitación pero usted será responsable de todo lo que yo coma y beba esta noche.

—¡Dios mío, te imaginas la responsabilidad que me has echado encima!

—Usted solito se la buscó.

La velada se inicia distendida. Arturo se hace responsable de la comida, tal y como lo solicitó su invitada. Mary es una joven bella, muy natural, de esas que no necesitan gastarse un centavo en cosméticos o en exclusivos salones de belleza para lucir atractivas. Sus palabras fluyen espontáneamente, como sólo pueden brotar de las personas inteligentes.

Nada superficial o rebuscado parece tener cabida dentro de ella, piensa Arturo. A pesar de los malos momentos que ha vivido durante los dos últimos meses, es incapaz de proyectar frustración o tristeza. Es de esas personas que irradia alegría, aunque su corazón se consuma en medio de las llamas de la frustración. Sin embargo, recuerda, no todo es sutileza en Mary. Ella fue capaz de decirle a su ex novio, sin pelos en la lengua, que es "un buen hijo de p...".

Arturo le sugiere empezar con una infusión similar a la suya. Su sabor es agradable, medio dulzón. Nada tiene para ser rechazada siquiera por el menos conocedor de la comida tailandesa. Mary acepta.

Pedir la entrada y el plato principal ya se hace más complicado. En medio de la conversación nota que ella no es muy amante del picante.

Él, quien ha visitado Tailandia y disfruta del buen comer, pide para ambos los llamados "rollitos primavera al estilo tailandés", uno de los aperitivos más populares para los no tailandeses porque no contiene picante. Como platos principales, sugiere carnes con curry verde, más cargado de picante para él y con el mínimo que admite el plato para ella.

—Es un plato delicioso, te lo aseguro, Mary. En él se mezclan distintos sabores, la pasta de curry verde, la suavidad de la leche de coco, el dulzor del azúcar y el sabor salado de la salsa de pescado. Se come acompañado de arroz blanco o fideos de arroz. ¡Te encantará!

La comida transcurre en un ambiente agradable, coloreado por las nuevas experiencias gustativas de Mary. Para Arturo, conocerla en persona finalmente es una gran satisfacción, y lo es aún mayor al comprobar el tipo de mujer que es: diáfana, natural, sin nada que pueda ocultar en su corazón.

"¡Cuánto daño provoca en el ser humano su rechazo al cambio! —piensa, mientras saborea el exquisito plato—. ¡Cuánto ha estado a punto de perder Chris!".

Arturo casi que se lamenta en su interior. Ahora sólo le queda comprobar si esta manera de actuar de ella, tan desprejuiciada y encantadora, es producto de un fuerte control emocional. O si, sencillamente, ya no hay remedio y Chris se ha convertido para ella en un recuerdo. La idea central que provocó la invitación martillea a Arturo.

"¿Seguirá enamorada de Chris? —se pregunta—. Si descarta la relación, ¿qué motivación podré utilizar para continuar con el plan de sanación espiritual que tan buenos resultados ya le viene dando?".

———

Arturo está a punto de destapar de nuevo la conversación, pero Mary le toma la delantera. Con una servilleta rojo intenso, del mismo color que la delicada espiga de clavel que ha mantenido a su lado desde que llegó, se limpia la comisura de los labios y habla con la naturalidad de siempre.

—Cuando me llamó por teléfono, me dijo que no sólo vendríamos a probar estos deliciosos platos, sino también a hablar de Chris. Si no recuerdo mal, también me dijo que él ha consultado con usted algunos de sus problemas personales.

—Por supuesto, ese es el objetivo de esta velada. ¿Te apetece algún postre?

—No, de ninguna manera. ¡Suficientes calorías por hoy!

—Tienes mucha razón. Antes de caer en el tema de Chris, quiero que me permitas hacerte una pregunta sobre algo que podrá parecer una simpleza, pero que me llama la atención.

—Si acepté su invitación es porque estoy dispuesta a responderle todas las preguntas que quisiera hacerme en torno a Chris.

—Gracias una vez más.

Sin embargo, Mary toma la delantera nuevamente.

—Pero, primero permítame a mí despejar una duda. Me ha dicho que Chris ha conversado con usted sobre muchas de sus intimidades y sobre algunos de los problemas que lo han golpeado en la vida. Por supuesto, yo formo parte de esas intimidades y de sus problemas, como también él formó parte de los míos.

—Te entiendo —asegura Arturo.

—Sólo quiero saber: ¿Cuál es su verdadera relación con Chris? La verdad es que estoy algo confundida. Me dice que no es un amigo, pero que podría serlo. ¿Cómo se explica que Chris pueda hablar de sus intimidades con alguien que no es un amigo?

—No te dije por teléfono exactamente quién soy y lo que me ata a Chris, porque quizás hubiera tenido que extenderme demasiado. Además, aunque hubiese estado dispuesto a hacerlo, no hizo falta.

—¿Por qué?

—Porque aceptaste esta invitación en cuanto te dije que estaba interesado en conversar sobre algunos asuntos que me preocupan de Chris.

—Ocho años no se borran de un plumazo, aunque las cosas hayan terminado de la manera en que terminaron. Aún me preocupo por él, es un ser débil, a veces indefenso a pesar de ese corpachón que tiene. Yo, con mi aparente fragilidad física, tengo más agallas que él para enfrentar esta vida, se lo aseguro.

—Mary, además de mi trabajo en televisión, estoy estrenándome como *life coach*.

—¿*Life coach*?

—Sí, como guía de vida.

—¿Y eso se estudia?

—Sí, hay cursos muy serios, pero yo soy graduado, como decimos en mi país, de la universidad de la vida. Llevo años estudiando, certificándome con varios expertos. Ya me sentía listo y Chris fue el primer cliente que llegó a mi puerta.

—Sí, ya veo, y analizando su carrera profesional y todos sus conocimientos sobre la comida asiática, la vida lo ha calificado en casi todo con notas sobresalientes.

La naturalidad con que Mary emite su punto de vista, hace sonreír a Arturo. Ella también sonríe, pero se disculpa.

—Perdóneme, no ha sido mi intención faltarle el respeto.

—No, no, estoy muy lejos de pensar eso. Te confieso que he sacado buenas notas en la prueba de la vida, quizás no un sobresaliente muy alto, como tengo entendido que tú sacabas en matemáticas. Pero todas mis notas unidas me dan un buen promedio, te lo aseguro.

Mary es la que ahora sonríe. Disfruta de la picardía y la inteligencia de Arturo. Corta la risa con un suspiro.

—A ver, dígame, ¿qué pretende Chris a la hora de consultar con usted?

—Chris vino a verme consciente de todas sus limitaciones, sus temores, su desconfianza y su indecisión. Tomé el caso después de hablar el primer día con él. Sé que puede cambiar y llegar a ser una persona mejor de lo que es. De hecho, ya lo está logrando. Y sin duda te ama intensamente.

—Chris es una gran persona, pero dudo de su interés en cambiar. No tiene voluntad para eso.

—Me perdonas, Mary, pero tiene voluntad para eso y para muchas cosas más.

Arturo se deshace en explicaciones. Le narra su primer encuentro con el joven, la evolución que desde entonces viene experimentando, como ha crecido en él la pasión por el trabajo, su espíritu de vida, su confianza en sí mismo. Mary no puede creer que Chris le dedique tiempo a los ejercicios de relajación, que medite; que esté abierto al más radical de los cambios.

—Me deja asombrada, pero... ¿qué lo ha impulsado a eso si yo llevo ocho años tratando de que cambie, de que se convierta en una persona más sociable, menos introvertida y no he logrado nada?

—Lo picó el microbio del desamor. Tu partida y la manera en que lo hiciste: eso fue.

—¡La forma en que lo hice! Qué le ha contado Chris de "la forma en que lo hice"?

Mary hace la pregunta con cierto recelo. La posible respuesta de Arturo comienza a ruborizarle las mejillas; se las nota calientes.

—La famosa frase que debes recordar.

—¡Le ha contado eso!

—La primera condición de un *life coach* es que no pueden existir secretos.

Arturo, ya sentado y en medio de la conversación, se da cuenta de que está pagando la novatada de ir más allá de sus funciones como *life coach*. El haber llamado a Mary, está seguro, ha roto su código de ética en esta nueva faceta de su carrera. Aquí no está conduciendo un *talk show* donde conversa y ayuda a las partes en conflicto. Ha mezclado ambos mundos, la tele y el *coaching*. Pero ya está aquí y lo único que puede hacer es tratar de ayudar.

—En esto nos parecemos mucho a los buenos amigos. No sólo sus secretos, sino también los míos. La confianza entre ambos es esencial a la hora de lograr buenos resultados.

Arturo se percata del momento de vergüenza por el que atraviesa Mary. Nunca llegó a pensar que sus palabras calaran en ella hasta tal punto.

—No te avergüences, lo primero que me dijo es que no se explica esa expresión tuya. Y ahora que te conozco, tampoco me lo explico. Pero, para tu tranquilidad, esas palabras hirientes fueron las que despertaron en Chris el deseo de ser un hombre mejor en la vida, y las que yo he utilizado para promover un cambio en él y te aseguro que es un cambio radical.

—¡Chris le dijo eso! ¡No lo puedo creer!

Mary no sale de su asombro. Sus mejillas ahora están bien rojas.

—Es cierto, se lo dije. Usted no sabe cuánto me arrepiento, pero se lo dije en un momento de soberbia, de frustración, de locura, qué sé yo...

—No te imaginas lo beneficioso que fue para él que se lo dijeras y cuánto lo he aprovechado yo —la tranquiliza Arturo—. ¡Sí, muy beneficioso porque detonó un proceso por el que se logra cambiar paradigmas!

—¿Paradigmas?

—Patrones de pensamiento y conducta, pero ahora sería muy largo y nada fácil de contar. Sólo quiero decirte que a partir de ese momento, del preciso instante en que lo llamaste "un buen hijo de p...", comenzó el giro en su vida. Ha usado ese incidente para dar verdadero significado al amor como forma de actuar ante ti y los demás.

—No entiendo nada, aunque admito que las tres o cuatro veces que hablé con él últimamente, lo noté algo raro. Hasta me ha preocupado. Lo noto así, con una pasividad rara.

—No te preocupes, es un cambio para mejor.

—También me visitó en la oficina. Me regaló un ramo de claveles y me pidió perdón por lo que me hizo.

—¿Ah, sí? ¡No lo sabía!

Arturo no puede voltear todas sus cartas sobre la mesa. Nada de la técnica de reconquista, porque podría ofender a Mary. Sólo la tantea para averiguar si ella está dispuesta a volver con Chris.

—Sí, él tuvo el valor de regalarme un ramo de claveles

y pedirme perdón. Por supuesto, lo voy a perdonar. Mis valores no me permiten que actúe de otra manera, aunque no sólo lo hago motivada por convicciones, también movida por mis sentimientos. No creo que lo nuestro deba terminar de esa manera tan inmadura.

—El hecho de que te haya visitado, te haya regalado un ramo de claveles rojos y, sobre todo, que no te haya exigido una disculpa por la famosa y ya para mi "bendita frase", ¿no te dice nada?

—¡Que, como siempre, se le olvida todo!

—No es así. Te aseguro que eso no se le ha olvidado.

—¿Quiere saber una cosa? Yo también estoy dispuesta a pedirle perdón por lo que le dije, pero estoy casi convencida de que él no está listo para perdonarme.

—No te va a perdonar, pero, ¿sabes por qué?

—¿Porque fui muy dura con él?

—No, nada de eso. No te lo va a perdonar porque no tiene por qué hacerlo. Ahora no te lo puedo explicar. Nos tomaría toda la noche y, además, quiero que sea Chris quien te lo explique todo. Te pido que lo llames, lo perdones y, si estás de acuerdo, le pidas perdón por lo que le dijiste. Él te lo explicará. A él le corresponde hacerlo, no a mí. Lo único que puedo decirte, y te lo repito, es que la frase "un buen hijo de p..." marcó el inicio de su crecimiento. Chris, en menos de dos meses, ya es otra persona.

"¡Ah, otra cosa! Necesito decirte que el sueño supremo que impulsa a Chris a dar ese cambio es tu amor. Y no te estoy insinuando nada, ni siquiera te pido que trates de volver con él. Pero sí me interesa saber si existe alguna posibilidad de que le entregues tu amor nuevamente. Por supuesto, si te convences de que él ha cambiado.

—Señor Arturo, esta noche ha sido de emociones muy fuertes. Primero, los rollitos primavera, después la carne con curry picante y ahora esto. Me parece demasiado para mí.

Arturo se deleita con la manera tan original en que ella ha salido del engorroso momento.

—De acuerdo, sé que ha sido duro, pero ahora sólo quiero que me respondas esta y otra pregunta, nada más.

—¡Ahora son dos preguntas!

—Sí, dos nada más.

—Está bien, repítame la primera.

—Voy a ser directo: Mary, ¿estarías dispuesta a volver con Chris si él te demuestra que ha cambiado?

—No lo sé. Y no creo que cambie. Dígame la segunda.

—Aunque no vuelvas con él, ¿estarías dispuesta a ayudarme a hacerlo cambiar?

—Eso siempre estaré dispuesta a hacerlo.

—Estaba seguro de que podía contar contigo.

Arturo toma una pausa y bebe un poco de té.

—Ahora déjame hacerte la pregunta de antes: ¿Sabes lo que significa el color rojo intenso en el lenguaje de los claveles?

Mary se asombra por la pregunta. Nada tiene que ver con el verdadero objetivo de la velada, pero, como se trata de claveles, la toma con entusiasmo. Además, le será muy útil para refrescar la conversación.

—La verdad es que no conozco el significado, pero lo que sí le aseguro es que son mis flores favoritas.

—¿Desde qué momento se convirtieron en tus favoritas?

—Desde hace algunos años, cuando indagaba sobre la historia de las flores. Ese es un secreto que siempre le mantuve a Chris para tratar de que lo averiguara por sí mismo, pero nunca lo hizo.

—¿Y qué leíste durante esa indagación?

—Una leyenda cristiana que afirma que los claveles aparecieron por primera vez en la tierra cuando Cristo fue llevado a la cruz. Cuenta la leyenda que donde cayeron ese día las lágrimas de María, su madre, o sea, en el mismo lugar donde ella lloró de sufrimiento, aparecieron los primeros claveles. Soy cristiana, reconozco la belleza de cada flor y muchas tienen historias muy hermosas también, pero esta leyenda me conmovió. Por esa razón, prefiero los claveles.

—Conmovedor, te lo confieso. No conocía esa historia. Quizás sólo sea una leyenda. En torno a Cristo se tejen muchas y son todas muy bellas. ¿Y qué es lo que más admiras de Cristo?

—A usted hay que darle un pie nada más, para que haga preguntas y más preguntas.

—De eso vivo; me lo han dicho otras veces.

—¡Qué lástima, entonces, no fui original!

—Eres más original de lo que imaginas. Respóndeme, ¿qué es lo que más admiras de Cristo?

—Por supuesto que su bondad, el amor por sus semejantes, su entrega, su pasión por el perdón.

—¡El perdón! —exclama Arturo.

—Sí, el perdón. Hoy mismo reflexionaba en torno al perdón y a Cristo.

—¿Qué es el perdón para ti, Mary?

—¿El perdón...? —repite la joven. Piensa por unos instantes y luego agrega—: "El perdón es el perfume que impregna la violeta al zapato que la aplasta".

La profundidad de la respuesta deja a Arturo pensando. Su reconocido poder de reacción ante diálogos a veces muy tensos, parece quedarse adormecido ante tal reflexión. No habla hasta que no ha interpretado correctamente la frase.

—Te confieso que esa respuesta me ha puesto a pensar.

—Pero se imaginará que esta vez tampoco he sido original.

—No tiene importancia. Es cierto que la originalidad está en saber construir una frase como esa, pero demuestra mucha belleza comprenderla y hacerla tuya como tú lo has hecho. Pero ya se hace tarde y quiero precisar algunos detalles.

—¿Cuáles?

—¿Estás dispuesta a perdonar a Chris por su desplante?

—Sí, aunque no lo olvidaré jamás.

—¡El perdón cristiano implica olvido!

—Lo consultaré con el Señor, no se preocupe.

—De acuerdo, pero ¿estás dispuesta a ayudarme con Chris?

—Las veces que sean necesarias.

—¿Lo llamarás y le pedirás perdón?

—¡Según usted mismo, no tiene por qué perdonarme eso!

—Así es, pero quiero que lo compruebes con sus propias palabras.

—Está bien, lo llamaré y le ofreceré mis disculpas. Le confieso que me voy a sentir muy tranquila si las acepta.

—Estoy al tanto de que durante los próximos días tendrán mucho trabajo, pues finaliza el proceso de filmación y andan bien agitaditos.

—Está usted muy bien informado. Así es. Se han tenido que adelantar escenas por problemas presupuestarios, pero todo marcha bien, entre otras razones, gracias al trabajo de Chris. Está siendo muy eficiente. Lo sé porque llevo los controles económicos, no por otra razón.

—¡Qué bien! Eso es todo un éxito para él. Lo alentará seguro. Estará muy ocupado en estos días. Además, en cuanto termine, lo quiero invitar a descansar y a reflexionar en un lugar muy tranquilo. Yo diría que a un oasis en medio de este agitado mundo.

—¿Qué lugar es ese?

—Es una comunidad indígena en Panamá. La he visitado y sé que Chris nunca olvidará este lugar en su vida. Te lo digo por si no te llama. Para que sepas que estará desaparecido al menos tres días.

—¿Por qué lo llevará ahí?

—Porque lo considero algo así como un trabajo de grado para Chris, la culminación de uno de sus grandes sueños. Se convertirá además en mi primer gran éxito como guía de vida, y por eso tomo este viaje con tanta pasión y seriedad. Allí sería la graduación de Chris como "un buen hijo de p...".

—¿Cómo qué? —Mary casi se ahoga con una tos inesperada.

—Como "un buen hijo de p...".

—Explíquese mejor, por favor. Me vuelve a confundir.

—Ya te dije que eso le corresponde hacerlo a Chris. Él es la persona indicada, no yo.

—No me asuste. ¡¿Usted está convirtiendo a Chris en un monstruo?!

—No te preocupes, Mary, no estoy convirtiendo a Chris en nada que no sea una mejor persona. Chris está despojándose de muchas pieles secas que no supo sacudir de su cuerpo, su mente y su alma. Hoy está en plena metamorfosis y ese proceso lo vive con una gran determinación. Pensó que su cambio era necesario sólo para reconquistarte y complacerte, pero se dio cuenta de que era un cambio de vida lo que necesitaba para ser feliz, armonizar su mente, encontrar un propósito de vida y poder ser un mejor compañero. Se está reconciliando con su propio espíritu y se está transformando en un ser humano mejor, más positivo, luchador, más amoroso, más perseverante, apasionado, prudente y paciente.

—¡Paciente!

—Sí, paciente.

—Pero si hasta hace un par de meses no tenía paciencia ni para sentarse en la iglesia a orar. Se levantaba a los diez minutos porque no aguantaba más estar sentado. Y yo, entonces, tenía que rezar por los dos. ¡Su impaciencia me obligaba a rezar el doble! No veo a Chris como una persona paciente.

—Por eso quiero que sea él quien te explique todo y te convenza de su verdadero cambio. Después, tú tienes derecho a decidir qué hacer con tu vida. Aunque compruebes tú misma ese cambio, no me aseguras que volverías con él.

—Eso no lo respondo porque no creo en su cambio.

—Pero, ¿y si lo compruebas?

—Eso no lo respondo. Este es un diálogo democrático, usted tiene derecho a preguntar y yo a responder, como hace el presidente en las conferencias de prensa.

—¡Está bien! Mary quiero agradecerte que hayas venido. Quiero decirte que, a pesar de todo, eres un ejemplo del verdadero amor. Eres de las personas que ve el amor como centro de su vida para ayudar a los demás. Eso no tiene precio. Ahora, lo último: Chris jamás debe enterarse de esta conversación, no debí seguir este impulso de inmiscuirme. No es correcto lo que he hecho; no quiero perder su confianza.

Ella une las puntas del índice y el pulgar, y ambos dedos unidos recorren de una punta a la otra sus labios bien cerrados.

—Por mí, puede vivir tranquilo.

———

La velada termina casi a medianoche. Los Ángeles a esa hora parece alcanzar su máximo grado de ebullición. Mientras esperan por el *valet parking*, Mary le pide cortésmente a uno de los porteros que le tome una foto junto a Arturo.

No puede dejar escapar el recuerdo de su encuentro con una personalidad de la televisión. Ella sonríe, Arturo coloca su brazo derecho por encima de sus hombros y la luz del *flash* se convierte en testigo luminoso del encuentro. Arturo toma la palabra nuevamente.

—Mary, te quiero hacer una propuesta.

—¿Otra más?

—Esta es mucho más sencilla. Tú me dices quién es el autor de la frase de la violeta y el zapato, y yo te digo el significado de los claveles rojos.

—Usted es especialista en sacarle provecho a todo.

—No, no a todo. Sólo a lo que me conviene.

—Ya veo. El autor de la frase es Mark Twain.

—Debí imaginármelo.

—Ahora cumpla su parte. ¿Qué significan los claveles rojos?

—Significan "amor profundo, perfectos para conquistar el amor de una mujer". O en este caso, para reconquistarla.

—Debí imaginármelo también.

—Arturo le abre la puerta de su auto, ella se sube y antes de arrancar se dirige nuevamente a él.

—Muchas gracias por una velada tan interesante. Usted es una gran persona y me alegro de que sea amigo o confidente de Chris, como quiera llamarle. ¡Ah, mañana coloco la foto en mi página de Facebook! ¡Buenas noches!

—¡Buenas noches, Mary! Maneja con cuidado.

—Eso siempre me decía Chris.

Arturo espera a que el auto se pierda entre la enredada

madeja de luces rojas y blancas que se teje sobre la calle 7 del Oeste para montarse en el suyo. Antes de encenderlo, no puede evitar una expresión de duda:

—¿¡Dijo Facebook!?

———

Los últimos días de la producción de la película son agotadores para Chris y Mary. Él apenas ha tenido tiempo de conversar con Arturo un par de veces por teléfono y ultimar detalles sobre el viaje a ese lugar tan exótico.

El viaje, que será el próximo fin de semana, inmediatamente después de que terminen los trabajos en exteriores, forma parte del plan de sanación espiritual y "no debes preocuparte por su costo", le reafirma Arturo. "¡Todo está bajo control!".

Mary lo ha llamado en tres ocasiones y eso lo llena de esperanzas. La primera vez lo hizo para otorgarle su definitivo perdón por todos los errores de él con ella; además para agradecerle otra vez los claveles.

Sin embargo, dice que lo perdona pero que no olvida. ¡Qué manera de complicarse el pensamiento humano!

Chris considera extraña esa posición, pues para él perdonar es olvidar. La segunda vez que Mary lo llama es para todo lo contrario. Es ella quien pide perdón por haberlo llamado "un buen hijo de p...". Le dice, textualmente, que ella se sentía como una bestia demente y vomitó sus emociones negativas en un explosivo veneno mortal que produjo esa frase tan peyorativa y cargada de toxinas. Un buen hijo de p... Chris esboza una sonrisita cuando recuerda la voz entrecortada de ella disculpándose y, sobre todo, se ríe de cómo la sensación en su cuerpo al escuchar a Mary repetir la frase es totalmente distinta. El significado ahora lo hace reír, hasta sentir orgullo. Gracias a las afirmaciones y la autosugestión, esa frase ahora le da poder en vez de cólera.

"Resulta que yo estaba a punto de darle las gracias y ella me pide perdón. Por supuesto que la perdono. Ella llegó a pensar que yo nunca lo haría, según me dijo. Me asegura su agradecimiento por toda la vida. Por supuesto, aproveché la oportunidad y le hice saber que también la perdono, pero que 'nunca olvidaré lo que me dijo'. Jajaja. ¡Que piense que también nosotros somos complicados! Pero, es verdad que nunca lo olvidaré. ¿Cómo voy a hacerlo, si esa frase cambió mi vida?".

En su tercera llamada sólo le pregunta cómo va la película. "¿Para qué hacerme esa pregunta a mí si es ella quien maneja el dinero y conoce la situación mejor que nadie? Seguro que me llamó para escuchar mi voz. ¡Sí, seguro que fue por eso!"

Chris se embriaga de gusto. Sin embargo, hace días que no ve a Mary. Los dos trabajan hasta bien entrada la noche y sólo hablan por teléfono. Debido al ajetreo de la filmación, no ha tenido tiempo de cumplir el siguiente paso del plan: una invitación especial.

"No sé si llevarla a un concierto, a un cine o a un teatro. ¡Estás indeciso, Chris! Necesitas un plan, concreto. Piensa en el resultado, y ten fe en ti mismo. Recuerda esa frase de Anthony Robbins: 'Todo lo que necesito está dentro mí ahora'".

Chris nota en las palabras de Mary menos hosquedad. Ahora tiene grandes esperanzas de que ella retorne; ya en nada se parece a aquella Mary fría y arisca con la que se encontró en el parqueo del restaurante mexicano. Cuando habla con ella, siente el dulzor de su voz, la ternura de su alma. ¡Y eso que Arturo no lo ha dejado hablarle y decirle todo! Tiene la certeza de que cuando salgan de este embrollo de trabajo y hablen, ella va a apreciar su cambio. En definitiva, el primer paso, que es el perdón, ya lo dio. ¡Muy bien, Chris!

Sin embargo, aunque piensa en positivo, por momentos no puede apartar de su mente las palabras de Arturo: "el plan trazado sólo funciona si ella sigue enamorada, que no es una magia blanca ni mucho menos".

"Corro el riesgo de que ella me esté tratando así gracias al cariño que me tiene —piensa Chris—. Nos conocemos hace años y, aunque nos separemos, nunca me va a dar la espalda. Es buena amiga, yo lo he comprobado, pero... si ella no vuelve, para qué necesito todos estos cambios, la paciencia, la perseverancia, la pasión y todas las otras 'p'? ¿Para qué necesito haberme convertido en 'un buen hijo de p...'? ¿Qué gano? ¡Para! Estas dejando que tu vieja manía de auto lacerarte gane de nuevo. Cancela, cancela, cancela. Todo este progreso, es por mi propio beneficio, no sólo el de Mary. Yo soy el triunfo, soy amor, soy generosidad, soy certeza y valentía, soy compasión, soy salud".

Lo que el joven aquí se repite es parte de un ejercicio

para identificar valores que aparece en el manual de Arturo y tiene efecto no sólo en el nivel de la conciencia sino también en el subconsciente. Todas las propuestas que se han trazado él y Arturo van saliendo de maravillas. Chris se siente orgulloso de cuánto ha avanzado. El mismo orgullo experimenta Arturo. Pero todo lo que ha logrado, incluso haberse iniciado en el complejo ejercicio de la meditación, se completará con el regreso de Mary. Ése es el propósito inicial y último, su máximo sueño. ¡Cuánto fracaso sentiría si no lo logra!

"¡Cuánto he luchado! —piensa Chris—. Es cierto que seré un mejor ser humano, pero... ¿cuánto de bueno puede tener un ser humano sin el amor de su vida?". Recuerda la pregunta que le formuló a Arturo una tarde, durante su segunda consulta.

"¿Y si cuando salga del túnel, Mary no está allí?".

"Si Mary no está allí, afuera del túnel, esperándote —le dijo su *coach* en aquella sesión—dispondrás de todas las herramientas para salir a buscarla. Mantendrás tu pasión, pero dispondrás, a la vez, de la paciencia y la perseverancia, dones que te permitirán lograr cualquier anhelo que te propongas. Si Mary no está allí, puede significar un fracaso momentáneo, pero nunca tendrá que ser el fin de tus sueños".

"Nunca dejaré de buscarla —se dice Chris—. Es la mujer de mis sueños y el amor de mi vida. ¡Buff! Cuánta paciencia hay que tener...".

A pesar de que sus valores y convicciones sean mucho más fuertes que antes, su necesidad por ella es muy grande.

"La vida es una inmensa paradoja —piensa el joven—. Pensar que ahora, cuando estoy logrando lo que ella siempre quiso, dudo de que pueda seguir amándome. Voy a ir con Arturo a ese viaje, no lo puedo defraudar, pero en cuanto regrese hablo con ella y le digo las cosas como son. ¡Al pan, pan, y al vino, vino!".

Chris se mantiene sentado en su incómoda silla, frente a la ventana con vistas al río Los Ángeles. Hoy ha sido un día nublado con algo de lluvia. El pronóstico del tiempo continúa anunciando fuertes aguaceros para esa noche y el día siguiente. Nada extraño en plena primavera.

A Chris le gustan ese tipo de días. Los soleados le traen malos recuerdos; le evocan la muerte de su madre en un caluroso mes de agosto, durante el cual las altas temperaturas rompían registros históricos en muchas zonas del planeta. Tras la muerte de su madre, en medio de aquel calor, a la salida del hospital se sentó a llorar completamente solo, y tuvo que comenzar a asimilar la idea de que andaría por la vida solo. Mary lo salvó de esa soledad. Cuánto reprocha ahora que, a pesar de su bondad, de la sincera amistad primero y el amor después, él no pudiera liberarse de todas sus limitaciones. Pero el optimismo ya brilla en su interior, ese mundo que ahora se dispone a penetrar, y comenzar así la conquista de su espíritu.

Se siente en un momento perfecto para comenzar su despegue como ser humano. Cuando logre estar en paz consigo mismo estará listo para lanzarse a buscar mayores y más abarcadores sueños. Está a punto de convertirse en "un buen hijo de p...", aunque a veces, no puede evitarlo, la ausencia de Mary lo intranquiliza.

Chris, como muchos otros, cree que en el amor no debería haber desilusiones, y en realidad no las hay si ambas personas entienden que amarse es entrar en comunión con la inteligencia infinita. Algo que Arturo puso en su manual y en subrayado sobre las relaciones amorosas es que nadie puede sentirse desdichado porque tras amar su amor escapó o se fue. El que de verdad ha amado nunca ha perdido por completo. Arturo ha intentado decirle desde el primer día que no malgaste su tiempo en preocuparse por la falta de Mary en su vida, porque eso solo no bastaría para conseguir su regreso. Sin embargo, su transformación personal sí que será el gancho para crear una nueva química de amor incondicional, ese que da sin esperar nada a cambio.

Chris está extenuado, se le cierran los ojos. Meditará mañana, también conversará con Mary. Él será quien la llame. Mañana quizás la invite al apartamento después del trabajo. Así podrán conversar con calma y tendrá la oportunidad de volverse a disculpar. Pero esta vez mirándola a los ojos, no como en la oficina, que casi se quedó sin palabras cuando la vio. Se levanta de la silla y se deja caer como un fardo en la cama...

"Mañana tengo que decirle lo del viaje... Debo parecerle tranquilo, dueño de mí mismo. Como diría Arturo, confiado y nada aburrido. Pero, si logro todo eso, ¡puede creer que soy un súper héroe! ¡Caramba, otra vez el cine!"

VII

---

*"La verdad en sí misma sólo puede ser
alcanzada dentro de uno mediante la más
profunda meditación y conciencia".*

—BUDA

*Meditar es hacer callar a los pensamientos y conectarnos con
lo más profundo de nuestro yo. Es, como dice el gran maestro
hindú Swami Sivananda, "la disolución de los pensamientos
en la atención eterna, en la conciencia pura que no es un ob-
jeto; es saber sin pensar, fundiendo lo finito con lo infinito".*

*Para muchos, meditar es el ejercicio que más acerca al ser
humano a Dios. Otros lo consideran algo así como una tripa
umbilical entre lo eterno y lo temporal. Osho, un gran maestro
espiritual también de la India, cataloga la meditación como
"un puente entre el cielo y la tierra". Antes de partir à Guna
Yala, una comarca indígena en las costas del Atlántico panameño, Arturo le habla a Chris de las ventajas de la meditación, de sus grandes maestros, de cómo algunos la consideran*

una manera de "convertirnos en sabios sin necesidad de asistir a un aula". Meditar, dice Arturo, es la mejor forma de conocernos a nosotros mismos. Y sólo cuando lo hayamos logrado, seremos capaces de conocer a los demás, la naturaleza y todo lo que nos rodea. Arturo aclara que la meditación alimenta el espíritu y que el espíritu no entra en la esfera de la religión necesariamente. Hay una clara distinción entre espiritualidad y religión. Tal como muchos expertos lo estudian y definen, entre ellos el Dr. Andrew Weil, "la espiritualidad tiene que ver con los aspectos no físicos, inmateriales, de nuestro ser; con energías, esencias y esa parte de nosotros que existía antes de que tuviéramos cuerpo y existirá después de la desintegración de este. La religión intenta institucionalizar la espiritualidad." Y tal como el Dr. Weil asegura en su libro Salud total en 8 semanas, buena parte de lo que sucede en nombre de las religiones tiene que ver con la perpetuación de las instituciones más que con el bienestar de los individuos. Lo que sí está científicamente estudiado es que cultivar la espiritualidad como parte de la salud integral de las personas en los tres planos, cuerpo, mente y alma (espíritu), produce un gran efecto de sanación y éxtasis, felicidad y armonía.

Esa es la principal intención de Arturo al invitar a Chris a visitar Guna Yala. El hacerlo vivir una experiencia espiritual intensa. Quiere regalarle, como colofón de su primer trabajo como life coach, una estancia corta en esa comunidad que vive con una profunda conexión espiritual, y donde la religión tiene entre sus dioses a la naturaleza, el sol y nuestras bendiciones de vida. Allí, Chris dispondrá, al menos por unas cuantas horas, del ambiente idóneo para iniciar un proceso de meditación que lo conecte con su espíritu, que lo ayude a valorar su actitud ante la vida y a reordenar sus prioridades. Arturo se siente satisfecho con la evolución de Chris y considera que su vuelta con Mary sería el remate perfecto y el mayor de los premios al esfuerzo de ambos.

Sin embargo, es el propio Arturo quien también necesita un diálogo sincero con su espíritu. Obsequiarle el viaje a Chris también le dará la posibilidad de consultar consigo mismo importantes decisiones que debe tomar durante los próximos días en el plano personal. Valorará las ventajas y las desventajas de cada una de esas probables decisiones. En algunos casos meditará, pero, ante todo, aprovechará la paz que reina en Guna Yala, para pensar y tomar decisiones y dejar fluir su mente. Arturo piensa lo que hace, pero no exagera. Los límites entre el análisis reflexivo que impone la prudencia no pueden afectar su acción, porque se correría el riesgo de caer en manos del inmovilismo. La falta de decisión es un cáncer que carcome muchas veces al que teme fracasar. Arturo no ha sabido amar, y sabe que el corazón esta vez le indica que ha dejado en Brasil una llama ardiente y depende de su acción avivarla o apagarla con un chorro de agua fría desde la distancia. A diferencia de Chris, que vive en indecisiones dada su juventud, Arturo ya es un hombre en sus cuarenta, los mejores y más cruciales años de las personas, y sabe que el ser poderoso depende de su propio poder interno.

Si llegado el momento se le dificulta la solución, tendrá la posibilidad de consultarlo con Chris. Ya es su amigo y no es una persona poco inteligente, todo lo contrario. Además, Chris ha despertado de su inercia mental.

Dispondrán sólo de poco más de 48 horas. Por esa razón, la paz, la tranquilidad, el aire fresco y el amor a la vida que distinguen a Guna Yala, deberán aprovecharse al máximo.

———

La comarca de Guna Yala es un enjambre de alrededor de cuatrocientas pequeñas islas en el sur del Caribe panameño, también conocido como el archipiélago de San Blas, es un sitio de una belleza natural increíble, dominado por sus cocoteros y playas de arenas blancas. ¡Muy blancas! La naturaleza dota a esta comarca marítima de una barrera de arrecifes coralinos, al parecer, creada por un vaho divino. Guna Yala seduce a sus visitantes, sobre todo a aquellos que como Arturo buscan, además de belleza natural, tranquilidad, paz y tiempo para la reflexión. En un paraíso para los que intentan escapar, al menos por unas horas, del incesante ruido y ajetreo de la vida moderna, de los rígidos compromisos, los horarios inviolables, el sonido de las alarmas, el monóxido de carbono, los puntuales relojes de cuarzo, las ondas electromagnéticas y el estrés que se hereda de la cultura del "ya" y el "ahora mismo". En Guna Yala, ¡todavía se le da a la vida su debido tiempo! En esa comarca indígena Arturo sabe que dispondrá del tiempo y condiciones necesarias para pensar y contactarse con su espíritu. Guna Yala será un remanso de paz, una fuente de inspiración para Arturo, un escenario paradisíaco para reflexionar y meditar.

El archipiélago está habitado por una etnia muy antigua, la Guna, gente pacífica, amigable y trabajadora. Tienen la típica apariencia del aborigen sudamericano: bajos de estatura, piel cobriza y pelo negro, lacio y brilloso. Las facciones de sus rostros son fuertes, bien definidas. A primera vista dan la sensación de haber sido esculpidas por un cincel de la mano de un artista.

Chris y Arturo vuelan desde Los Ángeles a la ciudad de Panamá. Allí toman un pequeño aparato de dos hélices, con no más de diez pasajeros a bordo, que los lleva, en algo más de una hora, hasta la precaria pista de aterrizaje en la comunidad de Playón Chico. Al lado, en la grama, los reciben más de cien niños descalzos disfrutando de un partido de fútbol, en medio del fango, y con porterías hechas con trozos de madera.

Ambos se hospedan en una rústica cabaña dentro de un pequeño complejo de turismo ecológico llamado Yandup Island Lodge. Las cabañas están montadas sobre pilotes en la misma playa, alrededor de una diminuta isla frente a la aldea Kuna. Desde el momento en que baja del pequeño avión, Chris no deja de asombrarse. "Tenía razón Arturo. ¡Un lugar bien diferente!". Semejante aventura no ha estado nunca dentro de sus planes: dormir en una cabaña, encima del agua, en medio de un poblado indígena que nunca ha visitado. Además, los tres días fuera de Los Ángeles, sin posibilidad alguna de encontrarse con Mary lo llenan de impaciencia. No obstante, el mismo Chris se percata de que esa intranquilidad ya no la proyecta al exterior. No sabe cómo explicarlo, pero siente paz por dentro.

A Chris le llama mucho la atención la actitud amistosa

de los nativos y la perfecta relación que mantienen muchos de ellos con Arturo. Algunos lo saludan efusivamente, otros lo hacen por su nombre, en perfecto español. Hay quienes lo conocen de la televisión, pues muchas de las comunidades, como en la que ellos se encuentran ahora, tienen electricidad varias horas al día y pueden ver televisión por satélite con programación internacional.

También impacta al joven la ausencia de autos. ¡Ni siquiera bicicletas! Para alguien que vive en Los Ángeles, no es tan difícil imaginarse un mundo sin bicicletas, ¡pero sin autos!

"¿En qué se mueven?", se pregunta Chris.

Los habitantes de estas islas no aceptan muchas expresiones del desarrollo de la tecnología porque, según su punto de vista, van en contra del medio ambiente. Los autos tienen esas características. De hecho Arturo nunca olvidará la respuesta de un "saila", el líder político y espiritual de la comunidad, cuando Arturo le preguntó qué para ellos era el desarrollo. El saila explicó: "todo lo que nos enriquezca sin empobrecernos espiritualmente".

———

—¿Y las bicicletas? —pregunta Chris.

—De acuerdo con sus costumbres —explica Arturo—, son peligrosas en un lugar donde todos andan a pie y los niños corren de aquí para allá sin la más mínima preocupación para sus padres. Las bicicletas pueden crear intranquilidad.

El medio de locomoción allí es muy sencillo: a pie en tierra y en canoa por el agua. A Chris se le ocurre que lo han soltado en medio del set de una película hollywoodense sobre las civilizaciones precolombinas. Aunque el diseñador de vestuario, si fuera realmente un filme, tendría mucho trabajo, porque los hombres visten ropa actual: camisa, pantalón y casi todos usan sombrero. Las mujeres no. Ellas visten las llamativas "molas guna", que son vestidos tejidos a mano, muy coloridos. No todo es perfecto en Guna Yala, desde la misma llegada se advierte la falta de ciertas necesidades básicas, pero la tranquilidad y jovialidad de sus habitantes manifiestan a las claras el amor a su tierra y el orgullo de pertenecer a esa cultura milenaria. Viven en casas rústicas, de construcción muy sencilla pero bastante fuertes. Sus paredes son de caña y resisten perfectamente los embates del clima. La cabaña en que se hospedan ellos tiene las mismas características, aunque es algo más refinada para el turismo internacional.

Al entrar, a Chris le llama la atención el ambiente: es muy claro, espacioso y fresco, con ventanas al mar. Tiene cama, pero no es la costumbre para los indígenas dormir en cama sino en hamacas. Arturo se acerca a uno de los dos bultos de tela y soga que cuelgan en la pared del fondo de la habitación, lo desenrolla y ata la punta que queda suelta a uno de los horcones que sustenta el techo y la pared del frente. La hamaca queda lista en cuestiones de segundos.

—¡Hamacas! ¿De verdad, crees que teniendo cama dormiré en una hamaca?

—Cama tienes en Los Ángeles, Chris, pero estas comunidades se identifican con la cultura de la hamaca. Si venimos a compartir con ellos dos o tres días, mejor adecuarnos a sus costumbres, ¿no crees? La hamaca forma parte de su ciclo de vida. Hasta en los funerales las personas son enterradas en hamacas en un foso en el suelo, para que viajen al más allá en comodidad y descanso, en la forma fetal en la que estuvimos en el vientre materno.

—¡Lo creo, lo creo, pero a ver cómo me va en la hamaca esta noche!

Arturo contiene la risa ante la incrédula afirmación de Chris.

Ambos salen de la cabaña y se detienen en el estrecho pasillo exterior que la une con el islote donde está el resort. La tierra se encuentra a no más de diez metros de distancia y la profundidad de las aguas no excede los cincuenta centímetros.

—Observa, Chris, obsérvalo todo muy bien desde aquí: el paisaje, las viviendas, los niños jugando, la entrada de esos pequeños barcos y canoas que utilizan para pescar, aquellas mujeres llevando comida para su hogar. Observa esta manera tan natural de enfrentar la vida. Aquí todo toma el tiempo que requiere, el tiempo natural de la existencia no se altera.

Chris recorre con la mirada el pequeño caserío que se levanta a pocos metros de la playa, uno de los tantos que conforma la comunidad de Guna Yala.

—Chris, esta manera de vivir carece de muchos adelantos y comodidades, pero cuando observamos a esta gente, vemos cuánto hemos perdido los que vivimos en medio de todos esos adelantos. Hemos perdido la costumbre de disfrutar paisajes naturales como este, de embelesarnos en medio del silencio; hemos cambiado este olor por el del monóxido de carbono o el de los artificiales aromatizadores ambientales. Y no es que quiera que la civilización dé marcha atrás, porque eso sería negar la inteligencia creativa del ser humano, pero es bueno venir aquí y ver todo esto para estar consciente de lo que hemos perdido en medio del más descontrolado desarrollo consumista. Muchos no tienen posibilidad de venir, es cierto, pero, para aquellos que sí la tenemos, sería imperdonable ignorar culturas como esta. De aquí te irás con nuevas prioridades, valores, y aquí debes encontrar tu propósito de vida, el que te mueve a ser feliz, a crear y compartir, a añadir valor a la vida de las demás personas, a dar amor.

—Me gustaría traer a Mary a ver todo esto.

—Ya podrás invitarla.

—¿Lo crees?

—Sí, sí lo creo.

—¿Por qué estás tan seguro?

—Por tu cambio. Me has dicho repetidamente que tu deseo de cambiar se debe a que es la única manera de que ella vuelva contigo, y ese cambio ya es muy visible. No hay que ser un especialista para notarlo. Y no te preocupes, no eres otra persona, eres simplemente el mismo Chris, pero una versión mejorada de ti mismo. Todo está en constante cambio queramos o no. Recuerda que nada es estático en la vida, somos seres de infinitas posibilidades. ¿Qué piensas?

—¡Creo en ti!

—¡Qué tranquilidad me das! Nunca me lo habías dicho.

—Es que ahora soy más expresivo —admite el joven.

—A esa expresividad, la que deja muy atrás al Chris cerrado, introvertido, desconfiado y temeroso de decir lo que siente, tienes que darle vuelo cuando regreses y converses con Mary. ¿Adónde piensas invitarla?

—No sé todavía.

—Tienes dos o tres días para decidirte. Cuando la invites y converses con ella, que note que no eres el mismo Chris. O mejor dicho, que eres el mismo, pero de un actuar diferente.

—En medio de este ambiente la extraño más.

—¿La llamaste por teléfono antes de partir?

—Por supuesto. Me despedí de ella, sólo me dijo que me cuidara. ¡Bueno, eso siempre me lo dice!

—¿Cómo la notaste?

—Tranquila. Me dijo que había profundizado mucho en eso tan bello que hemos hecho de perdonarnos mutuamente, aunque algo que dijo me preocupó.

—¿Qué te dijo?

—Que estaba feliz, porque todo iba a terminar en paz.

—Tienes que demostrarle que nada va a terminar, que todo comenzará de nuevo. Ahora estás en mejores condiciones que nunca para demostrárselo. Cuando vuelvas estarás limpio y lleno de amor. ¡Serás tú en esencia! Cuando hables con ella, te aseguro, lo notará. Y si de verdad te ama, de lo cual estoy casi seguro, volverá con muchas más fuerzas. Ya lo verás. Igual que la extrañas, ella te extraña a ti.

—Con toda la vorágine de trabajo primero y ahora

este viaje, hemos perdido mucho contacto. Casi no hemos podido vernos —dice Chris.

—Fe amigo, que el destino lo has hecho tú paso a paso, con tu decisión de buscar ayuda y tu motivación de crecer. Eres joven, tienes derecho a la indecisión y la inmadurez. Créeme que llevas un adelantado proceso entre las personas de tu misma edad que aún no saben lo que quieren en la vida.

Arturo le pone la mano sombre el hombro derecho.

—Ahora tenemos que prepararnos para la comida. Esta noche habrá una fiesta en el caserío, se celebra la llegada a la pubertad de una joven.

—¿Y festejan eso aquí? —pregunta Chris, sorprendido.

—Por supuesto, es una celebración muy importante porque la adolescente se convierte en mujer y ya está preparada para la maternidad, para dar vida. Aquí eso se celebra, la vida para ellos es el mayor regalo de su divinidad. Nosotros nos mantendremos por aquí. Me gustaría estar en la fiesta, pero es una noche fresca, muy agradable, idónea para la meditación.

—Como digas...

—Una pregunta, por curiosidad nada más —agrega Arturo—. ¿Has vuelto a entrar a la página de Facebook de Mary?

—No. Me dijiste que no lo hiciera y no he entrado más. ¿Por qué me lo preguntas?

—¡Por nada, Chris, por nada!

———

Mientras Arturo y Chris se preparan para la comida y el ejercicio de meditación, en el sur de Los Ángeles, a miles de millas de Guna Yala, Mary también disfruta de su descanso. Lee y reflexiona. Hay tres horas menos que en Panamá, es plena tarde en la inmensa metrópolis.

El final de la filmación la absorbió de tal manera que apenas pudo despedirse de Chris. Hablaron por teléfono el día de su partida porque él la llamó.

"¡Qué bonito que a pesar de todo lo sucedido haya tenido la delicadeza de despedirse!".

Piensa en Chris. Trabajó duro por él. No ha pensado mucho sobre la posibilidad de volver, si es verdad que ha cambiado. Ella sabe que el éxito de la película influirá de forma muy positiva en la carrera de Chris, y ese convencimiento la motiva a trabajar. ¡El éxito del proyecto será un éxito de los dos! Se ha dado cuenta de que el no olvidar como la decepcionó Chris, aunque ya lo ha perdonado, no la perturba ni frena sus buenos sentimientos. Su espíritu bondadoso está por encima de cualquier decepción en la vida y de cualquier arranque de soberbia, como la de aquella tarde en que le dijo a Chris que era "un buen hijo de p...".

Mary siente una inclinación natural a hacer el bien. "¡Cómo cambiarían las cosas en este mundo si todos fuéramos bondadosos!" Pero vive convencida de que no se aprende a ser bondadoso solamente con una buena educación, y que ni el mejor maestro del mundo nos puede enseñar algo que no intentemos cultivar dentro. ¡Sencillamente, sé es y se practica, se multiplica y ya está! ¡Cuánto más lo practicamos, ¡más nos llenamos de bondad! Es una de las virtudes más excelsas del ser humano, quizás la que más nos acerca al deseo de alcanzar la excelencia.

La bondad de Mary se ha cultivado de manera natural. Sus padres son sus mayores ejemplos. La figura de Jesús también; este siempre aparece en los momentos más difíciles.

Admira a la Madre Teresa de Calcuta, quizás el más genuino modelo de bondad en los tiempos que corren, según su punto de vista. Ella es un paradigma universal de esta virtud y se caracteriza por haberla ejercido en el plano espiritual. Entre otras razones, porque fue una persona que, precisamente por su afán de servir al prójimo, se despojó de todo lo material. Para ser bondadoso, ante todo, hay que ser optimistas y vivir con la convicción de que lo que hagamos por los demás siempre traerá resultados positivos. De lo contrario, todo sería una mentira.

Ella fue muy bondadosa con Chris desde los primeros momentos. Le ofreció todo el apoyo del que disponía a la temprana edad de 14 años.

"¿No me habré equivocado con Chris? —se pregunta—. ¿No habré exigido, sin derecho alguno, su cambio, como respuesta a mis muestras de compasión primero y de amor después? ¿Habré sido injusta? El amor es aceptar al otro tal y como es; no tratar de cambiarlo para que sea como tú eres. ¡Qué enredo! Pude haber sido injusta en algún momento, es cierto, pero Chris tenía, o tiene aún, no sé, la necesidad de cambiar. Por su propio bien".

Mary se considera una persona optimista, espiritual y

tolerante. Cada vez que lo cree necesario toma como referencia a la Biblia. Esta vez recuerda, en el Evangelio de Lucas, la parábola del buen samaritano. Cuenta que un sacerdote y su asistente pasaron cerca de un judío herido y fingieron no verlo. Sin embargo, pasa un samaritano y, a pesar de que los judíos y los samaritanos son enemigos, le venda las heridas al judío, lo monta en su burro y lo lleva hasta una posada donde pueden curarlo. El samaritano también paga por los servicios de la posada en favor del hombre judío. De ahí la famosa frase que califica al bondadoso como "un buen samaritano".

Ser bondadosos implica ser amables y practicar la cortesía, saludar e, incluso, saber escuchar. Obrar con bondad quiere decir poner en función de los demás todas las cualidades que dignifican al ser humano. Nunca comulgar con la vanidad o el engaño, ya que eso enrarece nuestra dignidad. "Todo acto de bondad es una demostración de poderío", decía Ernest Hemingway.

—¡Uf, tengo que dejar de darle más vueltas a todo esto! —dice Mary en voz alta—. Merezco un descanso, tomaré una limonada fresca... ¡No! Voy a celebrar, me tomaré un Martini y veré una película. ¡No, película, no! ¡Ya está bien de cine!

———

Esa noche en Guna Yala, Chris escucha desde la playa la melodía aborigen que celebra la llegada a la pubertad de la joven nativa. Las voces son acompañadas por instrumentos originales. Entre ellos están el "nasisi", una especie de maraca, y otro formado por varias cañas finas, cortas y agujereadas, muy similar a la quena, del que emana un sonido parecido al de una flauta. La suave música a sus espaldas, el sonido del viento, el chasquido de las olas y el olor a salitre, convierten a Guna Yala a esa hora temprana de la noche en un cuadro exótico, como los que pintó el artista francés Paul Gauguin durante su estancia en Panamá. Este ambiente primitivo en su esencia también cautiva a Chris. Hoy la naturaleza se ha propuesto otorgarle mayor lucidez al seductor espectáculo. Hace apenas una hora amenazó la lluvia; sin embargo, no aparece y en su lugar se siente una fresca brisa que llega desde el mismo corazón del Caribe.

"Es una noche perfecta para encontrarme con mi espíritu, con lo más profundo de mí ser —piensa Chris—. Arturo desapareció hace rato. Seguro que ya medita. Lo noto preocupado. ¿Algo le rondará la cabeza? ¿Por qué esa necesidad de venir hasta aquí para reflexionar y a poner en orden 'asuntos personales'? ¿Tendrá algún problema? Bueno, si tiene algún problema, seguro me lo contará, que para eso ya somos amigos".

El joven se sienta frente al mar sobre un tronco de palma que yace en la arena. No respeta las posiciones clásicas que se aconsejan para la meditación. Su interés es estar cómodo y relajado. Cierra los ojos y respira profundamente. Disfruta del aire con olor a salitre que recorre su interior y luego sale y se diluye de nuevo entre la brisa del Caribe. Sus manos descansan sobre los muslos, con las palmas hacia arriba mirando el cielo estrellado. Estira el cuello. La acción de inhalar y exhalar comienza a ser rítmica. Siente el compás de los latidos de su corazón; su cambio de velocidad. Está dispuesto a vivir con todos sus sentidos este momento irrepetible, el poder del ahora, que tanto le ha costado entender. Eckhart Tolle habla de alcanzar un estado de iluminación espiritual viviendo el ahora, sin echar culpas al mundo exterior, sin desvanecernos en el pasado ni hipotecar nuestra felicidad y paz con la ansiedad de anticipar el futuro. Parece que todas las lecturas y largas sesiones con Arturo empiezan a estar en perfecta sincronía con el estado de contemplación y paz de Chris en este instante.

"Arturo tiene razón —piensa—. Este es un lugar perfecto para la meditación. Lo mejor es que hay brisa y no hay mosquitos. Pura vida, como dirían mis amigos ticos".

Vuelven a su mente unas palabras que le dijo su guía de vida antes de salir de la cabaña.

"Nada nos proporciona más tranquilidad espiritual que estar en paz y vivir en conformidad con nosotros mismos. Cuando lo logramos se regocija el alma, caemos en un estado de bienestar emocional, la armonía interior nos endulza la existencia, somos más felices. Este estado de armonía existencial está dentro de nosotros, no hay que salir a buscarlo a ninguna parte, búscalo en tu interior."

Justo antes de cerrar la puerta, Arturo le dio otro consejo:

"Separa tu mente de tus pensamientos. Si lo logras, en adelante todo será más fácil. Este es un lugar perfecto para eso, aprovéchalo".

Chris se dispone a emprender la aventura por su interior. Está listo para comenzar la búsqueda de la felicidad dentro de sí. Nada debe distraerlo. En Los Ángeles, en su habitación, cuando se relaja o intenta meditar, escucha música instrumental, igual a la que Arturo sintoniza en la oficina. Aquí no la necesita. El susurro del viento y el sonido de las olas, acompañados de la música autóctona de la fiesta, forman un ambiente sonoro natural que lo impele a iniciar esa aventura dentro de sí que viene preparando desde hace semanas. Por fin, tras muchos esfuerzos, va a comenzar. El ritmo de su respiración se acompasa aún más. Chris selecciona el punto interior por el cual dará inicio a su aventura: justo sobre su ombligo. Enfoca la mente en ese punto y poco a poco se va relajando. Toma otra respiración profunda, exhala lentamente... Llegado el momento, su respiración se hace inconsciente, el aire entra y sale sin ser percibido, de forma natural, imperceptible. Se va distanciando con relativa facilidad de todos los elementos exteriores que pueden distraerlo. Su objetivo está allá adentro, ahora nada más importa... Lo que pretende está en lo más recóndito de su ser. Se encierra en su propio silencio, termina de crear una barrera entre él y el mundo objetivo que lo rodea... Ignora cualquier dolor, incomodidad física o tensión psíquica. Ignora, incluso, el zumbido y la picada de un inoportuno mosquito que, quizás embriagado también por lo bello de la noche, sale a retar la fuerte brisa.

Chris intenta separar su mente del pensamiento hasta que queda libre. Sus pensamientos se diluyen. Una inmensa cortina blanca ocupa toda su pantalla mental. De inmediato, como una película a cámara rápida, se proyectan en ella momentos cumbres de su vida. Momentos buenos y malos. El último altercado de sus padres, las noticias separadas en el tiempo, pero unidas en su corazón, de la muerte de ambos; infinitos y amargos instantes hasta que, por fin... Mary le endulza el espíritu, con su rostro y una leve sonrisa cómplice. Se detiene; puede hacerlo donde quiera. La meditación lo hace libre.

Recrea los instantes de aquel primer beso. Una noche, en la puerta de la casa de ella, Mary señala con el dedo índice una de sus mejillas, le solicita un beso, un beso de amigo a manera de despedida. Él se dispone a complacerla y ya, casi en el preciso momento de rozar su mejilla, ella voltea la cara en un gesto rápido, como un relámpago y, de pronto, sin él imaginárselo, se encuentra con sus labios. Se separa como si recibiera un shock eléctrico y le dice "tramposa". Ella le responde, "tonto", se ríe y entra. ¡Cuánta felicidad aquella noche! ¡Meditar lo hace libre!

En la vida, no todos los momentos son gratos. A veces son muy difíciles, pero también hay que tener la valentía de afrontarlos. La libertad que le proporciona la meditación le da la oportunidad de hacerlo o no, pero lo hace, y se enfrenta a los malos momentos. ¡De momentos malos brotan experiencias buenas! Experiencias como la de aquella noche, cuando su padre, bebido, entra a la casa gritando improperios en medio de un diálogo incoherente. Chris se ubica en la escena, en la que su mamá, temerosa, lo esconde debajo de la cama y sale del cuarto a enfrentarse a su padre. Ella a cada minuto le aconseja que no salga. "Tu padre dice cosas raras. Habla con alguien que no existe", le dice.

A esa edad Chris se percata de que su padre era dominado por esas voces extrañas, que no era un hombre malo. Cuando llega la calma, su madre vuelve al cuarto para acostarse a su lado, en la cama. Entonces le habla con lágrimas en los ojos. "Debemos llevar a tu padre al médico". Pero no hubo tiempo de hacerlo. Apenas unas horas después, sale a la calle enloquecido y muere atropellado por un autobús... Chris tiene el valor suficiente para enfrentarse otra vez a esa tragedia. Sin percatarse, como a su madre en la escena que rememora, a él le brotan lágrimas que la brisa de Guna Yala arrastra hacia el mar.

¡Meditar, reflexionar nos hace fuertes! ¡Cuánta tranquilidad le da entender que su padre no era malo! Era un ser dominado por voces extrañas que lo lanzaron a la bebida primero y a la muerte después. Chris encara amores difíciles, el de sus padres, el de Mary. ¡Amor! Esa es la clave. ¡El amor engendra amor, brinda amor y dispone a recibir el engendrado por otro! Esa es la razón de nuestra existencia, dar y recibir amor. ¡Los amores difíciles son grandes amores!

Tras esta conclusión se dispone de nuevo a conectar su mente a sus pensamientos activos. "¿Qué hará Arturo?".

Comienza a percibir la brisa, el olor a salitre retorna, su corazón suena fuerte pero más lento. Toma otra respiración profunda y abre los ojos bien despacio. El Caribe lo recibe oscuro, espumeante, lleno de leyendas. Las celebraciones por la llegada de la pubertad han cesado. Está solo, en medio de la larga franja de arena. En el caserío titilan apenas media docenas de candiles con luces amarillentas. Se deja caer sobre la arena y se duerme.

De pronto, el ruido de un grupo de nativos le interrumpe el sueño. Chris no tiene noción de la hora. Los hombres, descalzos con pantalones cortos y rústicos equipos de pesca entre sus manos, caminan rumbo a sus canoas. Chris se levanta y se les acerca. Comprende que salen a pescar a esas horas —son apenas las dos de la madrugada— para aprovechar la oscuridad. Al parecer, varios tipos de peces muy codiciados suben en busca de comida cuando ven luz en la superficie. Ese es el momento en que la inteligencia humana les juega una mala pasada. Vienen por lana y salen trasquilados.

Chris saluda a los pescadores. "Es posible que uno de los que traigan sea el que me sirvan en el almuerzo", piensa. En el hotel no existe menú. Simplemente te preguntan si tienes alergia a algún tipo de alimento, sobre todo a los abundantes mariscos de la comarca. Nada se refrigera, así que lo que se pesque se come ese día o se conserva en sal.

Los nativos le sonríen, algunos le dicen algunas palabras en español. En segundos, desaparecen en medio de la oscuridad de la noche y él continúa caminando por la playa hasta las cabañas, que se encuentran a pocos metros.

"Arturo debe estar durmiendo".

Un pequeño generador eléctrico posibilita que unas

cuantas bombillas iluminen la escalera de acceso y el pasillo que une las habitaciones. Chris camina despacio. No tiene prisa. Piensa en Mary.

"En Los Ángeles deben de ser como las once de la noche. Seguro que está durmiendo".

Llega a la cabaña y abre la puerta; Arturo duerme. La ventana que da al mar está abierta de par en par permitiendo, a esa hora de la madrugada, la entrada de un aire nada cálido. El joven la cierra convencido de que, en algunas horas el aire se hará más frío. Y si por alguna casualidad llega a aparecer alguna bandada de mosquitos, esos insaciables insectos con manías de vampiro. Se asegura de que esté bien cerrada. Se sienta en la hamaca, se convence que aguanta su cuerpo de seis pies y casi doscientas libras y se tiende en ella con cuidado. Al inicio aferra las manos a sus costados hasta que deja de balancearse. Se suelta; no ocurre nada anormal. Se mece suavemente hasta que cae rendido. Duerme una cuantas horas sin despertar, algo inusual en su patrón de sueño interrumpido.

———

Arturo se levanta apenas asoma el sol, observa a Chris dormir y trata de no hacer ruido para no despertarlo. Se viste con un par de zapatillas, short y camiseta, la indumentaria indispensable para correr por la playa. Antes, aprovecha y pasa por el restaurante de Yandup que brinda servicio de desayuno y comida. Disfruta de un café acabadito de hacer y sale a retar distancias, a pesar de no ser un corredor empedernido. Al correr siempre se expone a ser invadido por pensamientos y preocupaciones de naturaleza diversa; hoy no es la excepción. Arturo corre, jadea y piensa. Hoy domina su mente Martinha, la bella brasileña que conoció en Río de Janeiro y con la que mantuvo un bello romance durante el carnaval.

"¡Fueron días llenos de magia, pasión y fuego como nunca antes había sentido!".

Sin embargo, los días y momentos mágicos no son eternos, ni para Arturo ni para nadie. Para ellos dejaron de serlo aquel domingo de despedida en el aeropuerto de Río. Desde entonces lo invade la duda. Arturo, como cualquier ser humano, también es víctima de la duda. Pero pocas veces ha dudado tanto como ahora. Después de varias semanas, aún no ha podido hacer, de una vez por todas, lo que su corazón y su razón unidos le indiquen. Siempre se ha enorgullecido de poseer esa capacidad de armonía. Pero ahora esa unidad no funciona. Su corazón dicta una sentencia y su razón la desestima. Después de varios correos de Martinha, el último lo insta a decidirse. Le dice que lo ama, pero no soporta su indecisión. Le envía un hermoso verso de Shakespeare: "Duda que sean fuego las estrellas, duda que el sol se mueva, duda que la verdad sea mentira, pero no dudes jamás de que te amo".

"¡Caramba, ahora resulta que me estoy pareciendo al Chris de antes. Ya esta situación no da más, vine a Guna Yala a pensar, a decidir y hoy decido. Pero ahora voy a disfrutar la carrera y luego lo conversaré con Chris. Es fácil hacer de *coach* para alguien que no sea uno mismo".

Dirige sus pasos hacia el pequeño caserío en el que a esa hora de la mañana ya todo es ajetreo. Un grupo de niños juega en la explanada central y las mujeres preparan puestos de venta para los objetos artesanales fabricados por ellas mismas. Aprovechan que es fin de semana y la afluencia de turistas es mayor. Ofrecen llamativos vestidos y telas tejidas a mano desde hace siglos. Son las llamadas molas gunas, orgullo de la comunidad de Guna Yala, que reflejan en sus dibujos bordados la exuberante riqueza natural de la región. Los puestos comienzan a llenarse de chaquiras, pulseras, acuarelas, jarrones decorativos, pinturas en plumas y todo tipo de adornos para el cuerpo.

"Más tarde regresaré con Chris. Quizás compre algo para Mary", se dice.

Atraviesa el pequeño caserío y emprende el regreso a las cabañas. Ya en la playa, observa la incesante salida y llegada de canoas, cuya intención es abastecer el caserío con pescado fresco. Todo es movimiento a esa temprana hora de la mañana. Toma un chapuzón, da unas braceadas y entra a la habitación. Chris sigue en la hamaca, pero despierto.

—¿Descansaste?

—¡De lo mejor!

—Las hamacas tienen su encanto.

Arturo entra al baño, se despoja de la ropa mojada, se ducha y se viste con una indumentaria similar, pero seca. Sale y también se deja caer en la hamaca.

—Te veo pensativo, Chris. ¿Te fue mal en la meditación?

—No, todo lo contrario, logré el objetivo que me propuse.

—¡Cuánto me alegro! —celebra Arturo.

—Pero no te puedo negar que sí, estoy pensativo y preocupado; las dos cosas.

—¿Piensas en Mary?

—No, en estos momentos no. Lo que tengo es la sensación de que tú también estás preocupado, algo te ronda por la cabeza. ¿Me equivoco?

—¡Algo siempre nos ronda por la cabeza! —exclama el *coach*.

—Sí, pero no siempre nos preocupa y tú estás preocupado. ¿Me equivoco?

—No, no te equivocas. Aunque no lo creas, pensaba conversarlo contigo para tener una opinión ajena a mis sentimientos y a mi razón. No se acaban de poner de acuerdo.

—Cuando existen discrepancias entre los sentimientos y la razón, el amor casi siempre está de por medio.

—¡Qué sabio se me está poniendo mi querido discípulo! ¿Tienes tiempo de conversar un rato o prefieres desayunar?

—Conversemos, a ver qué te pasó. Ahora yo seré tu *life coach*, jajaja.

———

En medio de las sonrisas, Arturo se levanta y abre la ventana que da al mar Caribe. La brisa mañanera se le hace muy agradable.

Arturo se acomoda de nuevo en su hamaca.

—¿Recuerdas cuando fui a Brasil?

—¿Qué paso en Brasil?

—Allá conocí a una muchacha, una socióloga.

—¡No me digas! ¡Qué callado te lo tenías!

—Óyeme, no soy de esos que hablan por las cuatro esquinas de su conquistas amorosas.

—Pero con los amigos sí hay que hablarlo, para tenerlos informados...

—Lo estamos hablando ahora, y ¿tú sabes por qué?

—No, ni me lo imagino.

—Es que necesito escuchar el punto de vista de otra persona y tú eres la ideal.

—¡No me digas! ¿De veras que necesitas conversar un asunto como este conmigo?

—Por supuesto que sí y te digo más. Aparte del interés en tus ejercicios de meditación, en la necesidad de salir y relajarnos un poco lejos de la agitada vida de Los Ángeles, vine hasta aquí con el propósito de pensar en ese asunto y decidir.

—Sí, antes de tomar el avión me dijiste que querías venir hasta aquí también para poner en orden "algunos asuntos relacionados con tu vida personal".

—Te lo dije porque esa fue una de las razones que me impulsó a viajar hasta aquí. Necesito tomar decisiones, pero no a la ligera.

—¿Y cuál es el problema? ¿Qué te preocupa?

—Nos conocimos el mismo día que llegué a Río de Janeiro, en un bloco callejero, una especie de comparsa popular en medio de la cual bailan miles de personas. Yo no bailo bien. Mi intención era tomar fotos y vivir la pasión del carnaval, disfrutar ese sentir de los brasileños. En medio de ese delirio nos conocimos, hablamos, tomamos unas caipiriñas, nos compenetramos... No sé, pero algo nos golpeó a los dos, que convivimos juntos todos aquellos días. ¡Fueron días estupendos, Chris!

—Se enamoraron, nada más que eso.

—Sí, eso creo también. Nos enamoramos.

—Ahora siento que estoy leyendo un guión de película —dice Chris—. Por supuesto, un guión al que no le encuentro ni pies ni cabeza y que me obliga a hacerte una pregunta. ¿Dónde está el conflicto?

—¿El conflicto? —repite Arturo.

—Eso mismo. No lo veo por ninguna parte. Escúchame: estás en Brasil, disfrutas del carnaval; bailas samba, bien o mal, pero la bailas; tomas caipiriñas con una brasileña hermosa. ¿Cuál es el conflicto? ¡Conozco a miles que quisieran tener ese problema!

—Pues sí lo hay y es muy grande. Comienza cuando llega el día de la despedida, en el que tienes que dilucidar muchas cosas. Por ejemplo, ¿es correcto de mi parte mantener esta relación estando yo en Los Ángeles y ella en Brasil?

—Dime más.

—¿Todo lo sucedido no pudo haber sido producto de la pasión que envuelve al carnaval de Río? ¡Aquello es una locura! ¿No habremos sido ella y yo víctimas de la pasión, a veces desenfrenada, que generan esas fiestas? ¿Podrá ella soportar una relación marcada por la separación desde los primeros momentos? ¿Podré yo?

Arturo enumera sus dudas meciéndose en su hamaca y mirando al techo.

—¿Ella no puede mudarse a Los Ángeles?

—Por ahora no. Tendría que esperar unos cuantos años. Trabaja en proyectos sociales en un complejo de favelas y su labor allí es muy necesaria. Además, ella es una apasionada de lo que hace; se siente útil y le gusta. La posibilidad de que ahora vaya para Los Ángeles es nula. La otra, que sería ir yo para Brasil, tampoco funcionaría. Mis contratos de trabajo me lo impiden, y tendría que aprender portugués. ¡No, eso ni pensarlo!

—Desde mi punto de vista, entre todas esas dudas sólo hay una que tienes que despejar.

—¿Cuál?

—Si se trata de amor o la pasión del carnaval. ¿La amas? Tienes que estar seguro de que es amor. Si estás seguro de eso, el resto no tiene importancia. ¿Cómo decía ese proverbio turco que tanto te gustaba?

—"Nadie tiene dominio sobre el amor, sin embargo, el amor domina todas las cosas".

—Arturo, a ti que te gustan tánto esos versitos, ¿no te das cuenta de que si el amor está por encima de todas las cosas, dentro de esas cosas está la distancia?

—Es posible.

—¡No, no! Ahí no hay posibilidad que valga. ¡Es seguro! Si se aman, no importa que estén separados y que tengan que aguantar un tiempo prudencial. Mira, apareció la señora Prudencia.

Chris medio sonríe pero no quiere restarle seriedad a lo que le dice a su *coach* y ya amigo.

—Lo único que importa es estar enamorados. Una vez, Mary, a la que le gustan los versitos como a ti, me leyó uno del Dalai Lama. Ese sí me lo grabé, porque me tocaba de cerca. Ella comenzaba su carrera en la universidad y yo me puse un tanto celoso.

"No soy celoso, pero en aquella ocasión admito que sentí celos. Era la primera vez que pasaríamos días sin vernos. Desde que nos conocimos nos veíamos a diario, estábamos acostumbrados a eso. Antes de despedirnos, me escribió en un papelito ese pensamiento del Dalai Lama.

—¿Cómo dice?

— "Ten en cuenta que el gran amor y los grandes logros requieren grandes riesgos". Ojalá fuera ese ahora mi problema, que Mary, aunque viviera en China, fuera mi novia. La extrañaría pero viviría tranquilo y buscando las vías para juntarnos pronto. No así como estoy ahora, que ni sé qué va a suceder cuando regrese a Los Ángeles.

—En cuanto lleguemos vas a verla. Tengo la corazonada de que te recibirá con los brazos abiertos.

—¿Cómo lo sabes?

—No lo sé. Te dije que es una corazonada —dice Arturo.

—Pero las corazonadas no surgen sin alguna señal. Debiste recibir algún mensaje. ¿Lo soñaste?

—No, no está basada en sueños, pero según se han desarrollado los acontecimientos, todo me lo hace suponer. En cuanto lleguemos a Los Ángeles ve a verla. Ya estás preparado para hacerlo.

—Arturo, eres un tipo raro...

—¿Cómo que raro?

—Sí que lo eres. No sabes qué hacer con una mujer bonita, de la que todo parece indicar estás enamorado y resulta que tienes corazonadas conmigo y con Mary. ¡Eso es raro!

—No soy raro, Chris. Es que es más fácil ser *coach* de vida para otros que para uno mismo. Mira que fácil te resulta a ti ver mi indecisión.

—¿No te atreverías a asegurar qué tú y esa brasileña están enamorados?

—No puedo negar que existe algo de amor.

—¿Algo? Algo de amor no es amor real. Si sientes "algo" de amor por ella, te puede quedar otro poco de ese "algo" para otra persona. El amor es completo, no viene por poquitos.

Arturo advierte que las respuestas del joven son muy acertadas y sus posiciones muy lógicas. ¡Un algo de amor, no existe! El amor es completo o no lo es.

"Primero despejo la duda de la pasión y el amor, eso es lo primero que debo hacer", piensa.

———

Continúa meciéndose suavemente en la hamaca, absorto en sus pensamientos.

Recuerda la frase del Dalai Lama. "Todo gran amor requiere grandes riesgos".

Nunca se ha arriesgado en el amor. Por eso es un hombre de cuarenta años aún soltero, a pesar de ser popular y disfrutar de una magnifica situación económica. Sin embargo, no ha escatimado riesgos a la hora de enfrentarse a otros retos de la vida, por eso ha triunfado. ¡Pocos triunfos se logran sin nada que arriesgar! "No he arriesgado en el amor y por eso estoy solo". Quizás nunca antes se sintió motivado a emprender una aventura amorosa y correr ese riesgo. La pasión nunca quemó su corazón. Su mente, atenta y poderosa, le ordena que se detenga. La explicación es simple: nunca se ha enamorado antes. "Chris tiene razón. Soy un tipo raro".

Ahora, con Martinha, todo le parece distinto. Nunca su inteligencia y sus sentimientos han llegado a posiciones tan discordantes. Como dice Chris: "Cuando existen discrepancias entre los sentimientos y la razón, el amor casi siempre está de por medio". Y es cierto, el amor, la pasión, el enamoramiento, esa ilusión por vivir amando está de por medio.

—Una última pregunta —dice Arturo—. ¿Crees que Mary te amaría igual si tuvieras catorce años más que ella?

—Por supuesto. No tiene nada que ver. Quizás todo hubiera sido más tranquilo. Las personas mientras más años tienen, más saben controlarse, mayor experiencia han acumulado, tienen más inteligencia emocional como tú mismo me has dicho. Ojala yo hubiese tenido quince años más que ella. ¡Sabe Dios cuántos problemas me hubiera evitado! No creo que debas preocuparte por la edad.

—Imagínate que cuando yo cumpla cincuenta, ella será una mujer bella de sólo 36.

—¡Claro! Y cuando cumplas setenta, ella será una mujer madura de 56. Nunca he visto que alguien alcance en edad a otra persona. Ahora soy yo quien te va a hacer una pregunta. ¿Es bonita?

—Bonita, simpática e inteligente.

—¿Es inteligente? ¿Tiene cabeza?

—La suficiente para triunfar en esta vida, y eso es algo que también me preocupa. Es bella, generosa, socialmente comprometida, sensual. ¿Limitaré yo esas cualidades, frenaré sus aspiraciones en la vida?

—Ya eso depende de los dos. No intentes frenarla y ella que no se deje frenar. Enfrentándose a la vida juntos no se frena nadie. Al contrario, cuando los lazos de pareja son fuertes, se avanza con mucha más rapidez. Lo que más me sorprende es que mucho de lo que he descubierto contigo, ahora tengo que estar diciéndotelo a ti. Casi que debo prestarte tu propio manual... verás que ahí mismo encontrarás el antídoto a tus miedos.

La hora del desayuno pasa inadvertida, la conversación es provechosa y amena. Nadie que escuche hablar a Chris se imagina que apenas dos meses antes tuvo que pedir la ayuda de un *coach* por su carácter inestable, su temor a la vida, sus indecisiones y su frustración en el amor.

Guna Yala, tal como anticipaba Arturo, siempre será una referencia en la vida de Chris. Guna Yala es la coronación de Chris como un verdadero "buen hijo de p...". Aún les quedan unas cuantas horas en ese exótico archipiélago del Caribe. Dormirán esa noche para en la mañana tomar el pequeño avión de regreso a la ciudad de Panamá, y de allí volar a Los Ángeles. Ya en la metrópolis californiana, ambos decidirán su futuro en el amor.

VIII

―――

"Llegará el día en que después de aprovechar el espacio, los vientos, las mareas y la gravedad; aprovecharemos para Dios las energías del amor. Y ese día por segunda vez en la historia del mundo, habremos descubierto el fuego".

—PIERRE TEILHARD DE CHARDIN

¡El amor! ¿Qué es el amor? Esa es una pregunta difícil para muchos, imposible de responder para otros. Lo que sucede es que cada cual califica el amor de acuerdo a la manera en que éste lo ha tratado en la vida. Para aquel bendecido que lo ha disfrutado, el amor es el sentimiento más hermoso del universo; para el que no ha sido dichoso, es un sentimiento oscuro, inaccesible. Para el que fue engañado, el amor es traicionero, y para el que nunca lo encontró, es imposible.

Cada cual juzga el amor sobre la base de su experiencia. Unos dicen que es dolor, otros que es alegría y no faltan quienes aseveran que es, a la vez, dolor y alegría. Es en esta última clasificación en la que mejor encaja el amor de Mary y Chris. Es una mezcla de momentos alegres y llanto, de sinsabores y satisfacciones. El amor es un sentimiento que nos llena de contradicciones.

El escritor y ensayista belga Maurice Maeterlinck, expresa que "el dolor es el alimento esencial del amor; cualquier amor que no se haya nutrido de un poco de dolor puro, muere". ¡Por esa razón el amor de Mary y Chris ha sido y sigue siendo un amor bello! Un amor que no puede morir.

Pero ¿por qué es que el amor, cuando no se nutre al menos de un poco de dolor, muere? Porque el dolor proviene de la lucha, quiere decir que obtenerlo no ha sido fácil y todo aquello en la vida, no sólo el amor, por lo que debemos luchar, es lo que más amamos. ¡Nada fácil engendra amor! Y sólo el amor, como dice una canción de Silvio Rodríguez, engendra la maravilla.

––––––

Mary ha sufrido ese dolor. ¡Cuántas lágrimas ha derramado por él! Chris tampoco es ajeno a las dolencias del amor. ¡Cuánta frustración, cuánto temor, cuando se vislumbra que el ser amado se nos escapa y no tenemos idea de cómo retenerlo! Mary y Chris han sufrido su amor, por eso, aceptando que Maeterlinck tenga razón, ese sentimiento entre ambos no muere tan fácilmente.

Sin embargo, en cierto momento, ese dolor se convierte en felicidad. Hablando en términos matemáticos, como le gusta a Mary, Chris está dispuesto, no sólo a que esa felicidad sea directamente proporcional al dolor, sino a multiplicarla por infinito. ¡También infinito es su amor por ella!

El vuelo de la ciudad de Panamá a Los Ángeles es largo, pero a Chris se le alarga más de la cuenta. Teme llegar tarde en la noche y tener que esperar a mañana, lunes, con todas las complicaciones de los lunes, para poder ver a Mary. Por suerte todo transcurre en orden y a las ocho y treinta de la noche salen del aeropuerto.

—Me llamas mañana y me cuentas —le pide Arturo al despedirse.

—Seguro. Gracias por todo, Arturo.

—Por nada. Demuéstrale que eres todo "un buen hijo de p..." en desarrollo. No te muestres perfecto, porque nadie lo es. Muéstrate capaz de identificar y crecer de tus imperfecciones, y eso es lo que cualquier persona celebrará en otra.

Se dan un abrazo y Chris lo observa alejarse. Sin embargo, a los pocos metros, el *coach* se detiene para decirle algo.

—¡Chris! Llévale un ramo de claveles blancos.

—¡Caramba! Claveles blancos. ¿Pero, donde encuentro yo eso ahora?

—¡Invéntalos! Acuérdate que el mayor recurso que tenemos los seres humanos es nuestra imaginación.

Arturo le suelta una sonrisa socarrona y se pierde entre la enredadera de carros estacionados dentro del enorme aparcamiento del aeropuerto.

—¡Claveles blancos! ¡Amor puro! Sí, es un poco tarde, pero como dice Arturo, tengo que inventarlos.

———

Mientras, en la casa en Huntington Park, cerca del aeropuerto, donde Mary vive con sus padres, ésta se dispone a
revisar papeles. Está segura de que Chris llega hoy pero no
sabe si la llamará.

Encima de la mesa de su cuarto abre una carpeta que
contiene toda la documentación económica de la película.
Todo parece indicar que aun faltando toda la postproduc-
ción, la película ya le interesa a una importante firma dis-
tribuidora. Además, piensa Mary, para ser un una película
de bajo presupuesto, el trabajo en exteriores se extendió a
casi dos meses, algo no muy común en este tipo de cine.
Al parecer alguien con bolsillos profundos está metiendo
sus narices en la producción, lo cual sería muy beneficioso
para la carrera de Chris.

"¿Por qué pienso sólo en Chris? —se pregunta—. ¡Para
mí también sería muy beneficioso!".

Durante este fin de semana Chris no ha desaparecido
de sus pensamientos; tampoco la conversación de Mary
con Arturo.

"¿Cómo lo habrán pasado? ¿Hablaron de mí? ¿Qué dijeron?".

Se distrae, no presta atención a los "interesantes" números que registran los documentos. No es un buen momento para trabajar y mucho menos para sacar cuentas. Es
domingo por la noche. Sus padres siempre acostumbran
a hacer visitas los domingos. Hoy, al parecer, les ha ido
muy bien pues no han llegado y son más de las nueve de

la noche. Mañana ella no tiene trabajo, o mejor dicho, no tiene que ir a la oficina, porque esa carpeta llena de papeles con números alentadores presagia un lunes cargado, pero en casa.

Cierra la carpeta, prefiere adentrarse en sus preocupaciones personales. Recuerda la conversación con Arturo:

"Yo te pido —le dijo más o menos—, "que lo llames y le concedas el perdón. También, si lo entiendes correcto, pídele perdón por lo que le dijiste. Él seguro que te explicará. A él le corresponde hacerlo, no a mí. Lo único que puedo decirte, y te lo repito, es que la frase "un buen hijo de p...", marcó el inicio del cambio para él. Chris, en menos de dos meses, es otra persona. Y el sueño que lo impulsó a cambiar es recuperar tu amor".

"Lo llamé y lo perdoné —piensa Mary—. Además, le pedí perdón por lo de "un buen hijo de p...", pero aún me falta esa explicación que, según Arturo, él debe darme. Todo eso de los paradigmas y esas cosas. Además, Arturo me dijo que no tenía por qué perdonarme y sin embargo lo hizo. ¡Cada vez que me enredo así en cuestiones de la vida, me gustan más las matemáticas! Dos más dos es cuatro. No más vueltas".

·

En esos momentos Chris maneja por la avenida Florence rumbo a Huntington Park. Se ha detenido en dos florerías y en ninguna encuentra claveles blancos. En la primera sólo quedan claveles rojos y rosados; en la segunda, ni siquiera hay claveles. Frustrado, casi llegando al parque Huntington da un giro a la izquierda, sortea un grupo de calles con la seguridad de quien conoce la zona y se detiene. Baja y echa un vistazo a la casa de Mary. La luz de la habitación del segundo piso está encendida, lo que indica que ella está ahí y que aún no duerme. Desde que salió del aeropuerto, una pertinaz llovizna parece perseguirlo calle a calle. Antes de decidirse a tocar a la puerta, echa una ojeada a la zona, que no se caracteriza precisamente por la abundancia de jardines. Sin embargo, una idea le viene a la mente. Una idea atractiva y original.

En su habitación Mary se dispone a dormir. Hace los últimos preparativos, recoge sus papeles y se dispone a apagar la luz cuando siente que llaman a la puerta.

"¡Qué raro! ¿Quién puede ser a estas horas? ¡Casi las diez! Mis padres no son, ellos tienen llave, y me hubieran silbado como siempre hace papá".

Sale de su cuarto sin temor pero con recelo. Toma su celular, baja las escaleras, y se dirige a la puerta. Mira a través del visor, pero el intruso se mantiene fuera de su ángulo de visibilidad.

—¿Quién es? —pregunta.

La respuesta es escueta.

—Yo.

—¿Quién es yo?

—Chris.

—¡Chris! —Suspira de alivio y asombro al mismo tiempo—. ¿Qué haces a estas horas por aquí?

—Es que iba del aeropuerto para casa y como estás de camino, he decidido venir a saludarte. Acabo de llegar.

Mary abre la puerta. Chris de inmediato le ofrece una pequeña flor blanca, no es un clavel, es desconocida para ambos.

—Mary, cierra los ojos e imagina que te entrego un ramito de claveles blancos.

—¡Ah, claveles blancos! ¿Ahora no son rojos?

—No, ahora son blancos. Pero tienes que cerrar los ojos e imaginártelos, porque durante todo el recorrido del aeropuerto hasta aquí, sólo encontré dos florerías abiertas y ninguna tenía claveles blancos.

—¿Y por qué claveles blancos?

—Por lo que significan.

—Conozco el significado de los rojos, pero no el de los blancos.

—¡Amor puro!

—¿De veras?

—De veras, Mary.

En ese instante se inicia un debate crucial en lo más profundo de Mary. Está viviendo una escena de diálogo con sus propias voces internas que quizás, para escribirla, necesite horas pero que, en ese momento, frente a Chris con una flor desconocida en sus manos, haciendo una propuesta no directa pero muy clara, transcurre en apenas segundos. La genialidad de la mente humana logra comprimir el tiempo real de las acciones.

"No cierres los ojos", le dice la voz de la razón.

"No le hagas caso a esta tonta, ella es fría, no conoce del amor. Ciérralos, Mary, toma la flor e imagínate que es un ramo enorme de claveles blancos", le dice su pasión.

"Si lo haces volverás a sufrir todo lo anterior. Acuérdate que llegaste a decirle 'un buen hijo de p...'. No lo hagas... ¡Volverás a caer en el mismo círculo vicioso de ocho años de tu vida!", grita la razón.

La pasión vuelve al ataque.

"Míralo bien, Mary. Hasta su aspecto físico ha cambiado, está más morenito".

"Eso nada tiene que ver", opina la razón, "sencillamente fue a la playa para tostarse un poquito e impresionarte".

"Algo me dice que por dentro también ha cambiado," sugiere la pasión. "Pregúntale a tu corazón, y deja de ser tan cerebral. Hay decisiones que no se piensan sino que se sienten; nacen de adentro, de nuestra intuición; no llegan desde la mente sino del corazón".

La razón hace silencio. No es que tenga nada en contra del amor de Mary por Chris, es que, sencillamente, juega su función como antagonista de la pasión. No puede permitir que ella fluya de manera libre, desbocada y que perjudique a esta hermosa chica nuevamente. La razón siente que ya jugó su papel y se retira. Pero todos, Mary, la pasión y el corazón, saben que ella también está allí para detener cualquier desvarío y darle siempre el toque de razón que necesita la pasión.

—¡Mary! —Chris la saca de sus cavilaciones.

—Perdona, Chris.

—¿Qué te sucede? Te has quedado en el aire.

—Nada, no me sucede nada.

—Entonces...

—Cierro los ojos, Chris, cierro los ojos.

Chris disfruta como los cierra y de inmediato toma la pequeña flor con una de sus manos. No está seguro de que Mary se haya imaginado un ramo de claveles blancos, aunque ella es muy imaginativa, pero el sólo hecho de que haya aceptado esa muestra de amor silvestre ya es una señal inequívoca de que la corazonada de Arturo es acertada.

—Acepta estos claveles blancos como símbolo de la pureza de ese amor que hoy más que nunca siento por ti. Gracias por enseñarme a amar, a crecer, a compartir. Ya, ábrelos.

Mary lo obedece, y mientras abre los ojos, una cortina de fina humedad le nubla la vista. Las palabras de Chris le han llegado a lo más profundo de su ser.

—¿No quieres entrar?

Durante el vuelo de Panamá a Los Ángeles, Chris seleccionó palabras, construyó oraciones, memorizó "citas hermosas" y se forró de argumentos. Se preparó para cuando llegara el momento —este momento— de poder hablarle a Mary con seguridad, decirle que la quiere y que desea volver a su lado. A ella no le deben quedar dudas de todo lo que él la quiere, de cuánto ha cambiado y de todo lo que aún está dispuesto a hacerlo. Sin embargo, muchas veces lo planificado por la mente se olvida ya en medio de la realidad y nos damos cuenta después de que no valió la pena tanto desgaste mental. Chris se queda estático, en silencio. Mary toma la iniciativa.

—Vamos al cuarto. Te enseñaré algo.

Lo toma de la mano, lo guía hasta su habitación en el segundo piso y cierra la puerta detrás de ellos. En esa habitación, en la que tantas veces han estado a solas, primero como niños que juegan y después como adultos que se aman, ella vuelve a sacar el mamotreto de modelos de proyección financiera de la película y se los muestra a Chris. En rojo, la suma de dinero que se invertirá para su culminación y distribución.

Chris se siente feliz y ella lo celebra con él. Es cierto que la vida siempre ofrece oportunidades, aun cuando muchos creen estar viviendo la peor de las crisis. Esa noche, en el cuarto de Mary, Chris experimenta la sensación de que la vida lo ha bendecido abundantemente.

—¡Cuánto debo agradecer, Dios mío! Gracias, Mary, por ser fuente de mi aprendizaje.

Ella no contesta, pero sí asiente tímidamente.

Sin embargo, aunque todo parece indicar que no habrá dificultades, Mary aún no le dice si quiere volver.

"¡Pero es que no se lo he preguntado tampoco!", piensa Chris.

No sabe cómo hacerlo. Trata de recordar alguna frase o algún otro verso o proverbio hermoso, pero en ese momento nada le viene a la mente, es un ser humano a merced del amor y el amor, al parecer, no está en ese momento ni para pensamientos ni para "frases aprendidas". Chris decide hacerlo todo de una manera diferente. Sin palabras. Se sienta en la silla frente al escritorio, mira a Mary a los ojos y con sus manos se da un par de palmaditas so-

bre las rodillas, instándola a que se siente sobre su regazo.
Siente como Mary lo escudriña, como si quisiera penetrar
en sus pensamientos... Repite las palmaditas... Mary no se
mueve, pero suelta una sonrisita. Chris respira tranquilo.
Ya está dispuesto a comenzar la tercera sesión de palmaditas cuando ella, suavemente, se le sienta sobre su regazo y
lo abraza suavemente. Chris siente su olor, ese que tanto
ha extrañado. Recuerda que hace unas semanas pensó en
ella y recordó ese olor. Se le antoja que huele a flor silvestre; nunca había olido con detenimiento una flor silvestre
hasta llegar a Guna Yala. Esta noche, por primera vez, le
regaló a Mary una flor silvestre, arrancada furtivamente
de un patio ajeno. Ahora esa flor basta para convertirse
en claveles blancos, en símbolo de un amor que nunca se
fue, que nunca perdió pureza a pesar de estar teñido por el
barro de la inseguridad y los fantasmas del pasado. La flor
permanece en una de las manos de Mary, la toma con cuidado y Chris compara los olores de esas dos flores silvestres
que tiene enfrente.

"¡Los caminos del Señor sí que son inescrutables!
Ahora comprendo por qué Dios no quiso que encontrara
claveles blancos!", piensa.

Mary se decide a hablar después de sentir muy de cerca
los latidos impetuosos del corazón de Chris sobre sus pechos fundidos en el abrazo.

—Hay algo en ti que es diferente, y no sólo en como
hablas, sino en cómo tu corazón late con fuerza y con
sosiego, con pasión y con serenidad. Hay algo que no sé
cómo describir pero que me da paz al estar a tu lado.

—Chris coloca su cara frente a la de Mary y le da un beso lleno de ternura y con ese deseo desbordante de pasión con el que la ha deseado desde hace más de dos meses.

—Mary tenemos mucho que hablar. Aquí estoy suplicando que me des la oportunidad de crecer junto a ti. Ahora soy consciente de mis limitaciones. Gracias a los consejos y preguntas de Arturo, veo que he sido un egoísta, siempre necesitando tu atención y no siendo recíproco con tu generosidad. Mary, eres el amor de mi vida y haré todo lo que esté a mi alcance para lograr recuperar tu confianza y tu amor. ¿Lo intentamos?

Mary no puede contener sus lágrimas de emoción.

—Lo intentamos, Chris.

Un beso como en las grandes películas de amor sella una escena que daría celos al mejor de los directores. Hay pureza, desprendimiento, amor y una alta capacidad de perdonar. El punto de inflexión de Mary ha sido enorme en su manera de ver el perdón. Sabe que el dejar a un lado el rencor, la razón, y darle a su corazón una nueva oportunidad, es hacer justicia con Chris pero primero con ella misma. Se reprocha haberse dejado explotar de rabia y escupirle a Chris aquella insultante frase. Hoy está dispuesta a invertir todas sus energías en la reconciliación. La noche será larga. Es mucho lo que deben decirse el uno al otro.

———

Mientras tanto, Arturo va directo del aeropuerto a la oficina. Allí manosea su iPhone. Relee el correo de Martinha, pero no se decide. Echa a un lado el moderno aparato y revisa papeles. Mañana a las nueve de la mañana tiene nuevos clientes. Por la tarde tiene que atender su trabajo en la televisión. Revisa el documento de solicitud de sus nuevos clientes y comprueba que lo necesitan porque muy pronto la vida de ambos dará un gran giro. Arturo se entusiasma. Se trata de un matrimonio de quince años que nunca ha tenido hijos. Después de las pruebas psicológicas señaladas para estos casos y de la investigación civil necesaria, las autoridades pertinentes les han aprobado la adopción de un niño. El matrimonio está radiante de alegría y desea un ciclo de consultas para poder enfrentarse a ese reto que es la llegada de un nuevo miembro de la familia. No importa el precio de las consultas, aclara la solicitud, confirmando cuánta necesidad tienen de sus servicios. Arturo relee el papel y se pasa la mano por la cabeza.

"¡Dios mío, Chris me dice que soy un tipo raro, porque estoy soltero a los cuarenta años y soy capaz de ayudarlo a reconquistar a su novia! Ahora, mi segundo trabajo es intentar guiar por la vida a un matrimonio que va a adoptar un niño. ¡Y tampoco tengo hijos! ¡Qué complicado es a veces la misión de vida de un *coach*!".

Pero esos retos y desafíos han hecho crecer a Arturo en su inteligencia emocional y su iluminación espiritual. Deja todo listo para la primera consulta mañana por la mañana. La bondad del ser humano adquiere realce cuando ayuda a otros a obtener logros que él mismo ni siquiera ha podido saborear. Su trabajo parte de la necesidad de contribución social que siente. Se sabe muy afortunado en la vida y desea compartir su buena fortuna con los demás.

Él siempre se ha considerado un hombre de grandes retos, y si algo ha aprendido con Chris, algo que vale mucho más que todos los honorarios de sus consultas juntos, es que uno de los sentimientos que más pone a prueba a los seres humanos es el amor. ¡Cuánto se está dispuesto a cambiar y abrirse en aras del amor!

Chris luchó por su amor y por cambiar. ¡Y lo consiguió! Sus futuros clientes están dispuestos también a cambiar su vida por el amor de un hijo, y ¡está seguro de que lo lograrán! Sin embargo, él, célebre por su armonía entre la razón y la pasión, tiene ahora enormes dudas en torno al amor, marcado tal vez por ser hijo de un terrible divorcio. ¡Cuánta indecisión!

Toma su teléfono y marca. Mientras espera respuesta recuerda una frase de su poeta favorito, Pablo Neruda: "En un beso sabrás todo lo que he callado". ¡Sonará cursi, caramba, pero es Neruda!

Unos segundos más y le responde una voz de mujer, en un sensual portugués brasilero. El inmediatamente inicia el diálogo.

—¿Martinha? ¿Cómo estás?

———

En Huntington Park, Chris le cuenta a Mary toda la historia desde el momento en que ella lo llama "un hijo de p...". Le revela que se entera del trabajo de Arturo como guía de vida al espiar su página de Facebook y que los claveles formaban parte de un plan de reconquista. Mary se alarma.

—¿Yo fui entonces como un conejillo de indias?

Chris no para. Le habla de los ejercicios de reflexión, relajación y meditación. Se enorgullece al contarle cuánto ha avanzado en la meditación. Pero Mary le hace una pregunta que lo pone a pensar.

—Explícame bien lo de cambiar paradigmas.

—Y tú cómo sabes eso. Yo no te lo he dicho todavía.

Mary se siente culpable. Le viene a la memoria aquella petición de Arturo: "Chris jamás debe enterarse de esta conversación", y su respuesta: "por mi puede vivir tranquilo". Unió las puntas del índice y el pulgar y recorrió de lado a lado su boca cerrada sellando el pacto de silencio. ¡Pacto de silencio que acaba de romper! Luce un tanto contrariada.

—¡Yo no sirvo para intrigas! Dios mío, se me fue... Madrecita.

Ella es entonces quien le cuenta a Chris sobre la cena con Arturo. Lo picante de los platos tailandeses, más que los mexicanos, pero igual de exquisitos.

Chris se asombra, pero al final sabe que más allá de la relación de *coach*-cliente, Arturo haría cualquier cosa por ayudarlo. Entre ellos se produjo una verdadera relación de amistad.

—Arturo... —dice Chris—, ese es un amigo como el que nunca tuve antes. No le digo que podría ser mi padre, porque pensaría que lo tomo por viejo. He visto cómo por tal de hacer el bien, es capaz de todo, y desinteresadamente. No me ha cobrado un centavo por las consultas.

El tiempo pasa. Chris explica que el cambio de paradigmas es la sustitución de patrones de pensamiento y conductas. Agrega que él ha sido un alumno muy disciplinado, que en estos meses ha leído noche y día, se ha preparado y que aún le queda mucho por hacer para reafirmar los nuevos hábitos. Comenta que, de lo que sí está seguro ahora, es de ser dueño de su mente, y que detecta cuando su mente lo quiere manipular y usarlo. Mary se sonríe porque, efectivamente, este nuevo Chris habla un lenguaje que nunca conoció antes.

Los padres de Mary llegan a casa ya tarde en la noche, entran al cuarto y los sorprenden en la misma posición, ella sentada sobre él. Saludan con mucho cariño a Chris, les dan las buenas noches, y se retiran a dormir. Nada los asombra. Vivían convencidos de que de un momento a otro, estos dos amantes se reconciliarían.

Chris recuerda algo que Arturo le había preguntado y ahora viene a su mente al atar cabos.

—Abre tu página de Facebook, Mary.

—¿A estas horas?

—¡Ábrela, ábrela!

Ella lo complace ante tanta insistencia. Apenas lo hace, aparece la foto de ella y Arturo a la salida del restaurante. Debajo dice: "Con el popular conductor de televisión, Arturo, en un restaurant tailandés. Inolvidable cena".

—¡Dios! —se asombra Mary—. ¡Más de tres mil "*likes*"!

Chris sonríe.

—Por eso el muy zorro me preguntó en Guna Yala si yo aún espiaba tu página. Le preocupaba que lo descubriera. También me dijo que tenía "una corazonada" que tú me ibas a aceptar de nuevo. ¡No era una corazonada! Pensar que todo el mundo vio esta foto menos yo. Ahora también entiendo la mirada de algunos compañeros de trabajo. Deberían pensar que estabas saliendo con otro.

Ambos se echan a reír como dos niños recordando sus travesuras a escondidas.

—Aunque nunca se lo aseguré —Mary le aclara a Chris—, Arturo sacó sus propias conclusiones.

Exhaustos pero plenos de tanto hablar, ambos se quedan dormidos, como solían hacer en sus mejores épocas de adolescentes enamorados.

———

A la mañana siguiente Arturo despierta sobresaltado. Sabe que tiene que regresar a Brasil pero no está seguro de qué irá a hacer allí. Tampoco ve claro el futuro con una relación a larga distancia. Lo que sí no soporta más es ese estado de ahogo que siente en el pecho, y se castiga constantemente porque sabe que está actuando de manera más inmadura que el joven de 24 años que en sólo dos meses ha sido capaz de cambiar su vida. Son sólo las siete de la mañana; en dos horas debe estar sereno y con la mente lúcida para escuchar a sus dos nuevos clientes. Se levanta de la cama y, sin lavarse siquiera los dientes, va a su ordenador personal.

———

En otra parte de la ciudad, a las ocho de la mañana, Chris se levanta sin despertar a Mary. Hoy le dará la gran sorpresa. Va a su casa, escoge el mejor de los trajes que conserva en su armario, le envía un mensaje de texto diciendo que la espera en las oficinas de la productora para ir salir a almorzar juntos, y se dispone a pasar por todas las florerías de la ciudad hasta encontrar claveles blancos. En su mente está claro el plan. Habla con uno de los fotógrafos profesionales de la productora para que esté allí al mediodía, listo con su cámara para hacer unas fotos de un momento muy especial. Pero por mucho que el fotógrafo pregunta, Chris logra evadir mencionar la verdadera ocasión.

———

Hacia las ocho y media, Arturo también tiene listo su plan, uno que no había anticipado ni siquiera la noche anterior. Dará también su estocada final hoy mismo, al terminar su consulta con sus próximos clientes. En esta media hora se lo escucha hablar con su productora ejecutiva y hacer planes alternativos para su reemplazo en la cadena durante esa semana, algo que nunca ha hecho en más de dos décadas de carrera en la televisión.

La mañana transcurre muy lenta para ambos. Arturo y Chris esperan que llegue el mediodía, azuzados por el más puro de los sentimientos, el amor.

Son las doce del mediodía y Chris está desesperado. Ha preparado a todos sus compañeros de producción sin decirles de qué se trata. Tiene lista la escena pero no sabe si su protagonista llegará porque no ha recibido respuesta a su mensaje de texto. De repente, su celular repica y lee: "Disculpa Chris, estoy llegando cinco minutos tarde".

Chris respira.

—No se me impacienten. Ya llega la sorpresa —le dice a todos sus compañeros.

Pasan diez minutos, y de repente aparece Mary, tan bella y radiante como siempre. Se sorprende al ver a tanta gente fuera del edificio pero Chris no la deja pensar. El fotógrafo, sonriendo, se percata de que este es el momento de comenzar a sacar fotos.

—Mary, hoy quiero, delante de todos mis compañeros de trabajo, nuestros compañeros de trabajo, darte las gracias por atreverte a llamarme "un buen hijo de p...".

La gente se ríe, y comienza a aplaudir y a silbar, pero no tiene idea de qué ha pasado entre ellos después de su escandalosa ruptura.

Mary se ruboriza. No sabe a qué viene todo esto, si anoche ella y Chris ya habían decidido perdonarse y darse una nueva oportunidad.

—Hoy Mary —continúa Chris—, te digo que, si bien me sentí ridiculizado y ofendido por la frase, ahora la llevo como mi nueva misión de vida. Quiero gritar con orgullo que, inspirado en tu amor, me he decidido a espantar por siempre esos fantasmas del pasado, esos miedos que me paralizaban, esos pensamientos que no me han dejado amarte como mereces. Hoy, Mary, soy verdaderamente un buen hijo de p... pero no ese al que se refiere la frase como insulto. No ese ser egoísta. No, ese hijo de p... no es mi tipo. Hoy brindo por el cambio, por tu amor, por tu perdón y porque esas "pes" que rigen mi vida son valores y sentimientos que me ayudan a ser una mejor persona. Hoy gracias a tu valentía, soy un buen hijo de la pasión, la paciencia y la perseverancia. Y como también soy y aspiro a ser un buen hijo del Padre, ese Dios todopoderoso. Ante Él, y delante de todos nuestros compañeros, me atrevo a pedirte que te cases conmigo.

El ruido de los aplausos, los silbidos y los gritos de las mujeres con los ojos humedecidos ensordece a Mary. Ella también se queda sin palabras.

—¿Mary, te casarías con este buen hijo de p...? —le repite Chris.

Mary asiente con la cabeza, y luego dice en voz alta:

—Sí, Chris. Me casaría contigo una y mil veces.

Dos de los más musculosos asistentes de producción cargan a Mary en brazos en el aire, mientras Chris es rodeado de abrazos y los aplausos de sus colegas. Como en una escena cinematográfica, Mary y Chris se dan un beso que hace desaparecer del plano a todos los demás. Sólo ellos quedan en la pantalla, como en el final de una película de Hollywood.

Las chicas de la producción no dejan de felicitar a Mary, y Chris se aleja unos metros para hacer una llamada desde su celular.

—Arturo —se precipita con voz jadeante cuando éste atiende—, ¡Mary y yo nos casamos pronto! Le he propuesto matrimonio y ha dicho que sí. Celebremos los tres esta noche; tú serás el padrino de nuestra boda. Y no le he dicho nada todavía, ¡pero quiero que la boda sea en Guna Yala! Necesitaré de tu ayuda y contactos.

—¡Qué extraordinaria noticia, amigo! Cuenta con ello.

—Ya sé que fuiste a conocer a Mary y la invitaste a cenar. Por eso lo de tu pregunta por Facebook. Muy linda la foto que vi...

Arturo se ríe.

—Gracias, Arturo.

—Gracias a ti, Chris. Tu ejemplo de transformación por amor me ha hecho darme cuenta de que yo tampoco he vivido libre para amar en la vida. He tomado una decisión. He pedido la semana en la cadena y estoy ya en el aeropuerto a punto de viajar a Brasil. Debo vivir lo que estoy sintiendo por Martinha y sería un acto de cobardía no ir a explorar esto que nos hace perder el aliento al uno y al otro.

—¿Qué? ¿Te vas ya a Brasil? Ese es mi *coach*, estoy muy feliz por eso, Arturo. Tú también eres un buen hijo de p... Buen viaje amigo.

—Felicidades, Chris. Un gran beso a Mary. Nos vemos pronto.

Chris regresa junto a Mary y le cuenta sobre el repentino viaje de Arturo.

—Nunca pensé que llegaría a decir algo como esto —dice Mary en voz alta—, pero quiero que todos brindemos con un fuerte abrazo por el amor y porque seamos muchos los buenos hijos de p... en este mundo. Que con pasión, paciencia y perseverancia nos decidamos a buscar el cambio hacia la excelencia. Chris, te amo con tu todo mi corazón, mi buen hijo de p...

Entre risas y carcajadas, cada uno le dice al otro que es un buen hijo de p...

SEIS MESES DESPUÉS

Para los que, como este narrador, no son adeptos a las películas con finales demasiado abiertos, no puedo predecir qué pasará con la vida de estos personajes para el resto de sus vidas porque eso negaría que nada sea permanente. Sólo el cambio es permanente, y Chris y Mary tienen mucho camino por recorrer para mantener encendida la llama del amor. Sin embargo, los llevaré seis meses adelante para que tengamos una escena final a la altura del clímax dramático de un gran director de cine.

GUNA YALA. PLAYÓN CHICO.

YANDUP ISLAND LODGE.

SÁBADO 6:00 PM

La pequeña isla está decorada con una amplia variedad de flores tropicales silvestres, cintas bordadas. Las mujeres en la celebración, alrededor de sesenta, llevan todas las tradicionales molas cunas y chaquiras en sus manos y piernas. Los caballeros están todos vestidos de hilo blanco con sombreritos conocidos como Panamá. Hay alrededor de veinte niños que han escoltado a los novios al altar, hecho sobre una plataforma sobre el mar. La brisa es paradisíaca; la temperatura perfecta. La bebida que se reparte es agua de coco en cocos partidos a la mitad.

La ceremonia termina. Los novios se besan. Los padrinos están a ambos lados. La mamá de Mary es la madrina y Arturo es el padrino.

En primera fila, sentada con su mola y chaquiras está la bella brasileña Martinha, que ha volado desde Río para la ocasión. Arturo la contempla feliz; también tienen fecha de boda pero para el próximo año. Martinha le ha pedido a Arturo que le permita terminar un proyecto en la favela y luego se mudará a Los Ángeles, con el compromiso de Arturo de regresar con ella una vez al mes para continuar la supervisión de los proyectos. Así, él aprenderá el portugués, idioma que necesitará para compenetrarse más con la cultura de su futura esposa, su familia y la familia de su hijo por nacer. Así es. Arturo va a ser papá y esa es la mejor noticia que jamás recibió.

Los novios están por bajar del altar sobre las aguas cuando Chris golpea su copa de coco en el aire y dice:

—Señoras y señores. Por los buenos "hijos de p..." del mundo, esos que hacen la diferencia creyendo en el amor, en el poder de la pasión, la paciencia y la perseverancia. Por todos ellos, en el nombre del Padre... Dios es amor. Hágase el milagro.

La congregación ríe y responde con un fuerte "Amén".

Las danzas y la música cuna cierran una tarde convertida en noche de luna llena, vestida de magia y fe en la renovación del espíritu. El tiempo parece congelarse. El sol se pregunta si podría retrasarse un tiempo en su salida, mientras la luna le hace un guiño cómplice contemplando desde la distancia como los seres humanos sólo son plenos y felices cuando abrigan en su corazón ese sentimiento maravilloso y transformador llamado amor.

FIN

CONVERSACIÓN CON EL AUTOR

Preguntas y respuestas

¿Es irreverente el título del libro?

Si lo analizamos teniendo en cuenta el significado tradicional que siempre se la ha otorgado a la frase "un buen hijo de p...", podría parecer irreverente, incluso algo irrespetuoso, pero, desde el primer momento, el libro comienza a escribirse con la nueva concepción que el cambio de paradigmas mentales le imprime a ese grupo de palabras.

Además, desde el mismo capítulo inicial, ya se despeja el verdadero significado que se le atañe. No obstante, si sólo se observa la portada y no se lee el libro, es cierto, puede lucir algo irreverente. Recibí varias sugerencias de cambiarlo por "Un buen hijo de fe". Ese sería otro libro. La irreverencia de este es justo su propósito de despertar, sobre todo en el lector joven, como su protagonista, Chris, un interés por crecer, por revisar sus patrones de pensamiento, por estudiar su historia de vida y darle un sentido positivo, y no como le sucedía a Chris, que su pasado lo esclavice.

¿Podemos considerar el título "Un buen hijo de p..." como una "inocentada"? ¿Cómo una cariñosa tomadura de pelo?

No lo considero ni una cosa ni la otra. Más bien, yo diría que es un "gancho", una "carnada" para que se lea y que, todos aquellos que lo hagan, tengan la posibilidad de interiorizar cuánto podemos lograr con **pasión, paciencia y perseverancia**, y cuánto podemos perder cuando no nos apasionamos por lo que hacemos y soslayamos las virtudes de la paciencia y la perseverancia en nuestro camino por la vida.

También se habla del **perdón** y de la **prudencia**. La "p" es una letra bendecida por la lengua española, aunque algunas palabras que comienzan con esa letra no encierran un significado tan positivo, por ejemplo, **pecado** o la propia palabra que todos imaginan cuando se lee el título del libro. ¡Nada es perfecto, ni siquiera la "p"!

Además, un título como *Un buen hijo de la pasión, la paciencia y la perseverancia* encierra mucha presunción, es demasiado largo, poco comercial. No funciona para llamar la atención del público menos comprometido con estos temas de desarrollo personal y espiritualidad.

¿Se considera usted un buen hijo de la pasión, la paciencia y la perseverancia?

Sí, trato de serlo a diario. Vivo consciente de que nunca lo lograré a la máxima expresión pues, como la "p", no somos perfectos. Nunca seremos capaces de poseer una virtud al ciento por ciento, espero sí de ser conscientes de cultivarla. No obstante, sí puedo asegurar que lucho por ser cada día un mejor hijo de p... y mientras más luchamos en esta vida por una meta, más nos acercamos a ella. Las virtudes no son una excepción.

¿No son sus personajes demasiado perfectos?

No, por el contrario, están llenos de dudas y conflictos internos; lo que sí son es muy espirituales. ¡Eso, sí! Estos son personajes arquetípicos, que me dan la oportunidad de tratar de ayudar a digerir conceptos e ideas para el lector en la realidad de personas comunes, en vez de sólo en la dimensión del narrador, estilo que utilicé en mi primer libro, *El poder de escuchar*.

¿En qué aspecto radica su imperfección?

Sus imperfecciones se ven a las claras. Arturo, que es un guía de vida, una persona con experiencia que ha estudiado y triunfado en la vida, en un momento determinado duda. Se siente indeciso, quizás hasta temeroso, de enfrentar una relación amorosa con determinadas características particulares. Desconfía en algún momento. En Río de Janeiro, se deja arrastrar por la pasión del carnaval. Llega con el propósito de comportarse fríamente y analizar la pasión desenfrenada que generan esas fiestas; sin embargo, no puede resistir, cede a la primera prueba apenas unas horas después de su llegada esa ciudad, como le puede suceder a cualquier ser humano expuesto a emociones fuertes. ¡El carnaval de Río genera emociones fuertes!

Mary, quizás la más espiritual de los tres, se deja arrastrar por la soberbia; no se controla, su pasión desenfrenada desecha todo síntoma de razonamiento y ofende a Chris, quizás con la peor de las ofensas teniendo en cuenta la historia familiar del joven.

Ella también da muestra de egoísmo. Quiere que Chris cambie, que se adapte a su manera de ser, le impone límites, trata de convencerse a sí misma de que si él no cambia, ella nunca lo aceptará otra vez. En el amor verdadero es difícil imponer condiciones de esa naturaleza. Se ama porque se acepta la manera de ser de la persona amada. Si no la aceptas, sencillamente, no la amas. Nadie cambia por satisfacer a otra persona, el cambio verdadero nace de adentro, por convicción propia. El cambio para complacer a alguien de alguna manera asesina parte de la esencia de esa persona, si en verdad no hubo un cambio de significado consciente en los valores de esa persona.

Mary perdona, pero no olvida. Para muchos eso no es correcto, sobre todo teniendo en cuenta su formación cristiana. Tiene sus profundas imperfecciones, aunque no lo parezca.

Chris es un ser humano que desde pequeño viene viviendo historias que lo esclavizan. Su propia experiencia familiar lo paraliza emocionalmente. Ahora bien, tiene buenos sentimientos, es una persona inteligente y, en un momento determinado de su vida, cuando ve peligrar el amor de Mary, comprende que tiene que cambiar para ella. Y·tiene el valor de intentar hacerlo, de pedir la ayuda de un profesional y, a base de esfuerzo y disciplina, lo logra. Lo más importante que aprende es el valor del cambio para sí mismo, no sólo para reconquistarla. Ahí recae el gran propósito del libro. Romper paradigmas para transformar y elevar tu vida.

Chris es el personaje más inseguro al comienzo de la historia y termina siendo el de mayor crecimiento, pero, recuerden, vence parte de sus limitaciones impulsado por su amor hacia Mary. Quedaría por ver cuántas de esas limitaciones podrían permanecer en él en otros aspectos de su vida ajenos al amor. Él cambia por amor, cree que por amor hacia Mary, pero en realidad, ¿cuánto del cambio lo ha logrado por amor propio? Eso lo dejo para que ustedes saquen sus propias conclusiones.

Los tres personajes están lejos de ser perfectos.

¿Cuál es el papel de Martinha en el libro?

Es la manzana del paraíso. Tiene como objetivo poner a prueba a Arturo. Claro que, ella no es malvada. Ella es también una bella mujer, inteligente, culta y muy apasionada. Tan apasionada que arrastra a la pasión más intensa del amor a una persona como Arturo que siempre se consideró, como se dice en el libro, un ser humano que mantiene en armonía las relaciones entre su corazón y su razón. ¡Sin embargo, mordió la manzana!

¿Cuál de esos personajes es Ismael Cala?

Ninguno de ellos aunque todos tienen algo de Ismael Cala.

Como Chris, en una ocasión en la vida, Ismael Cala se sintió desorientado y se atrevió a tomar el camino que le dictó la razón en ese momento. Como Arturo, Cala trabaja en un medio de comunicación, aunque no ejerce como *life coach* o guía de vida, pero es un aficionado del tema. También le gusta viajar y lo hace cada vez que puede, como Arturo.

Cala lucha por mantener un equilibrio entre sus pasiones y su razón y, como Arturo, a veces no lo logra.

Cala se parece a Mary por su formación espiritual, es creyente, cree en Cristo, aunque no asiste a un templo, a una mezquita, a una sinagoga o a una iglesia cotidianamente.

Por supuesto que con quien más se identifica el autor, es con el narrador. En primer lugar, porque es quien conoce y cuenta la historia; y en segundo lugar, porque cada opinión que proviene de sus palabras coincide con el punto de vista de Cala, lo cual no tiene necesariamente que suceder con algunos conceptos de los personajes. Ellos son libres de creer lo que les dicte su sentido común y su formación religioso-social.

¿Crees en esa técnica de reconquista? ¿Existen técnicas para despertar el amor?

Nada que tenga que ver con el amor puede ser academizado. El amor, como dice en un momento uno de los personajes, es una emoción muy profunda para encerrarla en un manual. Lo que sí existen son técnicas de acercamiento, no sólo para la reconquista de un ser amado, sino también para lograr relaciones sociales de toda índole. Son técnicas basadas en la práctica de la cortesía y del respeto. Tienen mucho de psicología y ante todo, requieren mucha paciencia y perseverancia. Por mucha técnica que se despliegue, si no existe amor en el ser a reconquistar, todo lo que se haga será inútil.

CONVERSACIÓN CON LOS LECTORES

Yo pregunto. Usted responde.

¿Cuál de los personajes consideras que es el protagónico de la historia?

_____

_____

_____

_____

_____

¿Crees que una persona como Chris, con todas esas limitaciones, es capaz de entender en algún momento de su vida que debe cambiar?

_____

_____

_____

_____

_____

_____

¿Son los claveles tus flores preferidas?

_____

_____

_____

_____

_____

¿Cuál es tu cita favorita del libro?

_____

_____

_____

_____

_____

¿Conocías la existencia de la comunidad de Guna Yala?

_____

_____

_____

_____

_____

¿Crees todo lo que se dice del carnaval de Río de Janeiro?

_____

_____

_____

_____

_____

¿Conoces el pensamiento de Swami Simbananda?

_____

_____

_____

_____

_____

¿Estás de acuerdo con la frase de Confucio: "Transporta un puñado de tierra todos los días y construirás una montaña"?

_____

_____

_____

_____

_____

¿Crees que la historia de Samy "el genio" está basada en una persona real?

_____

_____

_____

_____

_____

_____

¿Practicas la reflexión?

_____

_____

_____

_____

_____

¿Haces ejercicios de relajación?

_____

_____

_____

_____

_____

¿Meditas?

_____
_____
_____
_____
_____
_____

¿Crees que estas son prácticas útiles?

_____
_____
_____
_____
_____
_____

¿Qué es lo que más te ha hecho reflexionar del libro?

_____
_____
_____
_____
_____
_____
_____

¿Te hizo llegar un mensaje positivo?

_____

_____

_____

_____

_____

_____

¿Qué opinas del poder del perdón?

_____

_____

_____

_____

_____

_____

¿Estás de acuerdo con el punto de vista de Mary sobre el perdón, o sea, "perdonas pero no olvidas"?

_____

_____

_____

_____

_____

_____

¿La bondad es una virtud con la que se nace o se va logrando con la vida?

_____

_____

_____

_____

_____

_____

Déjale saber tu opinión al autor escribiéndole a: Ismael@calapresenta.com.

AGRADECIMIENTOS

A toda la gente que forma parte de mi red de apoyo y desarrollo. Todos los seres humanos debemos tener una red de influencia y maestría de acción. La mía es poderosa en fuerza, buenas energías, sinergias y voluntades, y por eso me siento afortunado. Pondero la inteligencia colectiva y el trabajo en equipo y este libro es un resultado de ambas.

Gracias:

A Bruno Torres Sr., por formar parte indispensable de este desafío, ayudarme pacientemente a dar vida y color a los personajes de esta fábula y construir conmigo una ruta en su propósito de servicio y contribución al lector. Bruno, por tu talento, paciencia, determinación y fe en *Un buen hijo de p...*, mi gratitud eterna. Sin tu contribución este libro no habría llegado a feliz término.

A Bruno Torres Jr., por su apoyo diario, su confianza en apostar conmigo a la aventura de fundar Cala Enterprises y por hacer realidad el sueño de compartir a través del mundo nuestra historia, visión y filosofía de vida.

A Michel Damián Suárez (el "Buda" de CALA ENTERPRISES), amigo y consultor, por su paciencia en la primera revisión del material, y por ofrecerme una invaluable retroalimentación sobre cada párrafo. A mis gladiadores de CALA enterprises por su liderazgo y trabajo de equipo que me permite soñar en grande: Augusta Silva, Lilia Piccinini, Omar Charcousse.

A mi talentoso y virtuoso editor Jaime de Pablos, quien ha enriquecido el estilo y el sentido de esta obra. Gratitud total por tus aportes y tu confianza en darme la bienvenida a Vintage.

A mi *business manager* David Taggart, por su compromiso de seguir impulsando mi carrera como autor.

A mis estimados Jorge Nicolau, Abdiel Gutiérrez, Roberto Mendoza, Edith Bravo de Cable & Wireless Panamá, que me permitieron a través del Concurso Nacional Juvenil de Oratoria conocer sobre Guna Yala y luego hacer posible mi visita a la comarca indígena.

A Cynthia Hudson, Eduardo Suárez, Isabel Bucaram, Karen Willet, Sandra Figueredo, Willy Leyva, Chuchi García, Marian Marval, Alice Bejerano, Luis Miguel Gómez y Héctor Castro, por ser mi familia en CALA en CNN en español. Celebro haber crecido tanto junto a ustedes. A mi "equipo fundador", seres maravillosos de mis primeros años de carrera, que me ayudaron a ver la vida con enfoque positivo. A pesar de la distancia, no olvido a Nilda G. Alemán, Tamara Tong, Monsy Crespo, María Elena Hernández, María de los Ángeles Marrero, Sandra Lara, Delvis Delgado, Isabel Palmaz, Mirelis Fonseca y Ado Sanz entre muchos otros de mi querida emisora CMKC.

A todos, nuevamente, gracias...

Para contrataciones de Ismael Cala en conferencias, congresos, seminarios y talleres, contactar con:

CALA Enterprises Corporation
email: manager@calapresenta.com

Sigue a Ismael en las redes sociales:
Twitter: @CALA
Twitter: @CALACNN
Facebook.com/CALACNN
Instagram: @IsmaelCala
Flipboard: CALA en Flipboard

Subscríbete a nuestro newsletter y mantente al día con el calendario de eventos de Ismael Cala visitando nuestra página web en:
www.ismaelcala.com

A Ismael le encantaría recibir tu opinión sobre este libro. Escríbele tu opinión y comparte tu experiencia en:
ismael@calapresenta.com